Sur l'auteur

David Joy est né à Charlotte, en Caroline du Nord, en 1983. Après *Là où les lumières se perdent*, *Le Poids du monde* et *Ce lien entre nous*, *Nos vies en flammes* est son quatrième roman publié en France.

Du même auteur
aux Éditions 10/18

LÀ OÙ LES LUMIÈRES SE PERDENT, n° 5235
LE POIDS DU MONDE, n° 5470
CE LIEN ENTRE NOUS, n° 5695
NOS VIES EN FLAMMES, n° 5832

DAVID JOY

LÀ OÙ LES LUMIÈRES SE PERDENT

Traduit de l'anglais (États-Unis)
par Fabrice Pointeau

10/18

SONATINE ÉDITIONS

Titre original :
Where All Light Tends to Go

Éditeur original : G. P. Putnam's Sons

ISBN 978-2-264-06645-9

Pour ceux avec qui
je partage mon café du matin :
Rudy, Cecil et Clyde.

Maintenant seulement l'enfant s'est enfin défait de tout ce qu'il a été. Ses origines sont devenues aussi lointaines que l'est sa destinée et jamais plus tant que durera le monde il ne trouvera des sols assez sauvages et barbares pour éprouver si la matière de la création peut être façonnée selon la volonté de l'homme ou si le cœur humain n'est qu'une autre sorte de glaise.

Cormac McCarthy,
Méridien de sang

1

J'ai caché le pick-up derrière un long enchevêtrement d'herbes des pampas qu'il aurait fallu brûler depuis au moins un an. La police n'aimait pas qu'on escalade le château d'eau, mais la police, je ne m'en étais jamais trop soucié. J'étais un McNeely et, dans cette partie des Appalaches, ça voulait dire quelque chose. Enfreindre la loi était aussi génétique que la couleur des cheveux et la taille. De plus, le château d'eau était le meilleur endroit pour voir les toques jetées en l'air quand les élèves de dernière année arborant des toges noires et des sourires émus quittaient une dernière fois le lycée Walter Middleton.

Les barreaux jadis peints en blanc étaient écaillés et rouillés et s'affaissaient au milieu après avoir été gravis des années durant par des gamins naïfs désireux d'inscrire leur nom sur la ville. Ces choses dont on croyait qu'elles dureraient éternellement ne duraient jamais. Je n'avais même pas achevé ma classe de seconde, et c'est peut-être pour ça que je n'avais jamais éprouvé le besoin d'escalader ce château d'eau le pantalon alourdi par des bombes de peinture. Il était inutile de graver mon nom dans le marbre. Un nom comme Jacob McNeely faisait hausser les sourcils et soulevait des questions. Dans une si petite ville, tous les yeux étaient inquisiteurs. Je ne pouvais pas me montrer, je ne voulais pas des problèmes et des rumeurs que ma présence là-bas entraînerait, mais je devais la voir partir.

La plateforme de caillebottis qui encerclait le château d'eau avait quasiment perdu toutes ses vis et ses bordures étaient gondolées comme un livre deux fois lu. Chacun de mes pas faisait bouger le métal, mais c'était un endroit où je m'étais déjà tenu, un endroit que j'avais arpenté sous toutes les drogues que j'avais pu prendre. Avec le léger buzz qui me restait de mon joint du matin, je n'avais aucun souci à me faire. Je me suis assis sous les lettres vertes dégoulinantes qui formaient un « FUCK U » presque illisible sur l'avant du château d'eau, j'ai tiré un paquet souple de Winston de ma poche de jean, allumé la dernière cigarette qui me restait, et j'ai attendu.

L'école où j'avais passé l'essentiel de ma vie semblait désormais plus petite, même si, en y repensant, elle n'avait jamais été assez grande. J'ai grandi à une trentaine de kilomètres au nord de Sylva, une ville qui n'était pas vraiment une ville, mais qui était ce qui s'en rapprochait le plus dans le comté de Jackson. Si vous la traversiez, un simple battement de cils suffisait à vous la faire manquer, et l'endroit d'où je venais, vous pouviez ne pas le voir même si vous ouvriez l'œil. Comme nous étions une petite communauté isolée dans les montagnes, nous n'avions qu'une seule école. Ce qui signifiait que les gamins du comté entraient à Walter Middleton à l'âge de cinq ans et n'en partaient pas avant d'avoir obtenu leur diplôme de lycée treize ans plus tard. Comme j'y avais grandi, je n'avais jamais trouvé bizarre de partager les couloirs avec des ados quand j'étais gosse et avec des gosses quand j'étais ado, mais en y repensant désormais, deux ans après en être parti pour de bon, tout ça me semblait étranger.

Le dôme blanc au-dessus du gymnase ressemblait à un œuf pourri dansant dans de l'eau bouillante, la cour était striée par les passages irréguliers d'une tondeuse, et la mascotte de l'école peinte au beau milieu du parking ressemblait plus à un chupacabra qu'à un lynx. Pour être honnête, il n'y avait pas grand-chose à se rappeler du temps que j'avais passé ici, même si ça représentait dix des dix-huit années de ma vie. Étonnamment, cependant, ce n'était pas une déception. Ce que cette école, ma vie, et ce putain d'endroit dans son ensemble avaient de décevant, c'était que je les avais laissés m'écraser. J'avais laissé l'environnement dans lequel j'étais né contrôler ce que j'étais devenu. Ma mère sniffait de la cristal meth, mon père la lui vendait, et je n'avais jamais eu les couilles de partir. C'était ma vie en résumé. J'ai tiré une taffe sur ma dernière clope et craché un gros glaviot par-dessus la rambarde.

J'étais en train de regarder un groupe d'oiseaux de proie tournoyer derrière une montagne quand la porte latérale du gymnase s'est entrouverte. Un jeune type est sorti rapidement avant le reste de la foule, et avant même qu'il saute sur le capot de sa bagnole, je l'ai reconnu. Blane Cowen était du genre à boire une bière et à hurler qu'il était bourré. Je l'avais testé une fois à l'époque du collège et l'avais amené sur le château d'eau pour fumer un joint. Quand ses jambes étaient devenues cotonneuses et que le vertige s'était installé, il avait sacrément vite décidé qu'il ne voulait plus jouer à être mon copain. Dans une école pleine de gamins qui fauchaient des médicaments à leurs parents, Blane était l'idiot du village. Mais malgré tout ça, j'étais un peu désolé pour ce crétin qui se tenait là, bras levés dans les airs tandis qu'il enfonçait le capot d'une Civic cabossée, beuglant sans qu'aucun élève de la classe lui prête la moindre attention.

Le parking qui avait semblé si désolé juste une minute plus tôt grouillait désormais tandis que les amis s'étreignaient, se faisaient des promesses qu'ils ne seraient jamais en mesure de tenir, et couraient rejoindre des parents qui n'avaient aucune idée de ce qu'étaient devenus leurs enfants. Je le savais parce que j'avais grandi avec eux, tous autant qu'ils étaient, et chacun d'entre nous savait sur les autres des choses qu'il n'aurait jamais partagées. La plupart d'entre nous savions des choses que nous ne voulions même pas nous avouer à nous-mêmes, alors on emportait ces secrets comme des préservatifs, enfoncés dans nos portefeuilles, qui ne serviraient jamais. J'aurais voulu être en bas avec eux, si ce n'était en tant qu'élève, alors au moins en tant qu'ami, mais aucun d'entre eux n'avait besoin de mon bagage.

Ce n'est que quand elle a enlevé sa toque que je l'ai reconnue dans la foule. Maggie Jennings était là, en train de défaire son chignon, secouant ses boucles blondes sur ses épaules et ôtant ses talons hauts. L'avant de sa toge était ouvert, et une robe d'été blanche moulait son corps. Je distinguais presque son rire parmi le brouhaha quand son petit ami, Avery Hooper, l'a soulevée par-derrière et l'a fait tournoyer frénétiquement. La mère de Maggie couvrait son visage de ses mains comme pour dissimuler des larmes, et son père a passé un bras autour des épaules de sa femme et l'a attirée contre lui. Une personne inavertie les aurait pris pour la famille américaine parfaite. Vivez dans le mensonge et tout le monde finit par y croire, mais je savais qu'il en allait autrement.

J'avais connu Maggie toute ma vie. La maison dans laquelle elle avait grandi était à deux battements d'ailes de chez moi, et rares avaient été les journées de mon enfance que je n'avais pas passées avec elle à mes côtés.

Dans l'un de mes premiers souvenirs, je me vois à cinq ou six ans, pantalon retroussé, en train de creuser dans le ruisseau avec elle pour attraper des salamandres. Nous étions aussi inséparables que les doigts de la main, comme disait mon père, et, dans un sens, je suppose que Maggie et moi nous sommes mutuellement éduqués.

Avant que son père « trouve Jésus », il était parti se prendre une cuite de deux ou trois semaines, et personne ne l'avait vu jusqu'à son retour. Sa mère avait deux boulots pour nourrir sa famille, si bien qu'il n'y avait personne pour nous surveiller quand Maggie et moi allions dans la forêt et que je la persuadais de faire tout un tas de trucs que la plupart des gamins n'auraient même pas imaginés. Je suppose qu'on avait douze ou treize ans quand son père a trouvé « le salut » et emmené la famille vivre loin de The Creek. Les gens disaient qu'il avait versé suffisamment d'alcool blanc dans le bras ouest de la rivière Tuckasegee pour soûler la gueule à toutes les truites tachetées de Nimblewill à Fontana. Pour ma part, je n'avais jamais trop cru à cette histoire de salut. Un ivrogne est un ivrogne, tout comme un junkie est un junkie, et aucun Dieu ne peut rien y changer.

Mais Maggie était différente. Même au début, je me rappelle avoir été sidéré par elle. Elle avait toujours été cet être insaisissable que je ne parvenais jamais à attraper, et il y avait quelque chose au plus profond d'elle qui ne laisserait jamais le monde extérieur décider de ce qu'elle deviendrait. J'avais toujours aimé ça chez elle. Je l'avais toujours aimée.

Nous étions au collège quand le garçon manqué avec qui j'avais grandi a commencé à prendre des formes. Étant donné notre amitié, quand je lui ai demandé si elle voulait sortir avec moi en quatrième, on aurait dit une scène à la con dans un film. Nous sommes restés ensemble trois ans, mais ça m'a semblé une éternité. Le plus important pour moi, c'était que Maggie savait d'où je venais, elle savait ce qu'on cherchait à faire de moi, et elle croyait tout de même que je pourrais m'en sortir. Tandis que je croyais qu'on avait choisi ma vie pour moi, que je n'avais pas vraiment mon mot à dire sur le sujet, Maggie rêvait à ma place. Elle me disait que je pouvais être tout ce que je voulais, que je pourrais aller partout où je voudrais aller, et par moments je la croyais presque. Les gens comme moi étaient enchaînés à cet endroit, mais Maggie était sans entraves. Elle s'était enfuie d'ici à l'instant où ses yeux avaient regardé au loin. Si j'avais jamais eu un rêve, ça avait été qu'elle m'emmène avec elle. Mais les rêves étaient absurdes pour les personnes comme moi. On finit toujours par se réveiller.

J'étais fier qu'elle aille quelque part où je ne pourrais jamais aller, et j'ai sorti mon téléphone portable pour lui envoyer un SMS : « Félicitations ».

Quand Avery l'a lâchée, Maggie a bondi dans les bras de son père et replié les jambes derrière elle avec les orteils pointés vers le ciel. Son père a enfoui la tête dans ses cheveux et pendant une fraction de seconde il a fait comme s'il avait quelque chose à voir avec ce qu'elle était devenue, puis il l'a reposée par terre pour que sa mère l'embrasse. Maggie s'est tenue là un moment, oscillant sur ses pieds, avant de se retourner. Elle a jeté un coup d'œil en arrière pour dire quelque chose tandis qu'elle s'éloignait vers la camionnette d'Avery, mais ses parents avaient déjà fait leurs adieux. Dans un sens, je crois qu'ils savaient qu'elle était déjà partie. Ils le savaient aussi bien que moi. Une telle fille ne pouvait pas rester. Pas éternellement, et certainement pas longtemps.

2

Des pins gris recouvraient la totalité de la propriété à l'exception d'une minuscule parcelle qui avait été dégagée des années auparavant pour y construire une maison. La vieille cabane en planches de pin dans laquelle vivait ma mère avait toujours été penchée, selon un angle qui lui permettait tout juste de ne pas s'écrouler quand le vent était fort. L'endroit était réellement inadapté à toute forme de vie à long terme, mais la baraque avait été là pendant la plus grande partie de ma vie. Les planches autrefois de teinte sombre s'étaient éclaircies au fil des années et avaient pourri à cause de la pluie qui rendait la maison humide en toute saison. Les morceaux de plastique transparent que j'avais fixés sur les vitres pour les empêcher de geler quelques années plus tôt pendouillaient, déchirés, aux montants. Ils étaient désormais opaques et mouchetés de taches de moisissure.

Je n'étais pas assez âgé pour me souvenir du jour où mon père avait envoyé ma mère vivre là-dedans. D'après ce qu'il disait, elle volait de la cristal meth et passait l'essentiel de son temps à se faire sauter. Du coup, il l'avait envoyée là-bas. Il l'aimait trop pour ne rien lui donner, mais en lui donnant quelque chose, il s'assurait qu'il n'aurait plus jamais à l'aimer.

Je ne me rappelle pas être souvent allé dans cette cabane quand j'étais gamin. Je me rappelle que je voyais seulement ma mère une ou deux fois par an, quand l'envie de se faire pardonner la prenait soudain. Sinon, j'étais toujours seul avec mon père. Mais j'étais désormais plus âgé, suffisamment pour apprécier les choses à leur juste valeur. De plus, j'avais besoin d'un endroit où tuer quelques heures et d'un repaire sûr pour éviter les flics quand je me défonçais.

La porte-écran était maintenue ouverte par un seau en fer-blanc à moitié rempli de sable noirci et de mégots de cigarettes écrasés, et je pouvais plonger mon regard directement à travers la maison. Je l'ai entendue avant de la voir : hurlant des obscénités, respirant fort, reniflant. À en juger par les bruits qu'elle produisait, une ligne de came venait de la mettre en feu, et si ça aurait pu sembler dingue à n'importe qui d'autre, je savais que j'avais de la chance de la trouver au début de son trip et non à la fin.

Elle s'est violemment cogné l'épaule contre le montant de la porte de la cuisine quand je suis entré dans la maison. Ses yeux étaient écarquillés, elle ne semblait pas me voir. Sa mâchoire remuait tandis qu'elle mastiquait une chose imaginaire qu'elle ne parvenait jamais à mâcher suffisamment pour l'avaler. Quand ses yeux se sont finalement posés sur moi, elle s'est mise à se gratter les bras.

« D'où tu viens comme ça ? »

C'était une question sincère, comme si je m'étais soudain matérialisé à partir de rien.

« Je viens d'arriver. J'avais besoin d'un endroit où me planquer un peu.

— Eh bien, t'arrives au bon moment.

— Au bon moment pour quoi ?

— Au bon moment pour m'aider à trouver cette foutue ampoule. »

Elle a brusquement tourné la tête sur le côté et s'est précipitée vers l'arrière de la maison, mais je ne l'ai pas suivie.

Je me suis affalé sur un canapé miteux assez proche de la porte d'entrée pour tomber direct dedans. De la mousse ressortait par des déchirures dans les coussins. J'ai enfoncé la main dans ma poche et sorti un sachet d'herbe dans lequel il ne restait que quelques miettes, juste de quoi me rouler un petit joint. Il y avait un paquet de feuilles à rouler JOB appuyé contre une lampe en cuivre sur la table à côté. J'ai tiré une feuille, l'ai pliée et j'ai balancé dedans les têtes qui avaient été réduites en poussière. J'étais déjà en train de rouler fermement le papier et de le lécher pour le coller quand ma mère a déboulé dans le salon.

« Jacob ! Jacob, tu vas pas m'aider à chercher ?

— À chercher quoi ?

— La foutue ampoule, je t'ai dit que j'avais besoin de la foutue ampoule. »

Je me suis enfoncé dans le canapé, j'ai porté un briquet à l'extrémité du joint, j'ai tiré fort et le lui ai tendu pour qu'elle prenne une taffe.

« T'as perdu ta putain de tête, Jacob ? Tu sais que je fume pas cette merde et que tu peux pas fumer ici, que tu dois sortir si tu veux fumer cette merde, parce que la dernière chose dont j'ai besoin, c'est des flics. »

Ma mère était la définition de la femme qui avait été abîmée par la vie. Ses yeux étaient globuleux, son visage creusé, il n'y avait qu'une fine couche de peau fermement tirée sur ses os. Les cheveux qui étaient châtains et épais sur les vieilles photos étaient désormais gras et pendouillaient sur sa nuque. Elle ne ressemblait plus à ces clichés, même si elle était exactement telle que je l'avais toujours connue. Elle était absolument pitoyable. Je n'ai pas eu le temps de répondre qu'elle est repartie à la recherche de cette ampoule, et je suis resté vautré là, fumant jusqu'à ce qu'un côté du joint commence à se consumer trop vite. J'ai craché un peu de salive sur le bout de mon doigt et l'ai tapoté pour l'éteindre, puis je l'ai rallumé.

J'ai tiré mon téléphone portable de ma poche et regardé si Maggie m'avait répondu. Rien. Je savais qu'elle finirait par le faire parce qu'elle le faisait toujours, mais jamais tout de suite. Elle ne m'avait pas totalement effacé de sa vie, même s'il ne restait manifestement que peu de mots entre nous, ou alors des mots trop lourds pour que l'un ou l'autre les prononce. Elle m'aimait trop pour m'abandonner, et je l'aimais trop pour la tirer vers le bas. Mais ce genre d'amour ne fonctionne pas. Je m'en étais rendu compte avant elle, je suppose, alors au lieu de la faire souffrir pour le restant de sa vie, je lui avais brisé le cœur sur-le-champ, et désormais elle était partie. Probablement dans un autre monde, ai-je pensé, et je me suis renfoncé dans le canapé, fumant ce joint pour trouver un univers à moi.

J'entendais ma mère jurer à l'arrière de la maison, des tiroirs qui étaient arrachés de leurs rails et qui tombaient bruyamment par terre, et ce n'est que quand il n'y a plus rien eu à balancer qu'elle est réapparue.

« Jacob, qu'est-ce que t'as foutu de cette satanée ampoule ? »

J'ai ri et craché et bafouillé des mots qui ne sortaient pas de ma bouche assez vite pour m'empêcher de m'étouffer.

« J'ai pas touché à ton ampoule. »

Elle me faisait marrer, mais me moquer de ma mère me mettait toujours mal à l'aise. Alors même que je riais, une sensation désagréable s'est logée dans le creux de mon ventre. Elle m'avait donné la vie. Nous avions le même sang. Ce genre de chose mérite l'amour, et je l'aimais. Gamin, j'avais gardé en moi comme un trésor ces rares moments où elle était sobre. J'avais toujours espéré qu'elle deviendrait une vraie mère. Mais avec le temps, je m'étais aperçu qu'on ne peut pas donner ce qu'on n'a pas. Elle était ce qu'elle était, une junkie, et on ne pouvait rien dire ou faire pour la changer. La mort serait son seul salut.

Tandis qu'elle me fixait intensément et que ses paupières semblaient se retrousser encore plus sur des yeux qui avaient la taille de calots, elle a repoussé ses cheveux en arrière, s'est approchée du canapé au petit trot, et s'est affalée comme un boulet de canon à côté de moi.

« Passe-moi une taffe de ce truc.

— Tu voulais même pas que je fume à l'intérieur, et maintenant tu veux tirer dessus ? »

Je me suis écarté d'elle et j'ai tiré quelques taffes rapides sur le bout de joint qui me brûlait déjà les doigts.

Sa mâchoire continuait de remuer, comme si elle essayait de scier des bûches avec ses dents émoussées, et son expression sérieuse ne quittait pas son visage.

« Comment ça, je voulais pas que tu fumes à l'intérieur ?

— C'est ce que t'as dit. Tu viens de me dire que je devais aller fumer dehors.

— J'ai jamais dit une telle connerie. » Elle s'est rapprochée vivement. « Passe-le-moi. »

Je me suis penché en avant, appuyant mes coudes sur mes genoux, et je lui ai tendu le reste de joint. Ma mère me l'a pris des doigts tel un chimpanzé surexcité arrachant des puces, et je me suis levé du canapé pour la laisser fumer. Elle a tiré sur le petit bout de joint, et tout d'un coup cette saloperie lui a pris la gorge et elle a commencé à s'étouffer, à tel point que j'étais certain que ses yeux allaient lui sortir de la tête. Je ne pouvais plus m'arrêter de rire et j'ai quitté la pièce vite fait pour aller dans la salle de bains tandis qu'elle toussait et s'étranglait, et tentait de m'injurier alors qu'elle n'avait même pas assez d'air pour souffler dans un alcootest.

Quand je suis arrivé devant le miroir de la salle de bains, j'avais les larmes aux yeux. J'ai tiré une bouteille de collyre de ma poche, penché la tête en arrière, versé une goutte dans chaque œil, et observé mon reflet. En voyant un sourire se répandre sur mon visage, une sensation désagréable m'est montée à la gorge. Je n'aurais pas dû la trouver si marrante, mais après une vie de déceptions, c'était la seule manière de supporter les choses. Les sourires l'emportaient sur les larmes. Le rire l'emportait sur la douleur.

J'ai ouvert le robinet et me suis passé de l'eau sur le visage. Mon père avait besoin de me voir une heure plus tard, et il n'aimait pas parler business quand j'étais défoncé. Mes yeux verts ont commencé à s'éclaircir, et je me suis recoiffé en passant ma main humide dans mes épais cheveux châtains. Mon père se foutait que je fume. Il se foutait que je gobe des cachetons. Il buvait et fumait et était connu pour avaler des antalgiques quand l'humeur le prenait. La seule drogue interdite, c'était la cristal meth, et quand je voyais ce que ça avait fait à ma mère, je ne voulais pas m'en approcher de toute façon. Mais le boulot de mon père exigeait d'avoir la tête froide, je devais donc paraître en possession de mes moyens.

Quand je suis retourné dans la pièce principale, ma mère était dans la cuisine, un pied posé sur l'assise d'une chaise de salon, l'autre sur le dossier. Elle était penchée au-dessus de la table pour pouvoir dévisser l'ampoule, secouant constamment la tête afin d'écarter les cheveux de son visage. Sa chemise était remontée et son ventre pendouillait : de la peau lâche, pas de chair, et des vergetures toujours visibles malgré toutes les années qui s'étaient écoulées depuis qu'elle m'avait porté. Juste au moment où j'allais parler, la chaise a basculé et elle s'est vautrée par terre. Sa tête a violemment heurté les plaques de stratifié, mais ça ne l'a pas troublée. Elle s'est vivement redressée sur ses genoux, a parcouru la pièce du regard tout en continuant de mastiquer, et je n'ai pas dit un mot. Je l'ai laissée là, par terre, telle une mauvaise blague, une mauvaise blague qui n'était vraiment pas drôle, mais à laquelle on était bien forcé de rigoler en attendant que la gêne s'estompe.

3

Les clebs n'arrêtaient pas de gueuler, poussant des hurlements à s'en décrocher la mâchoire tandis que je me garais dans l'allée. Ils semblaient se foutre que ce soit moi qui remplissais leur gamelle chaque matin. Ces chiens continuaient de montrer les dents et de mordre les pneus chaque fois que j'arrivais à la maison. Tout le monde dans le pays savait que mon père avait les chiens les plus agressifs de la région pour chasser l'ours ou le sanglier. Il avait eu des offres d'endroits aussi éloignés que le Maine et le Wisconsin pour les faire se reproduire, mais ça ne l'avait jamais intéressé.

Les chiens étaient stratégiquement attachés dans toute la propriété pour que quiconque pénétrait sur les terres McNeely soit obligé d'effectuer une danse constituée précisément de trente-quatre pas, quatorze changements d'appui et un pas chassé afin d'approcher de la porte sans se faire estropier. Autrefois, c'était une tactique qu'utilisait mon père pour s'assurer que seuls les initiés puissent atteindre la fenêtre pour des transactions nocturnes. Mais ça faisait des années que plus rien n'était vraiment vendu à la maison. Le business était désormais trop développé pour ça. Je suppose qu'il gardait les chiens plus par habitude qu'autre chose.

J'avais été entouré par la cristal meth toute ma vie, si bien que ça n'avait jamais été une drogue pour moi, juste un moyen de gagner de l'argent. Quand j'étais jeune, mon père me présentait ça comme si on faisait perdurer une vieille tradition familiale, une histoire qui remontait à la contrebande d'alcool dans des bagnoles trafiquées pour se faire assez de fric pour survivre à l'hiver. Ça ne semblait pas si terrible dit comme ça. Être hors la loi était juste une manière de gagner quelques dollars. Quand j'avais neuf ou dix ans, j'aidais mon père à diviser de grands sacs de cristal en portions d'un gramme, jamais moins, et je percevais une part, comme la plupart des gosses avaient de l'argent de poche. C'est du moins ce qu'il disait, car il gardait l'argent pour le « mettre en lieu sûr », et se contentait d'augmenter le montant dans un petit carnet pour le jour où je toucherais mon pactole. Chaque anniversaire apportait son lot de nouvelles responsabilités, et quand je suis entré en seconde, je passais la moitié de mes nuits à bosser pour lui. J'allais à l'école pour que les services de protection de l'enfance lui foutent la paix, mais je dormais pendant chaque cours, jusqu'au jour de mes seize ans où j'ai quitté Walter Middleton, sans jamais regarder en arrière.

Depuis le porche, j'ai entendu *I'd Love to Lay You Down* de Conway Twitty et un bourdonnement mécanique qui ressemblait à une lampe anti-insectes. Je suis entré dans la maison, et un nuage de fumée de cigarette flottait dans la pièce au niveau de ma taille. Mon père était penché sur une chaise pliante, dos exposé, tandis qu'un Hispanique aux cheveux longs lui perçait la peau avec un pistolet de tatouage. Ni l'un ni l'autre n'a levé les yeux. La seule personne à le faire a été la blonde maigre que mon père fréquentait, qui a jeté un coup d'œil dans ma direction avant de se concentrer de nouveau sur le tatouage.

J'ai marché sans un mot jusqu'à la table basse et attrapé le paquet de Winston de quelqu'un. Je me suis enfoncé une cigarette dans la bouche et affalé sur le canapé à côté de la fille. Depuis l'endroit où je me trouvais, j'ai vu que l'Hispanique était en train d'écrire le nom de la blonde maigre en lettres cursives entre les épaules de mon père. Il était presque intégralement recouvert de tatouages, et dans le patchwork de sa peau, chacun avait commencé en étant un nom de femme, pour être recouvert par la suite par quelque chose de plus permanent.

« Pourquoi tu te colles son nom sur le dos ? »

Je me suis enfoncé dans le canapé et j'ai allumé la cigarette avec mes yeux encore défoncés à moitié clos.

« Ferme ta gueule, Jacob ! » a hurlé Josephine, mais aucun des autres n'a même pris la peine de lever les yeux.

Le pistolet de tatouage s'est éteint, l'Hispanique a donné une tape sur l'épaule de mon père, et ce dernier s'est redressé et a tendu la main vers ses cigarettes. L'Hispanique avait raccourci son nom en Jose, et j'ai éclaté de rire, le joint de tout à l'heure continuant de me mettre de bonne humeur.

« C'est qui José ?

— C'est Josie, abruti, c'est le surnom que m'a donné ton père, mais comment tu pourrais le savoir ? C'est pas comme si tu savais écrire. T'as même pas fini le lycée. »

Mon père lui a lancé un regard pour qu'elle la ferme, ce qu'elle a fait aussitôt. Il avait payé pour cette bouche, après tout, donc je suppose que ça lui en donnait le droit. Les dents de la fille étaient quasiment pourries la première fois qu'elle était venue, mais mon père disait qu'il voyait quelque chose en elle. Alors il avait fait faire pour quinze mille dollars de travaux sur ces gencives, juste pour qu'elle puisse sourire avec des dents comme des perles.

« D'ici on dirait qu'il a écrit J-O-S-E, et pour autant que je sache, ça signifie José. »

J'ai regardé l'Hispanique, qui a écarquillé de grands yeux. Il semblait sur le point de rire, mais j'ai perçu cette peur au fond de lui, comme s'il allait se pisser dessus.

« J-O-S-E ? »

Mon père s'est retourné pour regarder directement l'Hispanique. Cette peur que j'avais perçue s'est logée dans les yeux de l'homme.

« Putain de merde, cet abruti de Latino a oublié le *i* ! » a hurlé Josephine d'une voix stridente.

Elle bouillait désormais, son visage rougi tandis qu'elle se levait. Elle portait un short court et un débardeur qui la couvrait à peine. Pendant une fraction de seconde, j'ai cru voir ce que mon père avait vu en elle, mais elle a rouvert la bouche.

« Charlie, tu ferais bien de l'empêcher de me faire ça ! Tu ferais bien de pas laisser un Latino gâcher notre histoire ! »

L'Hispanique la regardait avec de grands yeux, et je savais que, si je lui avais tendu un couteau à cet instant, il aurait planté cette connasse à grande gueule jusqu'à ce qu'elle ne produise plus d'autre bruit que des glouglous.

Mon père est resté calme, comme à son habitude, et un homme qui pouvait rester paisible tout en faisant le genre de choses qu'il était réputé faire était d'autant plus effrayant. Il n'a pas haussé la voix, n'a pas levé la main, il s'est simplement tourné vers l'Hispanique et lui a demandé s'il pouvait arranger ça.

« Bien sûr que non, il peut pas l'arranger ! » a beuglé Josephine.

Elle s'apprêtait à rouvrir sa bouche, mais mon père l'a bâillonnée d'un simple regard.

« Vous deux, tirez-vous dehors, que je puisse avoir une conversation avec Jacob. » Mon père s'est levé et a prudemment déroulé son tee-shirt sur son dos. « T'arrangeras ça quand j'aurai fini de parler au garçon. »

L'Hispanique s'est levé, posant le pistolet de tatouage sur une petite table avant de se diriger sans un bruit vers la porte. Josephine, de son côté, s'est attardée une minute, s'accrochant au cou de mon père comme une cravate lâche avec des dents en perles fixées au nœud. Elle l'a embrassé dans le cou, mais il ne faisait pas trop attention à elle. Elle a marché d'un pas fier en direction de la porte tout en me fusillant du regard comme si c'était moi qui avais mal orthographié son nom. Je lui ai fait un sourire narquois, qui l'a foutue en rogne.

Mon père a marché jusqu'au tourne-disque – même alors, en 2009, « rien ne sonnait aussi bien qu'un vinyle » – et il a monté le volume jusqu'à ce que Twitty emplisse la pièce. Il mettait toujours la musique fort quand il s'agissait de parler business, pour que les personnes en dehors de la conversation ne puissent pas saisir un mot à moins de coller leur oreille à notre bouche. Il a traîné la chaise pliante devant moi et s'est assis dessus à califourchon.

Même pour moi, mon père avait cette expression qui disait qu'il avait vu et fait des choses qui assombrissaient la lumière qui avait pénétré ses yeux. Tout ce qui restait, c'était ce que les types revenus de la guerre appelaient un « regard perdu », et même si mon père ne m'avait jamais rien fait qui m'aurait fait battre en retraite, j'avais toujours un peu peur quand il parlait.

Il a allumé une nouvelle cigarette avec celle qui se consumait, et il s'est penché vers moi pour que je sois certain de l'entendre. Ses cheveux sombres étaient gominés et séparés par une raie sur son front, et des marques d'acné adolescente mouchetaient les côtés de son visage. Son nez était un peu crochu, mais c'étaient les cicatrices d'acné qui attiraient le regard, le fait que son visage semblait criblé de trous.

« Tu vas aller au camp ce soir. » Ses paroles charriaient l'odeur des bières de l'après-midi. « Tu vas t'assurer que tout se passe comme je veux. »

Je savais de quoi il parlait, alors j'ai simplement acquiescé. Je suppose qu'autrefois, quand il avait commencé son business, mon père n'avait eu d'autre choix que de se salir les mains. Mais cette époque était depuis longtemps révolue. Tout avait débuté quand il avait eu un contact avec un dealer de cristal relativement important dans le Tennessee, à l'époque où les gangs de bikers étaient responsables de l'essentiel du trafic. En ce temps-là, ils passaient les frontières des États avec vingt-cinq ou cinquante grammes dans le carter de leur moto. Longtemps, mon père était resté au bas de l'échelle, mais les contacts s'étaient développés et il avait pigé. Maintenant il ne touchait plus rien de ce qui transitait par le comté de Jackson. Il se contentait de diriger le trafic lors de conversations à voix basse dans des pièces remplies de musique. La méthamphétamine était un corps qui vivait et respirait dans les Appalaches. La came venait du Mexique, mais mon père était le cœur de ce corps ici, et il irriguait toutes les veines de la région. Même si tout débutait ici, quand la cristal arrivait entre les mains du junkie du coin, elle avait franchi les montagnes au moins une douzaine de fois avant de revenir.

Le fond du problème, cependant, c'était la gestion de l'argent. Quand, après avoir eu juste de quoi survivre, mon père a commencé à s'en mettre plein les poches, il a dû trouver le moyen de faire paraître légaux tous ces dollars aux yeux des curieux. C'est comme ça qu'il a eu l'idée du garage automobile McNeely. Grâce à une combine bien huilée où chaque service proposé coûtait quatre ou cinq fois plus cher qu'une réparation normale, mon père blanchissait l'argent. Chaque dollar qui lui revenait était accompagné d'un ticket de caisse. Tous ceux qui apportaient une voiture à entretenir étaient de mèche, et la majorité des bagnoles avaient été achetées à un moment ou à un autre par mon père. Ils le payaient avec son propre argent.

Quand des gens réglos apportaient une voiture, ils repartaient scandalisés par le devis. Quand un shérif adjoint fraîchement sorti de l'école de police avait le culot d'essayer de comprendre ce qui se passait, il avait droit au même prix exorbitant que tout le monde. Certains de ces agents avaient même déboursé l'argent pour essayer de piger, mais ça ne donnait jamais rien. Certains de ces flics se faisaient aussi graisser la patte, et les types qui se faisaient graisser la patte la bouclaient. Ils apportaient les voitures et payaient les réparations, et en échange mon père leur filait de quoi bouffer quand l'hiver tuait tout, depuis l'herbe dans les champs jusqu'aux rêves. La seule chose qu'il n'avait jamais autorisée, c'était qu'une personne accro à la cristal meth s'approche de son business. Jusqu'à maintenant. Et cette unique personne menaçait désormais tout.

« Tu comprends ce que je demande, Jacob ? »

J'ai acquiescé.

« Tu peux pas te contenter d'acquiescer, bordel. J'ai besoin de t'entendre dire que tu comprends ce qu'il faut faire.

— Tu veux que j'aille au camp avec les gars et que je m'occupe de Ro… »

Mon père m'a filé une grande claque sur le côté de la tête.

« Prononce pas son putain de nom ! Prononce jamais son putain de nom ! Tu ne connais pas son nom, compris ?

— Compris.

— Bien. »

C'est tout ce qu'il a dit sur le sujet, et ça avait toujours été comme ça. Mon père en disait juste assez pour s'assurer que ce qui devait être fait serait fait, parce que le moindre détail supplémentaire pouvait mener à la confusion. Et il n'y avait pas de place pour la confusion dans un tel business.

Il s'est soulevé de sa chaise et a marché jusqu'à la porte. Il l'a ouverte, a écarté les bras en grand et bâillé tout en sortant sur le porche. Les chiens continuaient de gueuler, recouvrant de leur boucan la chanson *She Thinks I Still Care* qui sortait à plein volume des haut-parleurs. Le soleil brillerait encore pendant environ une heure dans la plaine, mais ici, à The Creek, il diffusait une lueur orange dans l'entrebâillement de la porte tandis qu'il s'enfonçait derrière les montagnes. J'ai pris le paquet de clopes sur la table basse et j'en ai allumé une. Ils étaient tous les trois sur le porche, mon père faisant taire les deux autres pour que l'Hispanique et Josephine ne se jettent pas à la gorge l'un de l'autre. J'ai laissé le disque tourner.

4

Le camp était situé dans un vallon sombre et humide entre Walnut Creek et Ellijay. Même si la pleine lune avait presque assez illuminé la route pour rouler sans phares pendant l'essentiel du trajet, la chaussée avait finalement laissé place à des graviers poussiéreux, et plus une once de lumière n'avait traversé les arbres. Les vieux chemins forestiers n'étaient plus guère entretenus, et ce n'était pas un endroit où beaucoup de gens s'aventuraient sans un bon 4 × 4 et une tronçonneuse.

J'étais venu ici des centaines de fois au fil des années, et à l'époque, avant que les riches se mettent à préserver ceci ou cela, mon père et moi avions passé de nombreuses nuits au camp pendant la saison de la chasse au sanglier et à l'ours. C'était vraiment la seule utilité du camp, garder les gens au sec et les empêcher de se les geler quand l'hiver arrivait, mais il était désormais à peine en état de remplir cette fonction. La cabane était délabrée et s'affaissait, elle n'était plus qu'un squelette de planches grises et gondolées et de fer-blanc rouillé.

Je devinais que les gars étaient déjà à l'intérieur. Un mince rectangle de lumière autour de la porte et quelques rares faisceaux qui passaient à travers les trous dans le toit étaient tout ce qui brillait dans l'obscurité.

Je me suis approché du camp en longeant un sentier qui avait été percé à travers les lauriers. Le bouillonnement d'un petit ruisseau résonnait derrière la cabane, mais je les entendais parler à l'intérieur.

Robbie Douglas était ligoté, des fils de fer aussi fins que des cordes de guitare attachant ses bras et ses jambes à une chaise pliante en métal. Du sang coulait de ses avant-bras aux endroits où le fil de fer l'avait tailladé quand, à un moment ou à un autre, il avait tenté de se dégager. Il était assis là, désormais aussi calme qu'un chien vaincu, sa chemise ôtée et son torse nu moucheté de brûlures là où les gars avaient écrasé leurs mégots de cigarettes. Même si son corps était en train de le lâcher, sa bouche remuait constamment comme s'il cherchait à se décrocher la mâchoire. Ses yeux exorbités et mauvais étaient maintenant pleins d'une angoisse que je n'avais jamais vue que dans les yeux d'un raton laveur après une nuit passée dans un piège.

« T'étais où, bordel ? »

C'est Jeremy qui a parlé le premier. Il n'y avait que lui et son frère, Gerald, dans la pièce avec Robbie. Les frangins passaient leurs journées à travailler pour mon père au garage. C'étaient tous deux des mécaniciens qualifiés, histoire de faire paraître la boîte officielle. Mais il n'y avait jamais eu grand-chose d'officiel chez Jeremy Cabe, hormis quelques photos d'identité judiciaire. C'était un petit maigre aux yeux d'un bleu glacial, avec une moustache clairsemée qui surmontait ses lèvres. Ces types secs et nerveux aux yeux écarquillés s'avéraient souvent les hommes les plus dangereux, et c'était ce qui me mettait mal à l'aise chez lui. Il avait toujours une lueur dans le regard, comme si, si vous ne croyiez pas ce qu'il disait, il vous le prouverait à cette putain de seconde.

« Un arbre a dû tomber après votre arrivée. J'ai dû me scier un passage pour venir.

— Ce fils de pute nous en a fait baver ! Il a craché sur ma chemise de travail et il a quasiment arraché l'œil de Gerald ! »

Jeremy a baissé les yeux vers sa chemise bleu marine et frotté un crachat blanc qui ressemblait à une tache de sperme au-dessus du patch qui portait son nom.

Je distinguais à peine le visage de Gerald tandis qu'il se tenait dans le coin opposé de la pièce derrière la chaise. Une petite lanterne était posée sur une table de fortune à côté de Jeremy, et un projecteur de 315 000 candelas avait été installé par terre et braqué droit sur les yeux de Robbie. Gerald se tenait dans l'ombre projetée par ce dernier, mais je distinguais néanmoins une ligne rouge sombre qui descendait depuis le côté de son œil et s'enfonçait dans sa barbe. C'était le type d'homme qui n'aurait pas fait de mal à une mouche, et hormis ces yeux bleus, les frères ne se ressemblaient absolument pas. Gerald était aussi large qu'un gros sapin du Canada, et il portait constamment des bretelles accrochées à son pantalon et un tee-shirt juste assez court pour permettre à son ventre de se replier par-dessus sa boucle de ceinture. Il avait une tignasse hirsute sous une casquette de camionneur qui disait « Joy Dog Food », et une barbe immonde qui tombait de son visage. Mais il avait beau être intimidant, c'était Jeremy qu'il fallait garder à l'œil.

« Calme-toi, Jeremy. On dirait que vous vous en êtes sortis sans trop verser de sang.

— Mon cul que je me calme ! Si y avait pas ton père, on aurait enterré cet enfoiré dans une vieille mine d'amiante ou ailleurs ! Qu'on vienne pas me dire de me calmer !

— À en juger par les mégots de cigarettes par terre et ces brûlures sur son torse, je dirais que vous êtes quittes. »

J'essayais d'avoir l'air dur et calme, et tandis que les mots franchissaient mes lèvres, je me disais que je ne m'en tirais vraiment pas mal. Mon père voulait que je sois un homme, et c'était ce genre de situation qui faisait de vous un homme. La vérité, c'était que je n'avais jamais pris part à rien de tel, parce que ce genre de truc ne se produisait pas trop souvent. La plupart du temps, ses affaires se déroulaient sans accroc, et mon père inspirait aux gens suffisamment de respect ou de crainte ou de je ne sais quoi pour qu'on n'en arrive pas là. En fait, j'avais une trouille bleue.

« Est-ce qu'il a dit quelque chose ?

— Il a dit un tas de conneries, mais c'est tout, juste un ramassis de conneries. Il a pas dit un mot d'utile. »

Gerald n'avait toujours pas parlé, mais il s'est avancé et s'est posté juste au-dessus de Robbie. Son ventre était presque assez proche pour reposer sur la tête de ce dernier.

« Je vous ai déjà dit que j'avais rien à dire, j'ai parlé à personne et c'est tout, point final. »

Robbie parlait vite, et c'était difficile de démêler ses paroles avec sa mâchoire qui remuait comme s'il mastiquait la même chose invisible que ma mère.

« Si t'as parlé à personne, alors c'est bien, ai-je dit. C'est bien, Robbie. Mais le problème, c'est qu'on a entendu une autre histoire. Le problème, c'est que cette personne à qui t'as parlé est quelqu'un que mon père connaît depuis très, très longtemps. »

Robbie avait disparu des radars pendant quelques mois. Il ne venait pas souvent, et c'était peut-être pour ça qu'aucun de nous ne savait à quel point la cristal l'avait amoché. Si mon père avait su, on n'en serait pas arrivés là. Mais il n'avait rien su, et il avait fallu que les flics tombent sur Robbie pendant qu'il essayait de piquer une chaîne hi-fi et une télévision à ses propres parents pour qu'il le découvre. Robbie n'avait jamais été trop impliqué. Il n'avait jamais effectué de livraisons, jamais vu la dope que les Mexicains envoyaient désormais. Il avait longtemps été employé par mon père, apportant des camions pour des vidanges hors de prix et ce genre de choses, et il avait une assez bonne idée de la manière dont le business fonctionnait. Quand les agents l'avaient embarqué, c'était un flic payé par mon père, un « ami de la famille », comme il les appelait, qui avait mené l'interrogatoire. Et sans même que les questions abordent le sujet, Robbie s'était mis à déballer ce qu'il n'aurait pas dû déballer.

Il n'avait pas dormi depuis près d'une semaine à ce stade et commençait à retomber. Cette chute était toujours le moment le plus dur, apparemment, et quand le trou devenait profond, les types se raccrochaient à n'importe quelle corde pour se tirer de là. C'était ça qui distinguait les camés à la cristal meth de tous les autres junkies que j'avais fréquentés. Les mecs qui se défonçaient aux cachets ou à la cocaïne ou à la méthadone ou à n'importe quel type de dope pouvaient garder leur sang-froid quand ils étaient dans ce trou. J'avais pris toutes les drogues imaginables et n'avais jamais songé à balancer qui que ce soit. La cristal meth, en revanche, semblait provoquer une certaine paranoïa. Après environ une semaine à planer aussi haut, sans un seul rêve pour vous aider à vous raccrocher à quoi que ce soit, l'esprit commençait à aller dans des endroits où il n'aurait pas dû aller. Après ça, vous disiez à peu près n'importe quoi pour retrouver un peu de clarté. C'était pour ça que Robbie était là. C'était pour ça qu'il fallait faire ce boulot. S'il avait parlé à quelqu'un, il recommencerait, et il était impossible de savoir qui seraient les autres. Certains chiens devaient être piqués.

« Qu'est-ce que tu racontes, Jacob, tu me connais et je te connais depuis longtemps, bon Dieu, ton père me connaît depuis longtemps, et je vous ai jamais causé de problèmes, et maintenant vous me traitez comme ça, vous dites que j'ai parlé à quelqu'un alors que j'ai rien dit. »

Ses divagations l'avaient mis à bout de souffle, mais Robbie restait parfaitement immobile en dessous de la taille. C'était la partie supérieure de son corps qui se livrait à une lutte constante, sa tête cherchant à tournoyer sur elle-même comme une toupie.

« Si, t'as dit quelque chose. » Je me suis agenouillé et j'ai baissé le projecteur vers son torse pour qu'il puisse me regarder en face pendant que je m'approchais. Son visage maigre et crasseux s'agitait, mais ses grands yeux sombres exorbités étaient fixés sur moi. « Il s'agit pas de savoir si tu as dit quelque chose ou non. On sait que t'as parlé. Ce qu'on a besoin de savoir, c'est à qui t'as parlé. »

Je ne sais pas si c'est parce que je me suis avancé ou si c'est parce que Robbie a finalement été en mesure de voir autre chose que de la lumière blanche, mais à cet instant il a été pris de convulsions incontrôlables, avec les fils de fer qui le lacéraient comme des lames de rasoir.

« J'ai rien dit ! » qu'il hurlait encore et encore, le sang dégoulinant de ses doigts et de ses coudes et formant une flaque par terre à mesure que les fils pénétraient de plus en plus profondément.

Du coin de l'œil, j'ai vu Jeremy se précipiter en avant et Gerald se mettre à reculer rapidement, et avant que je comprenne ce qui se passait, Jeremy a jeté quelque chose au visage de Robbie, dont les hurlements ont électrisé la pièce. C'était comme s'il avait fait passer une ligne à haute tension dans cette petite cabane et que tout d'un coup tout était lumineux. Robbie gueulait si fort que les veines de son cou saillaient, et après quatre ou cinq de ces hurlements, quand il n'a plus eu d'air en lui, la peau sur son visage a commencé à blanchir et à se décoller comme un mouchoir en papier humide. J'étais resté aussi immobile qu'un bloc de granit pendant toute cette agitation. Mais Gerald a nonchalamment traversé la pièce et attrapé un seau en fer-blanc dans un coin. Il n'y avait aucun empressement dans son pas tandis qu'il marchait tranquillement, ni quand il a vidé ce qui devait être de l'eau sur la tête de Robbie.

« *Qu'est-ce que c'était que ça ?*

— Il disait rien », a répondu Jeremy. Il avait une expression frénétique, comme un gamin qui vient d'écraser une grenouille sur du béton. « Fallait passer au niveau supérieur.

— Non, je veux dire, qu'est-ce que c'était que ça ? Qu'est-ce que tu lui as balancé dessus ?

— De l'acide, mec. De l'acide sulfurique qu'un de mes potes a piqué dans l'usine de papier à Canton. »

Jeremy a poussé un grand cri triomphal qui a recouvert les hurlements pendant une seconde ou deux, puis il a éclaté de rire comme s'il venait de voir la chose la plus marrante qu'il ait vue de sa vie. Son frère ne disait pas un mot et demeurait imperturbable. Je sentais mon expression changer, mon visage se transformer en grimace tandis que l'odeur s'emparait de moi.

« Qui t'a dit de faire ça ? Et qui t'a dit d'apporter ça ici ? »

Je regardais désormais fixement Jeremy, mais il avait toujours son sourire idiot sur le visage. Sa main qui avait lancé l'acide était recouverte d'un gant de travail en cuir qui commençait à brûler, car quelques gouttes avaient débordé du bocal.

« Est-ce que c'est mon père qui t'a dit d'apporter cette merde ? C'est lui qui t'a dit de prendre les choses en main ? »

J'ai vu que la mention de mon père et la crainte de ce qui risquait de lui arriver pour avoir fait ça ont produit leur effet sur Jeremy.

« Désolé, mec. C'est juste, c'est juste qu'il disait rien. Que des conneries. Il disait que des conneries et ça pouvait pas aller. » Le sourire suffisant sur son visage est devenu sinistre. « Ton père nous a demandé d'avoir le fin mot de cette histoire, et il crache pas le morceau. »

Robbie Douglas continuait de gueuler, et s'il avait encore eu des larmes en lui, elles auraient coulé à flots, mais la peau se décollait à l'endroit où s'étaient trouvés ses yeux. Il tremblait violemment sur cette chaise, les fils de fer continuant de le lacérer, et aucun de nous n'a dit un mot jusqu'à ce que son corps s'affaisse. Désormais, seule sa poitrine se soulevait et retombait lourdement.

« Bon, Robbie, tu me connais aussi bien que tout le monde, et tu sais que c'est pas mon genre de laisser faire un truc comme ça. » J'ai effacé la dureté dans ma voix et suis revenu à mon ton habituel. « Tu dois me dire à qui d'autre t'as parlé pour que je puisse arrêter ça.

— Je te l'ai déjà dit, j'ai parlé à personne, jamais, et ça changerait rien si je l'avais fait parce que vous allez me tuer de toute manière, je le sais, et je préférerais que vous le fassiez maintenant, là, tout de suite, putain. »

Jeremy s'est de nouveau précipité en avant et a jeté un autre bocal d'acide au visage de Robbie avant que j'aie le temps de le voir venir. La cruauté absolue de ce que Jeremy venait de faire a semblé contaminer son frère. Gerald a tiré un couteau à dépouiller incurvé avec un crochet à éviscérer qui partait de la pointe de la lame. Il avait une expression menaçante dans les yeux, un calme haineux, comme s'il savait que non seulement il ferait aussi bien que son frère, mais qu'il essaierait même de le dépasser. Il a fait un bond en avant et donné un violent coup de couteau juste au-dessus de la clavicule de Robbie. Les hurlements ont recommencé, et j'ai tiré de la poche arrière de mon jean un revolver que mon père m'avait donné au cas où les choses tourneraient mal. Je l'ai pointé pile entre les yeux de Jeremy.

« Je t'ai dit que c'était pas à toi de faire ça ! » J'essayais de hurler par-dessus les beuglements de Robbie, mais ma voix semblait étouffée, comme si mes lèvres s'ouvraient et se refermaient sans produire un seul son. « Je t'ai dit que mon père m'avait envoyé pour m'en occuper ! »

Jeremy n'a pas dit un mot. Il a simplement fixé le trou noir du canon sans broncher. Du coin de l'œil, j'ai vu Gerald s'écarter de Robbie, qui braillait tandis que son visage pelait et que le sang coulait de son épaule. Et il braillait vraiment. J'ai tourné l'arme vers Gerald et reculé dans le coin le plus proche pour avoir les deux frères Cabe dans ma ligne de mire. Gerald s'est accroupi et a essuyé la lame sur le pantalon de Robbie avant de renfoncer le couteau dans l'étui qu'il portait à la taille.

« C'est pas la peine de se monter les uns contre les autres ! a beuglé Jeremy. Ça va rien donner de bon ! »

Et tandis qu'il prononçait cette phrase, les hurlements ont cessé, et tout d'un coup ses paroles ont été parfaitement audibles.

Nous avons tous trois regardé en direction de Robbie, sa tête affaissée sur sa poitrine, son torse qui se soulevait et retombait d'une façon de moins en moins prononcée. Sa respiration s'est affaiblie au cours des minutes qui ont suivi, et aucun de nous n'a dit un mot. Un ultime gros soupir rauque, et il a soudain été aussi immobile que de la glace. Silencieux.

Le chemin forestier s'achevait à la naissance d'un ruisseau, à l'endroit où l'eau commençait à suinter de la roche. Il y avait une petite clairière parmi les arbres, et le clair de lune qui filtrait faisait scintiller le cours d'eau.

« Y a un promontoire sur cette colline, mais va falloir le traîner jusque là-bas », a déclaré Jeremy.

Les frères avaient enveloppé le corps dans une bâche, l'avaient chargé sur la plateforme de mon pick-up, et l'avaient suivi de près dans leur camionnette sur le chemin forestier jusqu'à ce qu'il devienne impossible de rouler. Mon père avait toujours dit qu'au bout du compte la seule chose importante, c'était de savoir à qui on pouvait vraiment faire confiance. Comme je savais que je ne pouvais absolument pas faire confiance aux deux Cabe, j'ai renfoncé le revolver à canon court à l'arrière de mon pantalon et suis sorti dans la nuit.

« C'est probablement mieux si on utilise cette bâche pour le traîner. Y a une piste correcte sur l'essentiel du chemin », a ajouté Jeremy.

Je n'ai pas dit un mot. Je n'étais pas censé être là pour cette partie du boulot. Le plan de mon père, c'était que je devais faire dire à Robbie à qui il avait parlé, puis laisser les frères Cabe terminer le travail, mais maintenant nous étions tous impliqués. Le seul moyen de sortir de cette noirceur, c'était d'aller de l'avant.

Gerald a tiré la bâche de la plateforme du pick-up tel un magicien ivre tentant d'arracher une nappe de sous un cercueil, et le corps de Robbie s'est plié et est tombé par terre. Les brûlures sur son visage étaient collantes et adhéraient par endroits à la bâche. J'ai dû détourner le visage pour ne pas vomir. C'était le premier mort que je voyais en dehors des jolis cadavres maquillés des funérariums aux éclairages tamisés. En cet instant, j'ai compris que ce qui était en train d'arriver était le genre de chose qui ne quittait jamais un homme, le genre de chose qui l'empêchait de rêver pour le restant de sa vie.

Jeremy s'est penché et a enveloppé le corps dans la bâche comme dans un cocon, et j'ai été soulagé de ne plus être contraint de le voir. Nous avons avancé péniblement dans les bois, Jeremy nous ouvrant un chemin, Gerald traînant la bâche la plupart du temps seul, et moi donnant des coups de pied dedans pour la dégager chaque fois qu'elle s'accrochait à une racine ou à un rocher.

« Je sais pas pour vous les gars, mais moi j'ai rencard avec Jack et Ginger quand tout ça sera fini, a déclaré Jeremy tout en écartant un enchevêtrement de lauriers pour laisser passer Gerald. Ouais, j'entends ce whiskey et ce ginger-ale qui m'appellent en ce moment même. Et vous ? Quelque chose de prévu ? »

Je trouvais étrange qu'il puisse parler avec autant de détachement au beau milieu de cette horreur, mais que ça nous plaise ou non, nous étions partenaires à cet instant, et les partenaires devaient se distraire mutuellement pour tuer le temps.

« Je pensais m'arrêter à une fête sur le chemin du retour.

— Une fête ? Merde, Jacob, pourquoi tu nous as pas dit qu'y avait une fête ? On pourrait tous y aller. On y va en bagnole ensemble, tu sais, et on fait une sacrée entrée. Ces gens se diront qu'ils savaient pas ce que c'était qu'une fête avant qu'on arrive et que j'entre dans cette baraque avec, *ta da*, la queue à l'air. »

Il a fait un bond et s'est retourné pour nous regarder. Puis il a remué les hanches comme s'il tirait un coup, avec un sourire de branleur assez large pour que le clair de lune illumine ses dents pourries.

« C'est pas une grosse fête. Juste une bande de lycéens.

— Avec les filles de seize ans, t'en prends pour vingt ans, Jacob. Je crois que je vais me contenter de Jack et Ginger. »

La forêt était pleine de bruits nocturnes au loin, mais elle était paisible aux endroits où nous marchions. Le silence nous accompagnait. Gerald a poussé un grognement tandis que nous gravissions un talus abrupt à flanc de colline, et nous lui avons donné un coup de main pour hisser le corps sur la crête. Le promontoire n'était guère plus qu'une simple paroi rocheuse avec une pente raide jonchée de rochers qui n'avaient pas bougé depuis que l'eau les avait placés là des milliers d'années plus tôt. Je me suis tenu en retrait tandis que les frères Cabe agrippaient la bâche par ses extrémités et commençaient à la balancer. Quand le corps s'est élevé assez haut, Jeremy a lâché son extrémité et le cadavre de Robbie a roulé, inerte, ses membres battant l'air, jusqu'au bas de la colline où il a atterri sur un gros rocher rond. Gerald a replié la bâche comme si c'était un objet précieux, et j'ai regardé vers l'endroit où le premier homme que j'avais vu mourir était enroulé autour d'un rocher comme une mortaise autour d'un tenon. Les frères Cabe ont commencé à rebrousser chemin vers les camionnettes.

« À plus, Jacob ! » a hurlé Jeremy.

Mais je suis resté planté là un moment et j'ai continué de regarder le cadavre. Je me disais que si cette scène devait me hanter quelque temps, je ferais aussi bien d'en absorber chaque détail.

5

Des voitures étaient garées de travers sur le moindre centimètre carré d'herbe et avaient commencé à déborder sur le bord de la route quand je suis arrivé. L'endroit ressemblait à un plateau de Scrabble, avec des blocs épelant des mots comme « mineur » ou « cellule de dégrisement ». Les flics seraient bien obligés de débarquer à un moment ou à un autre, mais ils étaient d'ordinaire enclins à foutre la paix aux jeunes lors d'une nuit dont ils ne se souviendraient jamais. De plus, j'espérais que les voitures de patrouille arriveraient d'une minute à l'autre et que les agents prendraient bien le temps de regarder mon visage. Ça me ferait un alibi aussi bon qu'un autre.

J'étais déjà à moitié allumé après avoir descendu une demi-bouteille de Dr. McGillicuddy's dont mon père ne remarquerait pas l'absence dans le bar, vu qu'on était encore à des mois de la saison froide. Entre le schnaps au menthol et le demi-joint que j'avais trouvé dans le cendrier de la camionnette, j'étais bien parti quand j'ai déposé une barrette de Xanax blanche sur ma langue et l'ai avalée.

Il y avait des jeunes jusque sur la pelouse, la plupart trop bourrés pour tenir debout tandis qu'ils roulaient des pelles à des filles avec qui ils avaient grandi et à qui ils avaient avoué un amour qui se serait évaporé une fois l'aube venue. J'espérais que Maggie était quelque part dans la foule et qu'elle serait heureuse de me voir. Je me foutais complètement des autres. Peu m'importait que ces mecs soient vivants ou balancés du haut d'un promontoire pour servir de nourriture aux vautours.

L'intérieur de la maison avait été mis à sac et sa dignité habituelle s'était fait la malle pour la nuit. Les parents de Charlie Mitchell lui aplatiraient à coup sûr sa grosse pomme d'Adam quand ils rentreraient, et c'était peut-être pour ça qu'il courait ici et là, ramassant les cadavres de bouteilles et remplissant des sacs-poubelle noirs alors qu'il était à peine plus d'une heure. Le pauvre type transpirait, des gouttes de sueur se formant sous ses cheveux d'un roux vif aussi vite qu'il pouvait les essuyer. Il a eu un temps d'arrêt en me voyant debout dans l'embrasure de la porte. Ses yeux lui sont sortis de la tête pendant une seconde, comme si je venais de chier sur une soirée qui n'était déjà qu'un gros tas de merde fumante.

J'ai parcouru des yeux la pièce remplie de visages que j'avais connus toute ma vie. Mais c'était différent désormais. Quand je dormais au fond de la salle de classe, et même pendant quelques mois après que j'eus laissé tomber l'école, ces gamins m'avaient regardé comme une sorte de héros, comme si je faisais des choses et allais dans des endroits dont ils avaient toujours rêvé sans jamais avoir le cran de le dire à voix haute. Mais plus maintenant. Maintenant ils me voyaient tel que j'étais, je suppose. Un minable. Un minable qui n'aurait rien su d'eux s'il n'y avait pas eu Facebook.

Blane Cowen a été le premier à me parler. Il s'est approché en titubant sur ses jambes cotonneuses tandis que la partie supérieure de son corps décrivait des cercles qui formaient presque une orbite parfaite. Sa tignasse bouclée se dressait dans tous les sens sur sa tête, et il clignait lentement des yeux, ce qui donnait l'impression qu'il était archibourré. Il parvenait à peine à articuler quand il m'a dit bonjour.

« Quoi de neuf, Jacob ? »

Il a étiré mon nom comme s'il déchiffrait des hiéroglyphes.

« Que dalle. Et toi ?

— Je suis défoncé, vieux. J'ai picolé. J'ai fumé. Je suis défoncé ! »

J'ai ri un peu. Jouer le jeu de ce type a presque suffi à me faire oublier d'où je venais pendant une minute ou deux.

« Je vois ça, mon pote.

— C'est génial, mec. » Blane a semblé sentir que je ne pouvais pas lui accorder le type d'attention qu'il voulait. « Bon, ça m'a fait plaisir de te voir, vieux ! Passe-moi un coup de fil un de ces quatre. On ira en fumer un. »

Je n'ai pas répondu mais j'ai regardé Blane s'éloigner en chancelant jusqu'à ce qu'il atteigne le centre de la pièce. C'était l'endroit où il avait toujours voulu être, pile au cœur de l'action. Seulement personne ne faisait attention à lui. Il a tourné la tête de tous les côtés et, avec ses yeux mi-clos, a attendu de repérer quelqu'un qui le regardait. Quand deux types l'ont remarqué, Blane s'est affalé raide comme une planche, tête la première, dans le canapé. Les deux qui l'observaient ont ricané, et le bon vieux Blane s'est mis à grogner et à marmonner des paroles incohérentes. Il était fait pour Hollywood.

Je me suis frayé un chemin à travers un couloir bondé de monde où le rap qui passait à fond faisait bouger les photos de famille sur les murs. La plupart des jeunes ne me remarquaient même pas, mais ceux qui le faisaient portaient leur gobelet en carton rempli de bière tiède à leurs lèvres pour ne pas avoir à me parler. Je ne sais pas ce qui avait vraiment changé, du fait que j'avais été absent pendant deux ans et n'avais pas passé chaque heure du jour à côté de ces connards, mais ils me regardaient désormais comme si me dire bonjour aurait suffi à mettre leur univers sens dessus dessous.

Autour d'un bar au centre de la cuisine, les types qui avaient la cote jouaient au « bière-pong » pendant que les groupies se tenaient à proximité en se demandant si un de ces mecs était assez allumé pour songer à lui enlever sa petite culotte et à l'envoyer valser sur le ventilateur du plafond. Ce qu'elles ne savaient pas, c'était que les types de ce genre étaient trop soucieux de s'impressionner les uns les autres pour se concentrer sur des trucs importants comme le cul. Ils étaient trop occupés à descendre des bières et à essayer de mémoriser des paroles de rap pour repérer les filles qui voulaient se faire sauter. Pourtant, je savais que si Maggie était dans la maison, elle serait dans le coin. Les types qui balançaient des balles de ping-pong dans des gobelets en carton pleins de bibine étaient arrivés ici par l'entremise d'Avery Hooper, et j'étais certain qu'elle était quelque part avec lui.

La fumée était épaisse de l'autre côté de la pièce, et le lustre en cuivre au plafond créait un halo lumineux autour d'une petite table. J'ai vu Avery assis dos à la fenêtre. Il a dit quelque chose que j'étais trop éloigné pour entendre, et j'ai aperçu Maggie. Elle s'est penchée en arrière sur la chaise à côté de lui, la tête inclinée, ses boucles blondes pendantes, et elle a éclaté de rire. Mais même si elle donnait l'impression de s'amuser, il était clair qu'elle n'était pas à sa place. La plupart d'entre nous qui étions nés ici mourrions ici, sans jamais avoir rien vu au-delà de Pigeon Forge, mais pas elle. Quand on avait neuf ou dix ans et qu'on apprenait l'écriture cursive, elle passait des heures à mémoriser chaque courbe de son nom. « Tous les gens célèbres doivent signer des autographes », qu'elle disait. Moi, je n'arrivais même pas à me souvenir des sinuosités des *x* et des *z*. La plupart des gens posent leurs yeux au loin à un moment ou à un autre, mais avec le temps, leurs yeux reviennent à leur point de départ. Ceux de Maggie n'étaient jamais revenus. La plus grande différence entre elle et les autres rêveurs était qu'elle était assez déterminée et intelligente pour rendre les choses réelles. Il avait toujours été évident que Maggie ne faisait que passer.

Une partie de moi hésitait à m'approcher, mais les quatre-vingt-dix-huit pour cent restants carburaient au Xanax, me faisant oublier mon anxiété. Avery Hooper était le genre de type que vous vouliez soulever du sol et démolir chaque fois qu'il vous regardait. Il s'était laissé pousser les cheveux, et des touffes dépassaient au-dessus de ses oreilles et rebiquaient vers le plafond. Une rangée serrée d'épaisses perles en bois, l'un de ces colliers qu'on trouvait dans des bijouteries fantaisie de merde dans des bleds de merde comme Gatlinburg, lui entourait le cou. Ce fils de pute avait ce look étudiant, ce look je-fume-de-l'herbe-et-je-joue-au-footbag, et je le détestais pour ça.

Je suis passé en traînant des pieds à côté de la table de « bière-pong » et de la rangée de filles à qui il restait encore juste assez de rondeurs de bébé pour les rendre vulnérables. Quand je suis arrivé à la table, Maggie m'a vu. Elle a levé ses yeux d'un bleu argenté, et là où j'espérais trouver un signe de bienvenue, j'ai cru repérer une sorte de peur. Elle a regardé la table, puis de nouveau moi, avec des yeux de plus en plus larges. Il y avait une assiette, une de ces assiettes à motif floral que les parents conservent bien après leurs noces d'argent, sur la table. Et il y avait de la poudre sur cette assiette, une poudre épaisse qui scintillait comme des tessons de verre et découpait des lignes dans la lumière jaune. Je l'ai de nouveau regardée et j'ai vu une paille dans la main dont elle se servait pour repousser ses cheveux derrière ses oreilles. Et alors la rage a commencé à monter en moi. Une colère qui a balayé toute la brume qui me restait du joint, de l'alcool et du Xanax et n'a laissé qu'une envie furieuse de briser le moindre os de cet enfoiré. À cet instant, rien n'aurait pu me calmer, alors j'ai fait avec.

« Tu sniffes cette merde ? »

J'ai regardé Maggie droit dans les yeux, et j'ai vu qu'elle avait peur.

« Putain, mais de quoi tu te mêles ? Ça te regarde pas, Jake ! »

Mon regard s'est vivement tourné vers la bouche qui n'aurait pas dû parler mais le faisait, cette bouche qui risquait de me faire péter les plombs. Les yeux d'Avery étaient incandescents, et sa mâchoire s'était mise en mouvement.

« C'est toi qui lui as filé cette merde ?

— Va te faire foutre, Jake. Je te suggère de trouver un autre endroit pour aller jouer les héros, parce que personne veut de toi ici. Personne veut avoir quoi que ce soit à faire avec un minable comme toi, surtout pas Maggie. »

J'entendais la musique qui passait, mais le brouhaha des conversations et des cris s'était tu. Je sentais leurs regards rivés sur l'arrière de mon crâne, exerçant une telle pression qu'ils me poussaient en avant. Avant de comprendre ce qui se passait, j'avançais trop vite pour m'arrêter et me ruais sur lui.

Le premier coup de poing a fait flotter une brume rouge dans l'air, le sang s'est mis à couler, et j'ai vu dans ses yeux, je l'ai vu alors même que je le frappais, qu'il ne s'était jamais battu et voulait que ça s'arrête. Mais le coup suivant est arrivé et lui a fendu la tête contre la fenêtre. Le verre a volé en éclats, et j'ai continué d'avancer. J'avais désormais les mains sur lui, je l'avais arraché de sa chaise et mis au sol, et je le frappais à la tête, son crâne craquant tandis qu'il rebondissait sur le carrelage après chaque contact avec mes poings.

C'est quand ses yeux ont commencé à se voiler et que son expression de lapin stupéfait s'est transformée en hébètement que j'ai repris mes esprits. Quelque chose s'est emparé de moi, quelque chose qui me hurlait qu'un coup de plus le tuerait et qui a maintenu mon poing aussi immobile que la lune au-dessus de lui. Je me suis relevé, sentant ces yeux qui exerçaient une pression derrière moi. Mais c'était désormais une pression différente, la sensation que ces yeux appartenaient à des gamins qui n'étaient pas prêts à voir une telle chose.

En me relevant, j'ai vu Maggie. J'ai regardé l'assiette et l'endroit où elle avait posé la paille. J'ai regardé cette merde qu'elle était à quelques secondes de se coller dans le nez, ce piège qui l'aurait coincée dans cet endroit et dans cette vie tout comme moi. Elle fixait mes mains, la peau déchirée, le sang d'Avery et le mien étalés sur mes jointures aplaties. Et elle a simplement continué de fixer mes mains pendant que l'autre merde haletait et formait une flaque par terre.

6

En s'ouvrant le lendemain matin, mes yeux ont vu une ombre marron et floue, qui est bientôt devenue une paire de bottes en cuir avec de la boue séchée sur les semelles. J'ai mentalement passé en revue les différentes possibilités, mais la première était la bonne : c'étaient mes bottes. Le parquet, archicrasseux à cause d'hommes trop feignants pour pousser un balai, a été mon second indice que tout allait bien : j'étais à la maison. Je me suis soulevé du sol en poussant sur mes bras qui semblaient tout mous, et j'ai vu que j'étais dans ma chambre. Je n'avais simplement pas tout à fait atteint le lit.

C'était comme ça chaque fois que je mêlais alcool et Xanax, le tout formant un gentil petit cocktail. Les nuits qui commençaient avec un esprit affûté avaient toujours cette tendance effrayante à finir rapidement dans le noir. Je commençais par m'amuser, et je finissais par me réveiller avec rien d'autre que des histoires racontées par des amis pour faire la lumière sur ce que j'avais fait.

Malheureusement, j'avais pris le cachet juste un peu trop tard dans la soirée. J'aurais dû commencer plus tôt, je suppose. Je voyais encore le corps tout désarticulé de Robbie Douglas enroulé autour de ce rocher. Tout m'est revenu à l'envers à partir de ce point, aussi clair que la pièce dans laquelle je me tenais. J'ai vu son visage difforme ressortant de la bâche tandis que Gerald la traînait. J'ai vu son torse immobile recommencer à se soulever et à s'abaisser, encore et encore. J'ai entendu ses hurlements et j'ai vu son visage peler, et avant ça, juste avant ça, je l'ai simplement revu lui, Robbie Douglas, assis après une semaine de défonce avec ses yeux fixes et sa mâchoire qui remuait tandis que les fils de fer lui lacéraient les bras. C'est ce qui m'a fait foncer dans la salle de bains et me coller la tête dans les toilettes, et c'est ce qui m'a fait gerber dans la cuvette. Le fait qu'il avait été réel. C'était le fait qu'il avait été réel et vivant et qu'il avait respiré et eu des parents qui m'a fait enfoncer la tête à quelques centimètres de l'endroit où une pellicule de vomi recouvrait cette petite mare d'eau de chiottes.

« Jacob ! Jacob » Mon père hurlait, et je le sentais qui poussait sur la porte contre laquelle mes pieds étaient calés. « Jacob, c'est quoi ton putain de problème ? » Le son de sa voix m'a fait vomir encore plus violemment, et il a cogné sur la porte jusqu'à ce que chacun de mes orteils me semble avoir été tranché net. Il riait désormais tandis qu'il se tenait au-dessus de moi. « Bon Dieu, mon gars. Regarde-toi. » Il rigolait comme un malade. « Ça a dû être une sacrée soirée. Oui, mon pote, je crois pas m'être mis dans un tel état depuis des lustres. »

S'il parlait du fait que je vomissais, je l'avais vu faire la même chose une ou deux semaines plus tôt. Et s'il parlait de ce qui m'avait poussé à me coller la tête dans cette cuvette, j'avais entendu des histoires à son sujet.

« Maintenant lève ton cul, et sois un homme. J'ai quelque chose qui va te soigner. » Je me suis soulevé des toilettes en poussant sur mes mains encore couvertes de sang et de croûtes, mais je n'ai pas trouvé la force de me mettre debout. « Bordel, Jacob ! Arrête de faire ta lavette et lève-toi ! »

Mon père s'est penché et a passé les bras sous les miens. Il m'a hissé sans même un grognement.

Je suis resté planté là une minute avec la tête baissée, tout mon corps aussi mou qu'une corde. J'ai examiné mes mains et me suis traîné jusqu'au lavabo pour nettoyer tout ce que je pouvais des vestiges de la nuit précédente.

« Tu t'es bien amoché les mains. T'as cogné sur qui ?

— Avery Hooper. »

J'ai tourné le robinet et frotté fort les jointures de mes doigts jusqu'à ce qu'une eau rouge sombre s'écoule en spirale dans la canalisation.

« Avery Hooper ? C'est le fils du vieux Hooper, pas vrai ?

— Je crois que c'est son oncle. »

Mes yeux étaient concentrés sur la spirale d'eau tandis que le lavabo semblait avaler la seule chose dont je voulais me souvenir.

« Ouais, je crois que t'as raison. C'est le fils d'Aiden, le frère de Thomas. Merde, je détestais cet enfoiré quand on était gosses. J'ai attaché ce pédé à une tombe un soir pendant un camp de scouts, et je l'ai laissé là. On l'entendait gueuler pendant qu'on était assis autour du feu. Ils arrêtaient pas de demander ce que c'était que ce boucan, mais je leur disais que j'entendais rien. J'avais bien envie de lui trancher la gorge. »

Mon père s'est remis à rire et a fixé le miroir jusqu'à ce que nos yeux se rencontrent.

« Eh bien, son fils vaut pas beaucoup mieux.

— C'est ce qu'on dirait. Et on dirait qu'il reste un peu de sang McNeely en toi au bout du compte. »

C'était ce dont j'avais peur. J'ai pris de l'eau entre mes mains pour me rincer le visage et j'en ai laissé un peu me couler dans la bouche pour m'humecter la langue. Ma bouche était aussi sèche que du talc, alors j'ai commencé à me remplir les mains aussi vite que le permettait le robinet pour me réhydrater un peu.

« On aurait dit que t'étais en train de crever là-dedans. J'aurais dû savoir que tu faisais juste ta femmelette. » Mon père m'a dévisagé comme s'il n'en revenait pas que nous soyons parents, comme si j'étais la plus grosse déception de sa vie. « Bon, quand t'auras fini, viens dans la cuisine et je te préparerai quelque chose qui te remettra la tête à l'endroit. »

Vu sa façon de marcher, j'ai su que cette bonne vieille Josephine avait abdiqué sans trop protester après que le tatouage eut été recouvert, car tandis qu'il quittait la pièce, j'ai vu que son nom avait été recouvert de fleurs du genre de celles que les Mexicains dessinent à l'intérieur des crânes, et qu'au-dessus il y avait un *Josie* épelé convenablement, avec un *i*.

Ça sentait toujours les œufs au bacon dans la cuisine, mais il était clair que la poêle avait refroidi depuis des heures. Ce n'était pas le genre d'odeur appétissante qui flotte quand tout frémit sur le feu, mais plutôt cette espèce de relent de pieds en sueur qui arrive après.

« Eh ben, nom de Dieu, regardez qui c'est qu'a décidé de se lever ! »

Le soleil brillait à travers les volets, si bien que même les rais de lumière qui éclairaient la pièce étaient insupportables.

« Quelle heure il est ?

— Quelle heure il est, qu'il demande. Tu veux essayer de deviner ?

— Non.

— Eh ben, il est quatre heures et quart. T'as passé toute ta foutue journée accroché à ces chiottes. »

Mon père était assis sur le canapé avec ses pieds nus sur la table basse. Il ne portait pas de chemise, et ses tatouages assombrissaient les endroits de son torse qui ne voyaient jamais le soleil. Il s'est levé et a rajusté son pantalon de survêtement ample au niveau de sa taille avant de venir dans la cuisine et d'attraper une tasse dans le placard.

« Va poser ton cul de tapette là-bas. »

Il a commencé à mélanger je ne sais quelle concoction dans la tasse, mais je ne suis pas resté pour en identifier les ingrédients. J'ai titubé vers le canapé et j'ai opté pour l'endroit où il avait été assis. Quand il est arrivé, il a posé la tasse devant moi, une saloperie dont s'élevait une odeur âcre. Mon père s'est assis à côté de moi et a replacé ses pieds sur la table basse. Il a commencé à zapper, juste assez vite pour que ses yeux captent un aperçu de ce qui passait.

« Bois ça. Cette merde, c'est le putain de remède universel des McNeely. »

J'ai saisi la tasse et timidement bu ma première gorgée. J'ai aussitôt recraché et mon père a éclaté de rire tandis qu'une brume de postillons scintillait dans l'air.

« Qu'est-ce que c'est que ce truc ?

— Café noir, une pointe de bourbon, et deux antalgiques.

— C'est dégueulasse.

— C'est pas censé être bon. Arrête de faire ta fiotte et bois. »

J'ai avalé d'un trait la gorgée suivante, et même si je faisais la grimace comme si je suçais quelque chose d'aigre, quand le médicament a atteint mon ventre, j'ai senti la lourdeur s'atténuer.

« Parle-moi de la nuit dernière.

— Y a rien à dire.

— Épargne-moi ces bobards. Vas-y, parle-moi de ta nuit.

— Rien s'est passé comme tu le voulais…

— Bon Dieu, t'es pas foutu de tenir ta langue ! Je parle pas de ça ! Les gars sont passés vite fait tard hier soir et ils m'ont tout raconté. C'est le genre d'histoire qu'a besoin d'être racontée une seule fois. C'est mieux comme ça. Faut pas réveiller le chat qui dort, comme on dit. C'est le seul moyen d'oublier ce genre de foirade.

— Alors qu'est-ce que tu me demandes ?

— Je te questionne sur ta nuit. J'essaie d'avoir une petite conversation amicale avec mon fils, si ça t'ennuie pas. Alors qu'est-ce qu'a fait que t'es pas rentré de la nuit et que t'as réduit mes forsythias en bouillie ?

— J'ai écrasé les arbustes ?

— Est-ce que t'as écrasé les arbustes ? T'as débarqué à toute blinde dans l'allée. J'étais en train d'attraper un futal et un fusil aussi vite que possible quand j'ai vu par la fenêtre que c'était toi.

— Je m'en souviens pas.

— Ça m'étonne pas. »

J'ai attrapé la tasse et bu autant que j'ai pu supporter.

« Je suis allé à une fête qu'était organisée pour la remise des diplômes.

— Ils ont eu leur diplôme hier ? Je savais pas.

— Oui, ils ont eu leur diplôme hier, et hier soir ils faisaient un peu la fête là-bas à Foxfire, dans la maison de Charlie Mitchell. Je crois pas vraiment qu'ils voulaient me voir, et je sais pas vraiment pourquoi j'y suis allé. Mais une chose a mené à une autre, et j'ai laissé Avery Hooper étalé par terre.

— Ce genre de truc arrive pas tout seul. Ça te ressemble pas de simplement entrer et de taper sur quelqu'un. Moi, je dis pas, mais toi, tu t'es toujours arrangé pour éviter de faire ce genre de connerie. Non, je pense qu'il a dû se passer quelque chose pour que t'ailles cogner quelqu'un.

— Maggie Jennings.

— Et voilà, une foutue femme !

— Pour commencer, c'est pas n'importe quelle femme, et tu le sais.

— Eh ben, je sais un paquet de choses. Je sais que vous deux vous étiez aussi inséparables que les doigts de la main quand vous étiez gosses. Je sais que vous avez été ensemble un bon bout de temps et, merde, si ça se trouve, c'est toi qui l'as dépucelée. Mais je sais aussi qu'une femme, c'est juste une femme, et qu'on peut rien changer à ça. Si elles avaient pas de chatte, les bennes à ordures en seraient pleines.

— Et si t'arrêtais tout de…

— Je sais qu'une chose qui peut saigner pendant une semaine tous les mois et survivre est l'œuvre du diable. »

Mon père s'est esclaffé.

« *Ferme ta gueule !* C'est pas comme ça. Ça a jamais été comme ça. Et c'est pas comme avec ces pétasses que tu ramènes ici. » J'étais désormais penché en avant sur le canapé et mes poings serrés étaient en train de rouvrir mes blessures. « Tu peux dire tout ce que tu veux sur qui tu veux, mais tu prononces pas son putain de nom. »

Mon père a repris sur le canapé sa position paresseuse d'auparavant. Il souriait d'un air suffisant de me voir aussi remonté, conscient qu'il n'y avait pas le moindre risque que je le frappe. Je pense qu'il me poussait de la sorte juste pour faire ressortir les gènes qu'il m'avait donnés, histoire de les inspecter.

« Je crois que le fiston est amoureux. »

Je savais qu'il disait ça juste pour me foutre encore plus en rogne, mais ça n'avait pas vraiment d'importance. Pour ce qui me concernait, pas une seule femme ne méritait qu'on parle d'elle ainsi, même pas Josephine, et certainement pas une fille comme Maggie, certainement pas quelqu'un de si innocent.

« Bon, est-ce que tu vas me raconter toute l'histoire, oui ou non ?

— Elle était là-bas avec Avery, et il voulait lui faire faire quelque chose qu'elle avait pas besoin de faire, alors je l'ai frappé.

— Qu'est-ce qu'il voulait lui faire faire ?

— C'est pas important.

— Bien sûr que si, c'est important. C'est même le point essentiel. »

Mon père m'a regardé, son front baissé formant une lourde saillie au-dessus de ses yeux.

« Il était complètement défoncé à la cristal meth et il essayait de lui coller cette merde dans le nez. T'es heureux ?

— À vrai dire, oui. À vrai dire, ça me rend sacrément heureux. »

Mon père s'est vivement rapproché de moi, m'a donné une tape à l'arrière de la tête, puis il a posé la main sur le haut de mon crâne et l'a frotté. Il a posé son bras nu autour de mon cou, et cette chaleur en lui était la plus grande marque d'affection paternelle que j'avais reçue de sa part depuis longtemps.

« Sacrément heureux », a-t-il répété.

7

Le soleil avait tellement décliné que les reflets dans les nuages projetaient des prismes pourpres, bleus et roses à travers les volets. Je n'avais pas bougé du canapé et j'avais piqué du nez pendant une minute ou deux avant que les clebs se mettent à aboyer. Je me suis levé et suis allé dans la cuisine pour jeter un coup d'œil dans la cour à travers les volets.

Maggie Jennings effectuait minutieusement cette danse de trente-quatre pas, quatorze changements d'appui et un pas chassé à travers le dédale de chiens en colère. C'était une danse que je lui avais enseignée il y avait longtemps de cela, et si on dit qu'on n'oublie jamais comment faire du vélo, il y a certaines choses qu'on maîtrise tout aussi bien, certaines choses qui font suffisamment peur pour qu'on s'en souvienne.

Mon esprit s'est emballé alors que j'enjambais à la hâte un tas de linge sale pour atteindre la chambre de derrière et tentais de trouver quelque chose à enfiler par-dessus mon short de sport. J'avais toujours du vomi étalé sur le torse, et j'en avais toujours le goût dans la bouche. Tandis que tirais frénétiquement sur les tiroirs, je ne voyais que des planches de cèdre. Toutes les fringues attendaient que, avec un peu de chance, mon père ou moi ou Josephine fassions une lessive.

En un rien de temps, j'ai foncé dans le salon et arraché de la pile un tee-shirt froissé et le pantalon de survêtement dans lequel dormait mon père.

Je venais de regagner le canapé et tentais de faire comme si je ne l'attendais pas quand elle a regardé par la fenêtre et frappé quelques petits coups avec son ongle.

« Entre ! »

J'essayais de donner l'impression que je me foutais que ce soit elle ou Jésus, comme si je n'éprouvais pas le moindre sentiment.

Elle a ouvert la porte, est entrée et a marché sur le tapis qui nous servait à battre nos bottes pour en ôter la boue. Elle portait un jean moulant qui semblait collé à ses jambes, des sandales de plage en cuir qui laissaient voir des ongles couverts de vernis citron vert. Un débardeur ample avec des motifs en dentelle, de la couleur du corail, enveloppait son torse. L'encolure était basse et laissait voir le bronzage de sa poitrine, la légère ombre de ses omoplates. Elle s'est plantée sur le tapis, sans s'approcher, comme si ce petit rectangle était une île ou je ne sais quoi, et que tout ce parquet était un océan que ni elle ni moi ne pouvions traverser à la nage pour nous rejoindre.

« Où est ton père ?

— Parti. »

Maggie avait dans les yeux une expression qui en disait des tonnes, mais sa bouche ne disait rien. C'était comme si des mots tourbillonnaient dans sa tête, provoquant une tornade dans son cerveau, mais que le mur qu'elle avait érigé, le mur dont j'avais coulé les fondations, ne laisserait rien sortir.

« Qu'est-ce que tu fais ici, Mags ?

— Faut qu'on parle. »

Ses boucles blondes étaient remontées derrière sa tête, et il y avait quelque chose dans ces cheveux qui leur conférait une odeur de chèvrefeuille. Je la sentais depuis l'endroit où j'étais assis, ce genre de parfum ayant tendance à se diffuser plus facilement dans une maison qui empestait l'homme.

« Faut qu'on parle de quoi ?

— J'ai juste deux ou trois choses à te dire, Jacob. »

Je me suis décalé jusqu'à l'extrémité du canapé pour lui faire de la place. Elle a regardé le tapis pendant une minute, comme si, à l'instant où ses pieds avanceraient, elle quitterait un endroit qu'elle ne pourrait jamais regagner. Mais elle a tenté sa chance et est venue s'asseoir à côté de moi.

« Qu'est-ce qui se passe, Maggie ?

— Laisse-moi une minute.

— Je vaux pas plus qu'une poignée de SMS pendant près de deux ans, et tu débarques ici en disant que t'as quelque chose à dire mais que t'es pas prête à le dire ? »

J'avais toujours été franc avec elle, et je crois que c'était une des choses qu'elle avait toujours aimées chez moi. Comme elle avait grandi dans une maison où presque tout était un mensonge, elle respectait le fait que je ne lui mentais jamais.

« Je veux juste que mes idées soient claires. Je ne veux pas dire quelque chose que je ne pense pas. Je crois que souvent par le passé on s'est dit des choses sans vraiment réfléchir, des choses qui faisaient mal, et je ne veux pas recommencer. Je ne veux rien dire sans être certaine que c'est ce que j'ai à dire. Mais je suis aussi en partie venue parce qu'après la nuit dernière je voulais juste m'assurer que tu allais bien.

— Oui, ça va.

— Pas tes mains. »

Maggie a regardé durement la jointure de mes doigts, l'endroit où la peau était toujours retroussée et sèche, aussi rugueuse que des durillons. Les coupures étaient d'un brun jaunâtre et avaient commencé à former des croûtes. Ça faisait un peu mal, mais je ne voulais pas lui dire.

« Mes mains vont bien.

— Tu n'étais pas obligé de faire ça. Je peux me débrouiller toute seule, Jacob. Ce n'est pas comme quand on était gamins.

— Non, c'est sûr que c'est pas comme quand on était gamins.

— Ce n'est pas non plus comme quand on était ensemble.

— Non, c'est pas comme quand on était ensemble.

— Tant que tu le sais. »

Maggie a remué sur le canapé comme si elle s'apprêtait à se lever et à partir.

« T'es venue jusqu'ici juste pour me dire ça ?

— J'ai été claire, non ? Je veux juste que tu saches que je peux me débrouiller toute seule. »

Sa réponse était directe et je suis resté une seconde à me demander comment la prendre.

« Ça lui pendait au nez, Mags. Ça m'ennuie que t'aies été là, et je regrette que t'aies vu ça, mais ça lui pendait au nez, depuis quasiment toute sa vie. »

Maggie est restée un long moment sans rien dire. Elle était assise là, les yeux fixés sur mes mains. Je n'ai rien dit non plus, me contentant de regarder les pubs défiler sur la télé muette. Finalement, je me suis tourné vers elle. Ses yeux argentés étaient toujours fixés avec une extrême dureté sur mes mains, et j'ai vu que toute la force que j'avais admirée pendant si longtemps était encore là, mais que la peur la refoulait tout au fond d'elle.

« Il te pardonnera, Mags. Je crois que s'il a un minimum de bon sens, il te pardonnera.

— C'est pas à moi qu'il doit pardonner, connard. »

Un large sourire a fendu son visage, et ses dents étaient une des plus jolies choses que j'avais jamais vues, elles valaient bien plus que quinze mille dollars. Des fossettes creusaient les coins de son sourire, et ses joues remontées faisaient plisser ses yeux. Elle était bien trop splendide pour être assise à côté de moi sur ce canapé miteux. Cette maison, cette ville et tout ce qui s'y rattachait n'étaient pas à sa hauteur et ne l'avaient jamais été. Moi non plus, je n'étais pas à sa hauteur, mais elle n'avait jamais semblé le remarquer, ou du moins jamais s'en soucier.

« Tu l'as frappé. J'étais juste assise là.

— Comme j'ai dit, ça lui pendait au nez.

— Tu as raison à ce sujet, Jacob. D'ailleurs, tu as raison à propos d'un paquet de choses et les gens ne semblent pas s'en rendre compte.

— Qu'est-ce que ça veut dire ?

— Rien. » Pour la première fois depuis qu'elle était entrée dans la maison, Maggie m'a regardé directement. Ses yeux se sont dilatés comme si elle venait d'avaler un sacré cacheton, même si je savais que ce n'était pas le cas. « Il s'avère que lui et moi, on n'était pas faits l'un pour l'autre.

— Oh, sans déconner, Mags. Y a longtemps que j'aurais pu te le dire. »

J'étais presque nerveux à l'idée qu'elle était venue pour raviver notre histoire. Je voulais l'embrasser. Je voulais repousser ses cheveux derrière ses oreilles et la tenir pendant que je l'embrasserais. Mais j'ai essayé de rassembler le peu de calme que j'avais hérité de mon père pour ne pas le montrer. Honnêtement, c'était ridicule de croire qu'une telle fille puisse vouloir faire quoi que ce soit avec moi, surtout après que je lui avais déjà brisé le cœur.

« Qu'est-ce qui te fait dire ça ?

— Un tas de choses, Jacob, un tas de choses qui s'accumulent depuis longtemps. Ce n'est pas juste le fait que tu l'aies frappé.

— Qu'est-ce que tu pouvais bien lui trouver de toute façon ?

— Je ne sais pas, Jacob. Quand tu es parti, il a été là. Je suppose que ça a compté. Et il y avait aussi le fait que j'ai toujours cru qu'il avait le potentiel d'être quelqu'un. J'ai toujours cru qu'il avait quelque chose à offrir au monde s'il se ressaisissait.

— Ouais, il avait l'air de s'être vraiment ressaisi. Cet enfoiré a vraiment l'air d'aller quelque part à ce que j'ai vu.

— Je sais, Jacob. J'ai juste cru que…

— Cette façon de penser est nulle, Mags. Si tu penses comme ça, tu finiras par attendre toute ta vie quelque chose qu'arrivera jamais. Dieu sait que t'es trop intelligente pour ça. »

Maggie n'a rien répondu. Je savais qu'elle savait que j'avais raison, au plus profond d'elle-même elle le savait, mais ce genre de chose est dur à admettre.

« T'as pas pris de cette merde, si ?

— Non. Mais il faisait tout pour, et honnêtement, j'étais prête à faire tout ce qui était nécessaire pour qu'il la ferme. Je voulais juste qu'ils la ferment tous. Ils sont tout le temps là à m'emmerder, comme si j'étais une sainte-nitouche ou je ne sais quoi.

— C'est un peu le cas.

— Quoi ?

— T'es une sainte-nitouche, Mags, mais c'est pas une mauvaise chose. C'est pas comme si ces connards allaient quelque part.

— Je ne suis pas différente d'eux, Jacob.

— Tu dis des conneries.

— Pourquoi ?

— Depuis le jour où j'ai posé les yeux sur toi, je sais que tu vas quelque part. J'ai jamais su où, mais je sais que tu vas pas rester ici éternellement.

— Personne ne reste, Jacob.

— Tous autant qu'on est, on va rester ici éternellement, mais pas toi. Cite-moi quelqu'un qu'est parti et qu'a accompli quelque chose, juste une personne.

— Jennifer Brinkley.

— Jennifer Brinkley ? Putain, Mags, elle bosse dans une boîte de strip-tease à Greenville ! C'est à peine mieux que mettre ses bijoux au clou.

— Ah oui, et qu'est-ce que tu en sais ? »

Elle m'a jeté un regard, comme si elle faisait mine de ne pas être d'accord.

« J'en sais rien, Mags. Mais quoi qu'il en soit, c'est pas ce que j'appelle s'en sortir. Le jour viendra où la seule chose qu'elle possède vaudra plus un clou pour personne. Et alors, tu crois qu'elle sera où, Jennifer Brinkley ? Elle sera de nouveau ici, sur cette montagne, ou alors elle sera au plumard avec un pauvre type dans un mobile home en Caroline du Sud, ce qui vaut pas mieux. Il fait une chaleur à crever là-bas. Elle sera chanceuse si elle a la clim.

— Et moi, Jacob ?

— Quoi, toi ?

— Tu ne m'as toujours pas dit en quoi j'étais différente.

— Différente de Jennifer Brinkley ?

— Différente de tout le monde.

— Parce que tu vas te tirer d'ici, Maggie. Tu vas aller à la fac et faire quelque chose de ta vie, et alors t'auras plus la moindre raison de revenir. »

Maggie semblait en colère, comme si soudain quelque chose la rongeait intérieurement. Un moment s'est écoulé, un moment de silence que ni l'un ni l'autre ne savaient comment briser. Elle semblait réfléchir intensément à quelque chose qu'elle refusait de partager. Elle fixait le sol quand elle a finalement parlé.

« J'étais prête à faire n'importe quoi pour les faire taire avant que tu arrives.

— Eh bien, je suis content d'être arrivé. »

Je l'ai regardée, et même si ça faisait deux ans que nous n'étions plus ensemble, je me sentais toujours aussi protecteur envers elle. Il fallait qu'elle aille ailleurs, et elle deviendrait quelque chose d'incroyable, je le savais. Même si elle ne pouvait pas être à moi et même si je ne pouvais pas la suivre, j'étais prêt à affronter une armée avec un flingue pour être sûr que sa route soit pavée.

« Cette merde, c'est pas comme les autres drogues, Mags. C'est pas comme fumer de l'herbe ou avaler quelques cachetons. Regarde ma putain de famille. Cette merde, c'est…

— Je le sais, Jacob. Pas la peine de me le dire. Je le sais. »

Elle a tendu les mains et saisi les miennes. Elle les tenait par les paumes et caressait les jointures de mes doigts avec ses pouces, juste assez légèrement pour que je le sente. Elle me tenait les mains et regardait intensément les lignes que traçaient ses pouces, et j'ai cru voir des larmes monter juste au-dessus de ses cils recourbés. Je n'avais jamais compris ce qu'elle me trouvait. Même plus jeune je savais qu'une fille comme ça ne pouvait pas traîner éternellement avec un type comme moi, mais elle ne semblait pas s'en rendre compte. Je pense qu'elle m'avait toujours jugé digne d'être sauvé, et quand on trouve quelqu'un qu'on pense véritablement pouvoir sauver, c'est sacrément dur de le laisser partir. C'était la seule raison que j'avais trouvée au fait qu'elle se souciait de moi.

Elle s'est penchée et a regardé en moi comme personne ne l'avait jamais fait, comme si elle allait enfoncer ses yeux d'argent au plus profond de mon âme et trouver quelque chose à acheter, puis emporter cette chose avec elle pour la garder. Je l'aurais laissée faire si c'était ce qu'elle voulait. Je croyais qu'elle allait m'embrasser, alors je suis resté là sans dire un mot. Mais à la place elle a reposé mes mains sur mes cuisses et s'est levée. Le scintillement des larmes est réapparu dans ses yeux, et au lieu de leur résister, elle s'est dirigée vers la porte. Maggie n'a pas ajouté un mot, mais dans un sens, ses yeux en avaient dit plus que tous les mots. Elle m'a laissé assis là à me demander ce que ces choses qu'elle n'avait pas dites pouvaient signifier. Elle m'a laissé là à me demander si j'avais été pardonné.

8

Le grincement strident d'une chaise glissant sur le sol de la cuisine et le volume croissant du scanner m'ont tiré d'un rêve dans lequel je plantais une tente et m'envoyais en l'air avec un oreiller. Je me suis levé pour fermer la porte, mais j'avais soif.

Il n'y avait pas de lumière dans la cuisine, mais mes yeux se sont accoutumés à l'obscurité et j'ai distingué une ombre voûtée au-dessus de la table avec la tête inclinée vers le haut-parleur. J'ai ouvert le réfrigérateur et attrapé un carton de jus d'orange que Josephine aimait mélanger avec de la vodka et du schnaps à la pêche. La lumière du réfrigérateur clignotait, éclairant par intermittence mon père à la table.

« Ils sont où ?

— Ferme-la. »

La tête de mon père est restée inclinée, son oreille absorbant chaque bribe qui sortait du scanner, et il a fixé sur moi des yeux qui ont semblé regarder à travers moi.

J'ai refermé la porte du réfrigérateur et porté le carton de jus d'orange jusqu'à l'évier, puis j'ai allumé un petit néon de sorte à voir mon père. Je me suis assis sur la chaise face à lui, j'ai bu une longue gorgée, et j'ai tourné la tête dans le sens opposé au sien afin de concentrer tous les sons qui sortaient du scanner d'un seul côté, comme lui.

« Charlie-Deux, Central. Je vais avoir besoin que vous envoyiez une nouvelle unité.

— Message reçu, Charlie-Deux. Pouvez-vous nous indiquer la nature de l'intervention ?

— Sujet ne répond pas aux injonctions, Central, et est en possession d'un couteau.

— Charlie-Deux, voyez-vous le sujet depuis l'endroit où vous vous trouvez ?

— Affirmatif, Central. Le sujet pénètre dans la maison et j'attends les renforts.

— Message reçu, Charlie-Deux. Une unité est en route. »

Il y a eu une longue pause ponctuée d'interférences sur les ondes, et mon père s'est penché en arrière sur sa chaise.

« Ils sont où ?

— Chez ta cinglée de mère.

— Pourquoi ?

— C'est pas vraiment clair, mais d'après ce que j'ai compris, c'est elle qu'a appelé les flics. Elle a signalé qu'il y avait quelqu'un devant chez elle.

— Tu crois que c'était vrai ?

— Bon Dieu, non, Jacob. Cette merde l'a rendue barge. Y a personne après elle. Personne voudrait d'une telle loque. Tu le sais bien. »

Il a fallu à l'autre agent quinze ou vingt bonnes minutes pour se rendre dans la montagne vu qu'un seul policier par service couvrait ce territoire. David-Un a examiné la scène, et mon père et moi avons longuement écouté les bribes d'une histoire qui n'en révélait jamais assez pour donner une image précise de la situation. En définitive, c'est Charlie-Deux qui en a eu sa claque et qui a sorti son Taser pour balancer à ma mère environ cinquante mille volts. Le peu de résistance qu'elle avait a dû la quitter vite fait après ça, car ils lui ont pris son arme et n'ont pas tardé à annoncer qu'ils repartaient.

« Charlie-Deux. Nous interpellons le sujet pour trouble mental et retournons au poste.

— Message reçu, Charlie-Deux. »

J'étais presque en train de me rendormir quand mon père a hurlé.

« Bon Dieu de merde, ils viennent ici maintenant ! Quelle putain de connasse, quelle putain d'abrutie de connasse ! »

Ses pieds nus ont quasiment percé des trous dans le plancher quand il s'est rendu de sa chambre à la mienne. La lumière s'est allumée et j'ai été aveuglé pendant une ou deux secondes, la lueur éclatante me dévorant les yeux avant de s'adoucir.

« Lève ton cul ! Magne-toi ! » Mon père était au bord de mon lit et m'a tapé sur les pieds à travers la couverture. « Jacob, les flics débarquent, faut que tu te lèves vite fait. Rassemble tout ce que t'as ici. Herbe, pilules, je m'en fous, planque tout. »

Je n'avais rien de plus que quelques branches et quelques têtes écrasées, car la barrette de Xanax que j'avais gobée était la dernière du flacon. Pour ce qui était de la vraie came, il n'y avait plus rien à cacher dans la maison, mais ce genre de branle-bas de combat à la simple vue de gyrophares et d'uniformes était depuis longtemps le réflexe inné de mon père. Ça lui avait à de maintes reprises évité des ennuis, il en faisait donc un principe.

Je ne sais pas vraiment pourquoi j'ai décidé de l'accompagner. Au cas où il aurait besoin d'un alibi ou de quelque chose, je suppose. J'ai donc enfilé un short et des chaussures délacées, et j'ai trouvé mon père dans la cuisine en train de regarder par la fenêtre en direction des phares qui illuminaient de leur lumière jaune le champ à côté de la maison.

« Je me suis dit que j'allais venir avec toi.

— Pour quoi faire ? Sers-toi de ta putain de tête. » Mon père a cogné du poing sur mon front comme s'il frappait à une porte. « Tu sais aussi bien que moi que c'est moi qu'ils cherchent.

— Je me disais que t'aurais peut-être besoin de quelqu'un pour confirmer ton alibi.

— Bon, je dois avouer que c'est une bonne idée, Jacob. Une sacrément bonne idée. » Il a tiré les volets et je l'ai suivi jusqu'à la porte d'entrée. « T'as planqué tout ton matos ?

— C'est fait. »

La lune diffusait dans la cour un bleu bizarre, même les sillons creusés par le va-et-vient des chiens, qui étaient d'ordinaire rouges à la lumière du soleil, avaient la teinte d'œufs de rouges-gorges. C'était le début de l'été, mais l'air nocturne était encore frais. Les clebs aboyaient comme toujours, et mon père s'est dirigé vers les phares. C'était la seule personne que je connaissais qui n'avait jamais eu à mémoriser la danse pour échapper aux grondements et aux crocs. Quand il marchait, les chiens s'écartaient, comme si Moïse avait tendu la main au-dessus d'eux, et même la plus méchante, Kayla, battait en retraite aussi loin que le permettait sa chaîne. Je lui ai emboîté le pas, et les chiens n'ont pas trop fait attention à moi.

Le flic était déjà sorti du 4 × 4 et était appuyé contre le pare-chocs avant du côté conducteur. Son corps projetait une large ombre dans le clair de lune. Ni mon père ni moi ne distinguions de qui il s'agissait, et ni lui ni moi ne parlions, mais le fait que le type ne conduisait pas une voiture de patrouille standard indiquait que c'était un gradé. Puis, quand nous avons été à portée de voix, le flic a allumé un Zippo en le frottant sur son pantalon et approché la flamme de son visage pour allumer une clope. C'était le lieutenant Rogers, l'ami de la famille, comme disait mon père.

Rogers était une brute épaisse, encore plus épaisse maintenant qu'il passait l'essentiel de son temps derrière un bureau. Il ne portait pas la chemise brun clair et le pantalon plissé des simples agents. Sa plaque était accrochée à sa ceinture à côté de ses menottes et de son arme. Grâce à ses années de service de nuit et à son CV rempli de ce qui passait pour des grosses prises dans un endroit comme le comté de Jackson, Rogers avait gagné le droit de porter des polos confortables et des pantalons cargo amples. Ses années sur les routes lui avaient pris ses cheveux, et celles derrière un bureau avaient ajouté une petite bedaine autour de sa taille. Mais il dégageait toujours une impression de force. La dureté ne s'en allait jamais chez les hommes qui étaient nés avec.

« Bordel, Jessup, tu m'as foutu les jetons à débarquer comme ça en pleine nuit.

— Merde, Charlie, je crois que je t'ai jamais vu avoir la trouille. »

Le lieutenant Rogers serrait sa cigarette entre ses dents et faisait balancer son arme, ses menottes et ses chargeurs à sa ceinture. Il était penché en arrière, presque au point d'être étalé sur le capot de l'Expedition.

« Qu'est-ce qui t'amène ?

— C'est le problème, Charlie. Y a eu un appel de ta bonne femme plus tôt dans la soirée. Elle était défoncée comme pas permis et a demandé aux flics de venir. Elle disait que t'étais devant chez elle et que tu voulais la tuer. Bon, on sait toi comme moi que c'est des conneries, mais le truc, c'est que c'est un des nouveaux qu'a reçu l'appel. Et elle lui a donné tout un tas de détails pendant qu'ils l'emmenaient au poste, et ton nom a été mentionné un paquet de fois. Je leur ai dit qu'elle était complètement à côté de la plaque, mais pour faire plaisir à ces petites têtes de nœud, j'ai dit que je viendrais ici en personne pour voir si ton alibi tenait la route.

— Je t'en suis reconnaissant, Jessup. Vraiment. Ça paie d'avoir des amis, pas vrai ?

— Amis, tu parles. Juste du business, Charlie. »

Rogers a plissé les yeux tandis que de la fumée s'élevait vers son visage, et il a tiré une nouvelle taffe sur sa cigarette.

« Alors pourquoi t'es venu jusqu'ici ? T'as peur des téléphones ?

— Eh ben, je suppose que je me suis dit qu'y fallait que tu saches que la petite dame balançait ton nom à droite et à gauche.

— Je peux pas laisser faire ça. »

Mon père a tiré un paquet de clopes de sa poche latérale et en a allumé une.

« Non, tu peux pas laisser faire ça. »

Je me tenais là en silence et faisais tout mon possible pour être encore plus discret qu'une ombre.

« Bon, Jessup, comme tu vois, moi et le fiston on est tranquilles ici. Y a pas grand-chose à ajouter.

— Juste histoire que j'aie quelque chose à raconter aux gars pour qu'ils dorment sur leurs deux oreilles, t'étais où pendant la soirée ?

— Je vais faire mieux. Je vais te raconter toute ma foutue journée. » Mon père a croisé les bras sur sa poitrine, faisant ressortir ses muscles dans le clair de lune. « Je me suis réveillé ce matin et je me suis préparé des œufs au bacon. Ensuite, j'ai fait ce que j'ai pu pour soulager ma lavette de fils qu'a fait quelques excès la nuit dernière. Après ça, je suis allé chez Josephine dans l'après-midi pour tremper ma nouille. Et ensuite, je suppose que le fiston et moi on s'est fait cuire des steaks puis on est allés se pieuter.

— Alors c'est quand la dernière fois que t'as vu Laura ?

— Tu veux dire la salope ?

— Oui, je suppose.

— Je l'appelle la salope depuis tellement longtemps que j'avais presque oublié qu'elle avait un vrai nom de baptême. » Mon père a esquissé un sourire ironique. Sa façon de parler d'elle, la façon dont il parlait toujours d'elle, me tapait sur les nerfs, mais je n'avais jamais le cran de protester. « Ah, elle est venue pour emprunter de l'argent y a deux ou trois mois, mais à part ça, j'ai plus rien à voir avec elle.

— Donc aucun de vous deux n'a eu de contact avec elle ?

— Non. »

Je ne sais pas si c'était un moyen de me faire entendre après avoir tout gardé pour moi pendant toutes ces années ou si j'en avais juste assez d'écouter ces deux-là divaguer, mais je suis sorti de l'ombre de mon père pour la première fois de ma vie et j'ai regardé le lieutenant Rogers pile à l'endroit où son visage était éclairé par la cigarette.

« Je l'ai vue hier. »

Mon père s'est retourné et m'a regardé avec des yeux qui lançaient des flammes. On ne la mentionnait jamais, et si jamais son nom était évoqué, il esquivait et s'attendait à ce que je la boucle.

« Mon cul que tu l'as vue. »

J'ai essayé de regarder mon père, mais la façon dont il m'a fixé m'a fait me dégonfler.

« Je suis allé là-bas hier. »

Ça le rongeait qu'après toutes ces années je sois allé la voir la veille. Ses poings étaient serrés et sa mâchoire palpitait. J'ai cru qu'il allait me frapper.

« Tu dis que tu l'as vue hier, fils ? a demandé Rogers.

— Oui.

— Et elle était défoncée ?

— Elle commençait juste, je crois. »

Rogers s'est redressé en s'écartant de l'Expedition et a croisé les bras comme mon père.

« Bon, je sais que vous avez tous les deux bien conscience du type de vie qu'elle en est venue à mener, et je sais que vous avez tous les deux assisté à sa déchéance. Mais je vais vous dire que l'endroit où elle se trouve en ce moment même est un endroit où très peu de gens arrivent. Y a des gens qui prennent une semaine de vacances avec la cervelle farcie de dope, et ils se mettent à voir des trucs et à parler à des choses qui sont pas là. C'est inévitable. Mais là où elle est, après toutes ces années, c'est un endroit d'où on revient pas.

— Mon fils est juste un foutu abruti, Jessup. »

Mon père bouillonnait encore de rage, je l'ai bouclée et je ne l'ai pas regardé.

« On l'a embarquée ce soir, mais on l'a pas inculpée. On l'a fait interner. Ils la garderont une semaine ou deux s'ils ont des lits de libres, mais probablement moins, et après elle retournera chez elle et elle recommencera. Je dis ça plus pour toi, fils, qu'autre chose. » Rogers a ôté la cigarette d'entre ses dents et fixé ses yeux sur moi. « Va pas monter un cheval boiteux. Ça te mènera nulle part. »

Ce n'était pas comme s'il me disait une chose que je n'avais pas sue toute ma vie, mais j'appréciais tout de même qu'il le dise. Rogers était aussi dur qu'un chêne rouge, mais il avait un cœur. Je suppose que si mon père avait été un tant soit peu un père, il aurait été fait du même bois, un mélange de dureté et de compassion. Mais s'il avait ça en lui, alors c'était une chose que j'avais rarement observée.

« Le problème, fils, c'est qu'une femme comme ça attend juste de mourir », a finalement déclaré le lieutenant Rogers.

Il faisait son possible pour me faire apercevoir une réalité dont il pensait qu'elle me ferait souffrir. Mais je savais tout ça depuis que j'étais gamin. C'était ma réalité : la souffrance, la honte, et tout ce qui s'ensuivait. Attendre la mort était donc une chose que je connaissais depuis longtemps, et ce n'était pas la mort qui me rongeait. C'était l'attente.

9

Je me tenais devant une baie vitrée, l'une de ces portes coulissantes qui servent à séparer les cuisines des terrasses afin d'accéder facilement aux saucisses grillées quand la maison est bondée pendant les barbecues d'été. Il faisait nuit, le noir complet à l'intérieur, et seule une lueur bleuâtre éclairait l'herbe couverte de rosée avant que l'obscurité reprenne à la lisière de la forêt. Je ne sais pas pourquoi je me tenais là, je n'avais aucun souvenir d'un bruit qui aurait pu me réveiller et m'inciter à scruter le jardin. Je n'étais pas chez moi, mais ça ne me semblait pas étrange, et je ne me posais pas de questions. Je savais que c'était une maison dans laquelle j'étais déjà allé avec Maggie et sa famille quand j'étais petit, celle de son oncle à Ellijay.

Soudain, l'un des spots à capteur de mouvement, le genre d'éclairage dont j'avais toujours pensé que mon père aurait dû s'équiper, a illuminé le jardin d'un éclat jaunâtre, et des bois est sorti un homme nu et ensanglanté qui marchait comme un pantin. Quand il a pénétré dans la lumière, j'ai vu la peau qui formait des cloques aux rares endroits où elle tenait encore autour de la mâchoire, tandis que le reste n'était qu'une viande indistincte. Et puis j'ai vu la blessure laissée par un coup de couteau, et j'ai su que c'était Robbie

Douglas. La plaie était protubérante, et il en suintait un liquide jaune, presque de la couleur de la rudbeckie hérissée, encore plus jaune à la lumière. Il gémissait bruyamment, sans toutefois prononcer un mot, et il ne cessait de s'approcher, mais j'étais incapable de m'éloigner de cette baie vitrée. Quand il est arrivé sur la terrasse, j'ai senti le revolver à l'arrière de mon pantalon, l'acier froid calé juste au creux de mes reins, mais mes bras n'arrivaient pas à bouger pour l'attraper. Mon esprit me disait d'agir, mais j'étais paralysé. Je ne pouvais absolument rien faire pour redonner vie à mes membres, et avant que je puisse réagir, il a ouvert la porte coulissante et s'est jeté sur moi.

C'était ce moment qui m'arrachait chaque fois au rêve. Je me suis réveillé haletant, suffoquant comme si j'avais eu le souffle coupé. Mes bras étaient coincés sous mon corps, totalement engourdis, et j'ai dû faire rouler tout mon torse vers le bord du lit pour les laisser pendre dans le vide afin qu'ils retrouvent leurs sensations. Je n'avais dormi que quelques heures. Quand j'ai refermé les yeux, ce visage dégoulinant était scotché à l'intérieur de mes paupières comme un poster, et quand cette vision a commencé à s'estomper et que j'ai commencé à sombrer de nouveau dans le sommeil, le rêve a repris et je me suis remis à suffoquer. J'ai saisi mon téléphone entre mes doigts qui fourmillaient et vérifié l'heure : 4 h 42. Comme j'avais peur de fermer de nouveau les yeux et une trouille bleue de ce qui se produirait ensuite si le rêve allait plus loin, j'ai décidé de me lever.

Une jolie blonde à la télévision s'échinait à essayer de vendre une espèce de gadget à découper aux ménagères toujours éveillées après que leurs époux leur avaient fait perdre le sommeil. Elle a commencé à préparer une *salsa* vite fait, le temps de tirer les oignons, les piments jalapeños et les tomates d'un sac, et bientôt elle s'est mise à cogner sur des têtes d'ail entières. Ce gadget à découper taillait les tomates bien trop fines pour n'importe quel sandwich, et j'avais perdu espoir qu'il soit de la moindre utilité, mais la jolie blonde me retenait de zapper.

Elle avait de longues boucles relevées derrière sa tête et les yeux bleus. De légères taches de rousseur mouchetaient ses joues, juste assez pour que ce soit joli, et ses dents étaient aussi droites que si quelqu'un les avait limées et parfaitement alignées au moyen d'un niveau à bulle. C'est son sourire et la façon qu'avaient ses cheveux de vouloir se libérer et envelopper ses épaules qui m'ont fait m'apercevoir qu'elle ressemblait à Maggie.

J'ai pris une cigarette dans le paquet de mon père sur la table basse et allumé la première de la journée. Mes yeux se fondaient dans la lueur de la télévision, mais je n'ai pas vu ce qui est venu après le gadget à découper. J'avais l'esprit ailleurs et je repensais à la façon dont Maggie avait regardé mes mains l'autre soir quand Avery avait cessé de bouger, ainsi qu'à la manière dont ses lèvres s'étaient un peu pincées quand elle s'était assise à côté de l'endroit où je me trouvais désormais. Je me demandais si elle avait voulu m'embrasser, si d'une manière ou d'une autre elle avait en elle les sentiments qui me dévoraient vivant, si elle m'avait pardonné, s'il y avait quelque chose au monde qui pourrait rendre une telle femme amoureuse de moi non pas une fois, mais deux. Il n'y avait qu'une seule façon de le savoir, alors j'ai décidé à cet instant que dès que l'aube se lèverait au-dessus des pins gris je réglerais la question, je mettrais un terme à mes interrogations.

Le sentier devenait abrupt à cent mètres d'un parking arrondi recouvert de gravier. Le point d'observation de la montagne Little Green n'était pas loin, et à partir de là, le sentier traçait des lacets sur un terrain en pente et ne redevenait plat que quand il atteignait la vallée. Quand j'étais plus jeune et que mon père me faisait encore prendre l'air dans les bois, il m'amenait ici pour pêcher la truite tachetée avec des vers rouges, à l'endroit où la source de la Tuckasegee n'était rien de plus qu'un ruisseau. Il les attrapait illégalement par douzaines, glissant celles qui mesuraient entre quinze et vingt centimètres dans un bidon de lait jusqu'à ce que celui-ci soit plein et que les poissons gesticulent les uns contre les autres. Il ne s'était jamais trop soucié des gardes-chasses, et considérait toutes les lois récentes comme des attaques contre une famille qui s'était installée ici quand la terre appartenait encore à tout le monde. Quand on rentrait à la maison, mon père faisait cuire les truites entières et il mangeait tout, arêtes comprises. Moi aussi j'en mangeais, mais le souvenir qui m'a le plus marqué est l'odeur que ces poissons laissaient sur mes mains, une espèce d'odeur de mousse à la fois propre et humide qui semblait remonter à des temps ancestraux, et aussi le sourire sur le visage de mon père. C'était à ces moments qu'il avait le plus ressemblé à un père, quand nous partagions des fragments de ce qui le rendait vraiment heureux. Voilà ce que j'avais à l'esprit tandis que j'étais assis sur un rocher ce matin-là et regardais la montagne Little Green.

Maggie avait commencé à courir à l'époque du collège, après que sa famille avait quitté The Creek. The Creek était un endroit magnifique, mais c'était l'anarchie et ça l'avait toujours été. La terre n'était guère propice à l'agriculture, donc les gens qui s'y étaient installés autrefois étaient principalement des ivrognes et des voleurs. J'étais à des générations de ces premiers hors-la-loi, mais ce genre de chose est héréditaire. Le père de Maggie, pour sa part, n'avait pas ces liens, mais il y était parfaitement à sa place. Quand Maggie et moi étions gosses et qu'il se prenait des cuites d'une semaine, il errait sur la route, titubant tranquillement, baragouinant puis se réveillant couvert de rosée lorsque les effets de l'alcool commençaient à s'atténuer. Même les camés le prenaient pour un clown et lui faisaient les poches pour lui piquer ce qui lui restait de dollars pendant qu'il était étalé là tel un cadavre. C'est quand il a « trouvé Jésus » qu'il a emmené la famille vivre dans Breedlove Road. Je suppose qu'il pensait pouvoir laisser tout ça derrière lui.

Comme leur maison de Breedlove Road était tout près de Panthertown, Maggie s'était mise à aimer les sentiers qui sinuaient au milieu de la nature. Ça faisait désormais des années qu'elle venait ici chaque matin au lever du soleil et courait du parking à la cascade de Schoolhouse. Peu importait qu'il pleuve à verse ou qu'il neige. Je n'avais jamais trop aimé courir, et je ne l'aurais jamais fait à moins d'avoir quelque chose à mes trousses, plus spécifiquement quelque chose avec des dents, ou avec une arme, ou quelque chose avec des lumières bleues et un uniforme cherchant à emmener quelqu'un au poste de Sylva. Maggie courait pour fuir des choses bien à elle. Pour fuir les circonstances. Pour fuir des choses qui ne la rattraperaient jamais. Et quelque part dans cette vallée, Maggie courait droit vers moi sans même le savoir.

J'avais piqué un paquet de Winston d'une cartouche que mon père planquait dans le congélateur, et quand j'ai entendu quelqu'un arriver de la vallée, j'en avais déjà fumé la moitié. Je l'ai entendue bien avant de la voir, ses tennis qui écrasaient les graviers, puis sa respiration tandis qu'elle apparaissait confusément derrière un fourré de lauriers. Elle m'a vu planté là en passant et a actionné le frein, ses semelles dérapant sur les cailloux tandis qu'elle s'arrêtait.

« Jacob », a-t-elle dit, à bout de souffle et cherchant ses mots. Ses cheveux étaient noués en queue-de-cheval, et un haut moulant couleur lilas s'étirait sur sa poitrine tandis qu'elle haletait. Un short noir épousait la courbe de ses jambes jusqu'en dessous des genoux. « Tu m'as fichu une sacrée trouille. »

Je me suis frayé un chemin à travers une fine rangée d'arbustes et me suis tenu à côté d'elle sur le sentier.

« Je voulais pas te faire peur.

— Non, c'est pas ça, Jacob. Tu m'as surprise, c'est tout.

— Fallait que je te voie.

— J'aurais préféré que ce soit dans un autre état. »

Maggie s'est examinée, a lorgné les endroits où elle avait transpiré comme si elle était embarrassée. Elle a bu à grands traits à même un bidon d'eau. Elle était toujours essoufflée.

« T'es très belle.

— C'est gentil. Peut-être un peu un mensonge, mais gentil.

— Je t'ai jamais menti. »

Ses yeux étaient fixés sur moi. Nous ne disions rien, et elle ne s'approchait pas, mais quelque chose couvait dans l'espace qui nous séparait. C'est moi qui ai brisé le silence.

« Faut que je te pose une question.

— Quoi ?

— Je veux savoir si tu m'as pardonné.

— Pardonné ?

— Oui, Mags. Cette merde me hante depuis la minute où on a rompu. Je croyais que c'était derrière moi, mais t'as passé ton diplôme, et l'idée que tu puisses partir sans que je sache avec certitude me flingue. Ça me flingue vraiment.

— Je ne comprends pas.

— Je sais que ça a aucun sens. Je le sais. C'est moi qui t'ai quittée. Moi. C'est moi qu'ai tout foutu en l'air. Mais ça m'a toujours laissé un sale arrière-goût, et alors t'es venue chez moi, et la façon que t'avais de me regarder…

— Je te regardais comment ?

— Putain, j'en sais rien, Maggie. Tu me regardais comme avant.

— Je ne cherche pas à te compliquer les choses, Jacob. Je veux juste l'entendre.

— Tu me regardais comme si t'avais encore des sentiments. »

Maggie a fixé le sol comme si me regarder plus longtemps risquait de la détruire. Elle n'a rien dit pendant un moment, et je ne savais pas comment combler ce silence. Je ne pouvais rien dire pour remplir cet espace. Sa tête s'est alors relevée et ses yeux étaient pleins d'une tristesse et d'une colère que je n'avais pas vues depuis le jour où je l'avais quittée. Quand j'avais abandonné le lycée, ma vie était décidée, et puisque ma vie était décidée d'avance, rester avec elle n'aurait servi qu'à l'entraver elle aussi. Je lui avais brisé le cœur sur le parking et je m'en étais allé pendant qu'elle pleurait toutes les larmes de son corps, j'avais abandonné d'un seul coup et l'école et Maggie et toute chance de quitter un jour cette montagne. Cette tristesse et cette colère étaient ce que j'avais passé les deux dernières années à essayer d'oublier. Mais c'était différent cette fois. Il y avait aussi de la force dans ses yeux. Il y avait de la solidité en Maggie, une confiance qui semblait garantir que ce que j'avais brisé, personne ne le briserait jamais plus.

« Je t'aimais, Jacob. Je t'ai toujours aimé. Depuis qu'on est tout petits. Mais tu m'as fait souffrir. Tu m'as quittée et tu m'as fait souffrir et j'ai fait tout ce que j'ai pu pour me remettre.

— Je le sais. Je le sais, et je suis désolé. Je suis désolé, Maggie.

— C'était avant que j'avais besoin d'excuses, Jacob. J'avais besoin que tu sois là. Que tu sois là jusqu'à ce que ça cesse de faire mal, et que tu ne le sois pas, c'est ça qui m'a fait le plus souffrir. Le fait que tu sois parti comme ça. Mais s'il y a une chose que tu peux faire pour moi, c'est me dire pourquoi tu as eu besoin de faire ça. Je n'ai jamais réussi à comprendre pourquoi tu étais parti.

— Parce que je t'aimais.

— Je crois que nous n'avons pas la même définition de ce mot.

— Je t'aimais à l'époque et je t'aime toujours. Je peux pas imaginer ne plus t'aimer.

— Ça n'a aucun sens. »

J'avais toujours su pourquoi je l'avais quittée, mais je n'avais jamais eu à le formuler avec des mots. Je savais qu'ils seraient difficiles à trouver. Je savais qu'ils devraient être parfaits. Elle méritait ces mots, même si je n'étais pas sûr de les avoir jamais eus en moi. La seule chose que je pouvais offrir à Maggie, c'était de l'honnêteté, de l'honnêteté brutale. C'était tout ce que je lui avais jamais donné.

« Je pouvais pas supporter l'idée de te retenir ici. Je pouvais pas la supporter à l'époque, et je peux toujours pas la supporter. Tu vaux mieux que cet endroit. T'as toujours valu mieux. Tu regardes ailleurs depuis qu'on est gamins, mais la différence avec toi, c'est que t'as quelque chose qui peut te mener là-bas. T'es assez intelligente pour faire tout ce que t'as toujours voulu faire, et assez entêtée pour y parvenir. Mais pas moi, Maggie. Je partirai jamais d'ici, et je le sais. Ça fait un putain de bail que j'ai accepté dans quoi j'étais né. Je peux pas y échapper. Alors comment ça pourrait fonctionner ? D'une manière ou d'une autre, t'aurais souffert. Je t'aimais trop pour laisser traîner les choses.

— Rien ne te retient ici, Jacob.

— Conneries.

— Rien ne t'a jamais retenu ici à part toi-même.

— Conneries, Mags.

— Je suis sérieuse. » Maggie s'est approchée, tellement que j'en ai perdu la voix. Elle se tenait juste sous moi, la tête presque contre mon torse, ses magnifiques boucles blondes si proches que j'aurais pu les toucher avec mon nez. « Je ne serais pas tombée amoureuse de toi si ce n'était pas vrai. »

Je ne savais pas quoi répondre, alors je n'ai rien dit. Je suis juste resté planté là à la regarder dans les yeux. Et à cet instant, il y a eu une énergie dans l'air qui a semblé nous saisir entre ses mains comme si nous étions de simples lucioles. Je me sentais engourdi. Je me sentais en apesanteur et engourdi, et je n'avais jamais rien éprouvé de si parfait. Et de cette sensation sont venus des mots. Et peut-être qu'ils étaient parfaits, ou peut-être que c'étaient les mots se rapprochant le plus de la perfection que j'avais jamais eus en moi. Alors je les ai prononcés.

L'expression que j'avais déjà observée est réapparue. Ses yeux d'un bleu argenté se sont dilatés comme si elle avait pris une drogue agréable. Elle s'est hissée sur la pointe des pieds, la tête inclinée sur le côté, et avant que je comprenne ce qui se passait, j'ai senti ses lèvres contre les miennes et j'ai été pris de court. J'ai repoussé derrière son oreille les cheveux qui étaient tombés sur sa joue, et j'ai laissé courir ma main droite le long de son bras jusqu'à ce que mes doigts trouvent leur place sur ses côtes. J'ai passé ma main gauche sur ses pommettes et posé doucement mes doigts sous son menton pour la retenir une seconde de plus si possible. Je me sentais toujours engourdi. C'était une drôle de sensation que j'avais presque oubliée, une sensation dont je n'avais jamais su jusqu'à cet instant qu'elle m'avait manqué. Maggie s'est écartée et a souri, et je me suis retrouvé là, écarquillant de grands yeux comme un gamin tandis qu'elle repartait en courant.

10

Le mégot de mon joint venait de passer par la fenêtre quand j'ai repéré cet enfoiré planqué sur le parking des Témoins de Jéhovah à côté de la trois voies. J'avais réussi à me rouler un minuscule pétard en récoltant les petits bouts de têtes qui étaient encore accrochés aux branches que j'avais pourtant déjà nettoyées deux fois, et je l'avais apporté avec moi pour le fumer après avoir vu Maggie. Je m'étais dit que ce serait un joint pour apaiser ma déception, mais après ce qui venait de se passer, j'étais sur un nuage. C'était une putain de célébration dans la cabine de mon pick-up, et maintenant ce fils de pute venait couper la musique dès la première danse.

Il est resté six ou sept voitures derrière moi pendant le premier kilomètre, me laissant le temps d'allumer une autre Winston et de laisser la brise matinale atténuer la puanteur de l'herbe. Je suppose que c'est à peu près au moment où j'ai tenu ma cigarette par la fenêtre pour que le vent emporte la cendre qu'il a accéléré et placé sa Crown Vic juste derrière mon hayon. C'est alors que les feux se sont allumés et que la sirène s'est mise à gueuler, pas un petit gazouillis du genre arrêtez-vous et tout va bien se passer, mais des putains de sirènes à plein volume. Même si la première idée qui vient à un McNeely est toujours *accélère*, je savais que ma vieille bagnole risquait de rendre l'âme en traversant Glenville, et qu'alors je prendrais cher. Donc j'ai ralenti, mis le clignotant, et je me suis garé devant une agence immobilière dans la partie de Bee Tree Road qui allait vers Cashiers.

Il est descendu de voiture comme le font tous les flics, ouvrant la portière et la laissant grande ouverte pendant qu'il rajustait sa ceinture. Il s'est assoupli le cou pour se débarrasser de la raideur qui s'y était logée après être resté trop longtemps assis dans sa voiture, et a refermé la portière de la main gauche tandis que la droite détachait le fermoir de son holster et se posait sur la crosse.

Je lui ai lancé un sale regard dans le rétro quand il s'est approché de la camionnette. Il arborait la même brosse bien nette et rasée sur les côtés que tous les agents novices. Ces branleurs devaient avoir un accord avec les coiffeurs pour finir tous avec la même coupe de cheveux de merde, de sorte que les voyous comme nous soyons incapables de dire où s'achevait un trou du cul et où commençait le suivant pendant qu'ils nous chiaient tous dessus à tour de rôle. Il était jeune – pas aussi jeune que moi, mais avec l'expérience j'avais appris à reconnaître le flic tout juste sorti de formation. Ces types avaient tous la même attitude, quelque chose à prouver, et lui n'était pas différent. Ce flic n'était pas un ami de la famille, moyennant quoi je savais que j'allais me farcir toute la procédure en bonne et due forme.

« Permis et carte grise. » C'était le protocole habituel, mais celui-là s'était senti obligé d'ajouter sa petite touche personnelle. « Lentement. »

Je bougeais déjà assez *lentement*, mais j'ai ralenti encore plus tandis que je tendais la main vers la boîte à gants. Les papiers étaient enfoncés dedans, et j'espérais qu'il n'y avait pas un ou deux sachets d'herbe planqués dans un endroit qui m'aurait échappé la nuit précédente quand j'avais cherché quelque chose à fumer. Il n'y avait pas de sachets, mais pas de carte grise non plus, alors j'ai simplement sorti mon portefeuille et tiré le permis de sous le plastique opaque.

« Permis et ? » Il m'a regardé comme s'il attendait une réponse, mais je n'ai pas dit un mot. « Permis et ? a-t-il répété, me donnant une nouvelle chance. Carte grise.

— Je la trouve pas. La camionnette est au nom de mon père.

— Et qui exactement est votre père ?

— Charles McNeely. » Je ne voulais pas le dire, sachant pertinemment où son nom me mènerait, mais il était clairement inscrit sur mon permis, aussi révélateur que de l'ADN. J'étais grillé avec un nom comme McNeely, et ce connard de flic ne mettrait pas longtemps à passer en mode interrogatoire. « La plupart des gens l'appellent Charlie.

— Je sais tout de ce bon vieux Charles McNeely, et je suis bien certain que cette camionnette est enregistrée à son nom. Tout comme je suis certain que tu es son fils. Le truc, c'est que je ne me soucie pas trop de la carte grise pour le moment, tu vois ? Le truc, c'est que t'as des problèmes plus sérieux.

— Comme quoi ?

— Eh bien, fiston, je suis défoncé rien qu'à me tenir là. » La vérité, c'est qu'il n'avait jamais fumé un joint de sa vie, et sa façon de dire ça m'a fait ricaner. Le flic a reculé et fait glisser son pistolet de haut en bas dans son holster, juste assez pour que j'aperçoive la culasse. « Va falloir que tu descendes du véhicule, d'accord, Jacob ?

— D'ac...

— Lentement. »

Et il a recommencé, me balançant son *lentement* comme si j'étais une bête frénétique dans une stalle avec un cow-boy agrippant fermement la corde au-dessus de moi. Mais juste à l'instant où il a prononcé ce mot, je suis descendu de la camionnette *lentement*, archilentement rien que pour lui, mon corps s'en écoulant comme du sirop.

Le flic m'a entraîné jusqu'à l'arrière du pick-up et a ouvert le hayon de la main gauche, son autre main ne quittant jamais la crosse de son 10 mm, puis il m'a demandé de me tenir là et d'écarter les jambes. Il m'a posé quelques questions à la con qu'on devait leur enseigner aux premiers cours de leur formation, des trucs que les types des forces de l'ordre devaient prendre pour de l'humour.

« Bon, t'as pas de grenades, de lance-missiles, d'AK-47 ou quoi que ce soit du genre dans ton pantalon, si ? »

Ne te laisse pas faire par ce connard, je me suis dit.

« C'est peut-être un tank Sherman que j'ai à l'avant, si vous voulez tâter. »

La fouille s'est faite plus vigoureuse, il a sorti tout ce que j'avais dans mes poches et l'a balancé sur la plateforme du pick-up : portefeuille, un paquet de clopes à moitié écrasé, mon téléphone portable et une bouteille de collyre. Il est descendu le long de mes jambes puis a commencé à remonter, faisant courir ses doigts le long des coutures de mon pantalon comme si j'avais pu engager une couturière pour planquer quelques capotes remplies d'héroïne *black tar* dans mon jean. Des voitures immatriculées dans d'autres États passaient, et les gosses en vacances collaient le nez à la vitre comme des porcs baveux pour voir à quoi ressemblait vraiment la vie dans le comté de Jackson.

« Ça t'ennuie si je fouille le véhicule, Jacob ? »

Je connaissais ses questions, et je connaissais la procédure. Le McNeely en moi me disait de m'y opposer, mais même un McNeely comprenait qu'une opposition signifierait trois heures d'attente avant qu'un magistrat signe un mandat et que le flic fouille tout de même ma caisse. D'une manière ou d'une autre, il passerait la bagnole au peigne fin, alors je me suis dit que je ferais aussi bien de gagner du temps, d'autant que le petit joint que j'avais balancé sur la route était tout ce que j'avais en attendant de me procurer un sachet d'herbe dans l'après-midi.

« Est-ce que ça m'ennuie ? Pas le moins du monde, monsieur. Allez-y, et fouinez tant qu'il vous plaira.

— T'as la langue bien pendue, garçon. Tu le sais, ça ? »

Je n'ai pas dit un mot, me contentant de le fixer jusqu'à ce qu'il sache que je voyais à travers sa dureté de pacotille et distinguais la lâcheté qui avait toujours été la marque des têtes de con de son espèce.

« Vu que je suis seul, je vais te passer ces menottes et tu vas attendre à l'arrière de la voiture pendant que j'effectuerai la fouille, histoire que tu me joues pas un mauvais tour.

— Est-ce que je suis en état d'arrestation ?

— Pas encore. J'ai encore rien trouvé d'intéressant. J'ai juste besoin que t'attendes à l'arrière. Compris ? »

Je n'ai pas bronché quand il a serré les menottes jusqu'à ce que mes mains deviennent blanches. Et je n'ai pas bronché quand il a posé la main sur le haut de ma tête pour me pousser à l'intérieur de sa bagnole, me cognant le front contre le montant de la portière. Non, je suis resté parfaitement silencieux, parfaitement silencieux jusqu'à ce que cette portière se referme et qu'il reprenne le chemin de ma camionnette. « *Enculé !* » J'ai hurlé de toutes mes forces, et il s'est retourné pendant une ou deux secondes, furax tandis que mes dents brillaient dans sa direction à travers la vitre de séparation crasseuse.

J'ai dû me tortiller pour m'asseoir droit, avec mes jambes coincées de traviole dans un espace qui aurait été trop petit pour un pygmée. Il flottait dans la voiture une odeur de produit d'entretien, la puanteur chimique de ce qui avait été utilisé pour nettoyer le sang et le vomi des ivrognes incontrôlables. Depuis l'endroit où je m'étais garé, il y avait une vue parfaite sur le lac Glenville, et avec le soleil qui commençait tout juste à faire monter le mercure, les résidents estivaux, le genre de types qui fréquentait des country clubs, filaient sur l'eau dans des embarcations aussi effilées que des cigarettes et dans des bateaux pontons qui traînaient des boudins couverts de gamins hurlants. Les gens du coin ne s'aventuraient sur le lac qu'à l'approche de l'automne, quand le doré jaune remontait vers les cascades et les affluents. Il y avait des tonnes de dorés jaunes et de perches noires à petite bouche dans ce lac avant que l'État balance par accident un paquet de harengs à dos bleu mangeurs d'œufs. Encore une bonne raison de détester la loi, je suppose.

Les conversations sur la radio parlaient d'agents dans la montagne qui effectuaient des vérifications de routine à propos de querelles conjugales et de cambriolages. Je voyais le flic fouiller la cabine de mon pick-up et, conscient que je n'avais rien à lui mettre sous la dent, je me disais que d'ici une minute ou deux il en ressortirait déçu. Juste alors que je me retournais après avoir regardé un Veinure tracer un sillage net au milieu du lac Glenville, le flic revenait en effet, tête baissée. Il a ouvert la portière et je lui ai souri, sachant que je l'avais battu, sachant que, ami de la famille ou non, les McNeely venaient de remporter une nouvelle bataille dans une guerre qui durerait jusqu'à la fin des temps.

« Vous avez trouvé quelque chose ?

— Juste un paquet de papier à rouler coincé sous ton siège. Mais je suppose que le papier à rouler compte pas s'il y a rien à rouler, pas vrai ?

— J'ai cherché ces feuilles partout ! » J'en ai rajouté dans le sarcasme car l'excitation de le voir vaincu avait ramené la joie que j'avais ressentie depuis Little Green. « J'espère que vous me les avez laissées !

— Je crains que non. Et je crains de pas pouvoir te laisser repartir en sachant pertinemment que t'es du genre à t'attirer des ennuis, pas vrai ? »

Je n'ai pas répondu, mais je suis sorti de la voiture et je me suis retourné vivement, les menottes se réchauffant au soleil tandis que j'attendais qu'il me libère. Il les a déverrouillées, elles ont cessé de me mordre les poignets, et je me suis tourné vers lui pour le saluer.

« Bon, je vais y aller.

— Juste une minute, Jacob. Va t'asseoir dans ton pick-up pendant que j'effectue une vérification sur ton nom. » J'ai commencé à m'éloigner, et il a remis ça, un coup bas pour me faire savoir qu'il ne hissait pas le drapeau blanc et que c'était encore lui le patron : « Lentement. »

Il flottait toujours dans la cabine du pick-up un doux relent de pisse de moufette, et ça m'a mis encore de meilleure humeur de savoir qu'il savait ce que je savais mais qu'il ne pouvait absolument rien faire pour le prouver. Fallait pas arriver après la bataille dans son boulot, et malgré ce petit contretemps, j'étais toujours un peu allumé grâce au joint. Après une minute ou deux passées à feuilleter un classeur de CD, j'ai regardé le flic s'approcher de la portière du conducteur, mon portefeuille dans sa main gauche, et sa main droite continuant d'agripper son pistolet.

« T'es resté longtemps à Foxfire ?

— Pas vraiment. Pourquoi ?

— Eh bien, fils, semblerait qu'on ait un mandat contre toi. Semblerait que t'aies bien amoché quelqu'un lors d'une fête l'autre soir, et qu'il soit à l'hôpital depuis.

— Je ne sais pas de quoi vous parlez. »

Je savais qui j'avais amoché, mais je n'étais au courant d'aucun mandat d'arrêt. Je supposais qu'après un incident de ce genre ils se lançaient à votre recherche, et comme j'étais un McNeely, je n'aurais pas été dur à trouver. Mais la plupart des flics étaient des fainéants. Et dans un endroit aussi petit, pourchasser les hors-la-loi, c'était un peu comme chasser des lapins : laissez-lui du temps, et la proie revient toujours, elle se jettera dans la gueule du loup si vous attendez suffisamment.

« Vu les cicatrices sur tes mains, je dirais que tu le sais. » Le flic m'a décoché son sourire de branleur, et il s'est écarté de la camionnette. « Je vais te demander de redescendre du véhicule, Jacob. »

C'est à cet instant que mon sang de McNeely m'a hurlé de foutre le camp, et c'est à cet instant que le reste de ma défonce s'est transformé en mal de tête. Je savais qu'il me tenait. Je savais qu'il était inutile de m'enfuir. Alors j'ai une fois de plus ignoré mon instinct et fait ce qu'on m'a dit.

« Lentement. »

11

Le béton était peint dans une teinte gris chaud, pas aussi déprimante que des nuages de neige, plutôt comme les cheveux permanentés d'une vieille femme. C'était une peinture épaisse et brillante, du genre qui aurait pu être utilisée sur un sol, et elle réfléchissait le peu de lumière diffusée par deux tubes fluorescents qui clignotaient et rendaient l'âme. Des sons pénétraient par la petite ouverture pratiquée dans la porte d'acier pour passer les menottes, et un faisceau de lumière blanche traversait une fine vitre rectangulaire. De temps en temps, des bruits de pas approchaient, des voix devenaient plus fortes, et je voyais un ou deux flics marcher devant la porte, tournant les yeux vers moi en passant.

Si j'avais eu la langue bien pendue avant d'être en état d'arrestation, dès l'instant où ça avait été officiel, je l'avais bouclée. L'agent s'était mis à causer encore plus maintenant qu'il avait remporté la bataille, posant toutes sortes de questions sur ma famille et sur mon père, mais ce dernier m'avait bien fait apprendre ma leçon. Raconte des conneries tant que tu es libre. Ferme-la quand tu es menotté. Appelle un avocat à la première occasion.

C'est ce que j'ai fait.

Je n'étais jamais allé en prison, et c'est pour ça que ça a pris si longtemps pour me mettre en cellule. La prison était l'illustration du proverbe « Quand une porte se ferme, une autre porte s'ouvre ». Seulement il n'y avait pas de lumière de l'autre côté. À l'arrivée du flic, une barrière s'était levée, puis il avait roulé jusqu'à une autre barrière, s'était arrêté, la première barrière s'était rabaissée et celle de devant s'était levée à son tour. Tout semblait fonctionner comme ça là-dedans, jusqu'à ce que je me retrouve face à un guichet et qu'on attache mes menottes au moyen de chaînes à une étagère située à hauteur de poitrine devant une fenêtre. La femme de l'autre côté m'a posé toutes sortes de questions sur l'endroit où j'étais né, les cicatrices et les tatouages que j'avais, les surnoms qu'on me donnait, mon appartenance à un gang. C'est ça qui a pris si longtemps, et même si ça ne me plaisait pas d'être là, j'étais ravi de me dire que lors de mes prochaines visites – car j'étais certain qu'il y en aurait d'autres –, ils auraient seulement à mettre mon dossier à jour. Merde, j'aurais peut-être écopé d'un surnom valable d'ici là.

On m'a placé dans une cellule plus petite après ces formalités, juste à côté du bureau du magistrat. Je suppose qu'ils ont porté le mandat à ce bureau et demandé au magistrat de revoir le montant de la caution qu'il avait déjà fixé lorsqu'il avait demandé mon arrestation. J'étais accusé d'agression et de coups et blessures, et ce vieux salopard a dû se dire que j'étais du genre à me faire la belle, alors il a fixé la caution à dix mille dollars. Quand les flics ont expliqué l'accusation, les coups ne faisaient aucun doute. Je pense avoir foutu la raclée de sa vie à ce type. Mais l'agression, ou « menace de violence », comme ils disaient, ça, il fallait m'expliquer. Je n'avais pas dit un mot. Pas un seul putain de mot. J'étais passé direct aux coups. Et vu qu'Avery était à l'hosto avec une orbite en miettes qu'il faudrait probablement reconstruire, je devais être plutôt doué pour les coups. Et vu que ce fils de pute méritait chaque marron qu'il avait encaissé, j'estimais que les quinze pour cent nécessaires pour sortir ne constituaient pas une note trop salée : mille cinq cents dollars en billets craquants, et je serais à la maison pour dîner. Mon père me préparerait peut-être même un steak tant il serait fier.

Je n'ai vu ni mon père, ni l'avocat, ni aucun ami de la famille tout le temps où j'ai été dans cette première cellule, et les flics étaient sur le point de m'escorter jusqu'à un logement plus agréable, pour que j'aie des voisins et de la compagnie et ainsi de suite, quand j'ai entendu quelqu'un hurler. Deux agents me guidaient dans un couloir. J'avais les bras raides et les menottes me coupaient les poignets.

« Vous deux ! Messieurs les agents ! Arrêtez-vous ! Arrêtez-vous tout de suite ! »

Nous nous sommes tous les trois retournés comme un seul homme, et j'ai alors vu ce petit enfoiré grassouillet qui traînait des pieds dans le couloir, son crâne chauve reflétant la lumière. M. Queen était un vrai crotale, l'un des types les plus fourbes qu'avait engendrés Caney Fork. Toute sa famille de serpents était terrée dans le coin depuis des générations et avait une longue tradition de distillation illégale d'alcool, mais je suppose qu'il avait vite compris que la bataille contre les flics se livrait et se gagnait dans les prétoires, dans un joli costume-cravate. Chaque goutte d'alcool de contrebande que les McNeely avaient jamais bue venait d'un Queen de Caney Fork, alors quand le business de mon père s'était suffisamment développé pour qu'un avocat à plein temps soit nécessaire, il était allé chercher ce type. Jusqu'alors, aucun ami de la famille n'avait passé plus de quelques jours à l'ombre, et c'était à ce plouc à tête de fouine que nous le devions.

Il y avait un flic dans son sillage, et tandis que M. Queen traînait des pieds, le flic a tendu le bras et attrapé sa manche.

« Lâchez-moi, espèce de ver ! Ce costume a été taillé sur mesure par Jos. A. Bank. Déjà entendu parler de lui ? Vous savez écrire son nom ? » Il s'est arrêté juste assez longtemps pour arracher la manche de sa veste des poignes crasseuses du policier, puis il a continué d'avancer. « Ce garçon, là, vous devez lui ôter ses menottes sur-le-champ. Sa caution a été réglée et il est libre jusqu'au procès. »

Queen est venu se planter juste devant moi. Il a retroussé le nez pour remonter ses lunettes sur ses yeux plissés, et il a conservé cette grimace suffisamment longtemps pour regarder les deux flics d'un air de dire je-vais-vous-bouffer-à-la-barre.

« Comment vas-tu, Jacob ? J'espère que ces messieurs t'ont bien traité. »

Il a tendu la main pour serrer la mienne, mais j'étais toujours entravé et je n'ai pu que le saluer d'un geste de la tête.

« J'ai connu mieux.

— Bon, ne dis plus rien, fiston. Ne dis pas un mot, tu seras rentré à la maison pour le dîner. Qu'est-ce que tu dis de ça ?

— J'en serais ravi.

— Naturellement. » Il a de nouveau tourné les yeux vers les flics. « Maintenant, je veux que vous ôtiez immédiatement ses menottes à mon client. »

Les flics ont regardé leur chef, le type plus âgé qui se tenait derrière mon avocat, et celui-ci a hoché la tête pour leur signifier d'obéir. Les clés ont aussitôt cliqueté, les menottes se sont desserrées, et j'ai frotté les bracelets rouges qu'elles avaient laissés sur mes poignets. Aussi vite qu'on m'avait amené ici, j'ai été reconduit vers la sortie, dans la pure tradition McNeely. Comme je le pensais, je serais chez moi pour dîner.

Queen et moi avons quitté le centre administratif du comté de Jackson par des portes qui s'ouvraient en les poussant et non en appuyant sur un bouton. Il faisait désormais presque nuit, le jaune virant au noir au-dessus des sommets. Il m'a mené à une grosse Lincoln toute en longueur ornée de dorures là où la plupart des gens auraient opté pour du chrome. Si j'étais certain qu'elle lui avait coûté une blinde, je trouvais personnellement cette touche un poil tape-à-l'œil. Ça me paraissait de mauvais goût, comme ces épaisses boucles d'oreilles en or que les femmes aux cheveux bleus portaient à l'église, le genre de bijoux qui étirait les lobes et allongeait les trous.

« Jolie bagnole que vous avez là, monsieur Queen.

— Irving.

— Pardon ?

— Appelle-moi Irving. »

Queen m'a décoché un sourire et a une fois de plus plissé le nez pour remonter ses lunettes sur ses yeux. Il a enfoncé un bouton sur son porte-clés, les phares ont clignoté, et j'ai entendu les fermetures se débloquer à l'intérieur de la Lincoln.

La voiture sentait la vieille fumée de cigare avec une pointe de talc, une odeur désagréable qui lui allait bien. Les sièges en cuir avaient des taches de café, et le sol du côté passager était jonché de gobelets vides et de flasques de whiskey. Il avait un peu arrangé les choses avec un de ces sapins désodorisants qu'on accrochait au-dessus de l'aération.

« Je crois que vous feriez bien de jeter quelques-unes de ces bouteilles à la poubelle.
— Pour quoi faire ?
— Au cas où vous vous feriez contrôler sur la route.
— Contrôler pour quoi ?
— Je sais pas, juste contrôler.
— Bon, si tu te mets à imaginer des scénarios, tu vas devoir être plus spécifique. Les généralités ne vont pas te mener loin dans ce business. »
J'ai enfoncé les pieds sous le tas de détritus, et Queen a quitté le parking et roulé vers le bas de la colline.
« Supposons juste que vous tombiez sur un contrôle routier. Supposons juste que les flics aient installé un de ces barrages qu'ils aiment tant, et…
— J'imagine que ce barrage est parfaitement légal ? Pas installé pour effectuer des contrôles au faciès, tu sais ? Pas placé sur une route empruntée principalement par des ouvriers immigrés, n'est-ce pas ?
— Parfaitement légal, et supposons juste que vous vous arrêtiez et qu'ils voient toutes ces bouteilles d'alcool. » J'ai bougé les pieds pour faire s'entrechoquer les bouteilles vides. « Supposons qu'ils aiment pas trop les hommes dans des belles bagnoles avec des bouteilles entassées par terre.
— Il n'y a rien d'illégal à être un bon agent d'entretien, Jacob.
— Un agent d'entretien ?
— Oui, un agent d'entretien. Je nettoie les ordures, c'est tout. J'ai juste l'habitude de débarrasser les routes de leurs ordures.
— Et je suppose que les bouteilles de whiskey constituent la majorité des ordures sur ces routes.
— Évidemment. Les gens qui boivent du RC Cola ne balancent certainement pas les bouteilles par les

vitres. Non, jeune homme. Ce sont les ivrognes, le souci. »

Queen a tiré un cigare à moitié écrasé du cendrier et l'a collé entre ses lèvres qui barraient son visage comme de grosses saucisses. Il a craqué une allumette et presque franchi la ligne blanche tandis que nous nous dirigions vers le centre-ville. Il a tiré fort pour l'allumer, ses joues se creusant et se gonflant jusqu'à ce que de gros nuages de fumée commencent à s'en échapper. Tandis que le vieux cigare se consumait, les feuilles de tabac recourbées ont laissé tomber des braises incandescentes sur ses cuisses.

« Bordel ! Bordel ! » qu'il s'est écrié, et il a vivement déporté la voiture sur le bas-côté tout en se tapant violemment l'entre-jambe de la main droite. « Pas le Jos. A. Bank ! Pas le putain de Jos. A. Bank ! »

Nous avons traversé la ville en silence. Je crois que je l'avais un peu contrarié en éclatant de rire quand il avait failli foutre le feu à son futal, mais tandis que nous passions devant l'université, il a fini par reprendre la conversation.

« Tu te souviens de ce que j'ai dit à propos du procès ?

— Non. Pas exactement.

— Tu te souviens que je disais à ces agents que t'étais libre jusqu'au procès ? Tu te souviens de ça ?

— Je crois.

— Alors t'en fais pas pour ça, Jacob.

— Qu'est-ce que vous voulez dire ?

— Y aura pas de procès.

— Comment ça ?

— Eh bien, si c'est moi qui suis venu te chercher ce soir, c'est qu'il y avait une raison. Tu vois, ton père est allé discuter avec M. Hooper, et il semblerait qu'ils soient parvenus à un accord. Il semblerait que ça a pas pu être toi qu'as fait ça à son fils vu que t'étais avec ton père à la maison ce soir-là. Je suppose que la victime s'est trompée.

— Et ça va suffire ?

— Oui, Jacob. J'ai juste besoin que M. Hooper m'accompagne au bureau du procureur. Le procureur et moi nous connaissons depuis longtemps, et M. Hooper expliquera que tout ça était un gros malentendu. Après ça, libre comme l'air.

— Libre comme l'air, hein ?

— Libre comme l'air. »

Nous avons roulé devant la superette Moonshine, un bâtiment couleur crème avec des fondations en pierres où les chasseurs d'ours s'arrêtaient souvent pour tailler une bavette. Le parking était toujours plein de pick-up couverts d'antennes, transportant des niches avec des chiens de chasse épuisés à l'intérieur. N'importe qui avec une once de bon sens savait depuis longtemps que les propriétaires avaient un labo portatif de meth pile sous la caisse enregistreuse. C'était cette mauvaise dope jaune et bon marché vers laquelle seuls les plus minables se tournaient quand l'argent pour se payer la came de qualité des McNeely venait à manquer. J'avais toujours été sidéré qu'aucun flic ne soit tombé sur le type qui dirigeait ce trafic. Chaque fois qu'il rendait leur monnaie à des agents venus acheter des boîtes de tabac, il était clair que ses mains étaient rongées à force de libérer la pression dans les bouteilles pendant que les bandes de lithium bouillonnaient dans le sirop juste sous la caisse. Comment ces flics faisaient pour ne pas sentir l'odeur de tous ces produits chimiques, je ne le saurais jamais.

Queen a lancé un coup d'œil le long de Caney Fork Road, puis dans ma direction, comme s'il revoyait son passé lointain. Il s'est renfoncé dans son siège en cuir et a tiré sur les revers de son Jos. A. Bank. Il y avait de la fierté dans ce geste. Il avait parcouru un sacré bout de chemin, je suppose, un sacré bout de chemin depuis le trou d'où il s'était échappé en rampant. Mais si ça avait été moi, je me serais échappé un peu plus loin. Si j'avais dû partir, je serais allé dans un endroit où personne ne me connaissait, un endroit où McNeely était un nom comme un autre. Les gens comme nous ont besoin de pseudonymes.

12

Il n'y a pas eu d'accueil en héros. Pas d'entrecôte crépitant sur des briquettes de charbon. Pas de bière fraîche dans des housses isothermes. À la place, je suis entré telle une note discordante pendant qu'une chanson de Townes Van Zandt passait sur le tourne-disque.

Les frères Cabe étaient assis sur le canapé – le maigre, Jeremy, appuyant sa main presque blanche sur son front. Du rouge suintait en dessous comme s'il s'était écrasé une tomate juste au-dessus des yeux. Le sang gouttait sur son tee-shirt bleu ciel et avait dessiné des lignes pointillées sur les cuisses de son pantalon de toile marron. Gerald était assis à côté de lui, ses bras croisés posés sur ses genoux. Il était voûté, sa graisse avalant ses bretelles, et semblait juste flotter là avec son regard fixé sur le plancher. Mon père se tenait au-dessus d'eux, sa silhouette élancée projetant une ombre dont aucun des frères Cabe n'aurait pu s'échapper. Il était torse nu, sa peau blanche presque intégralement recouverte d'encre, et quand la porte-écran s'est refermée derrière moi, ses yeux m'ont transpercé comme jamais auparavant. Ce regard, ce putain de regard froid et plein de rage, aurait fait battre en retraite n'importe qui, et soudain tout ce que j'avais entendu dire à son sujet réveillait un endroit au fond de moi qui était resté jusque-là intact.

« Putain, Jacob ! Fallait que tu choisisses aujourd'hui pour te faire pincer ! De tous les putains de jours de ta vie de merde, fallait que tu le fasses un jour comme aujourd'hui ! » Je suis simplement resté là, figé dans les phares de sa fureur, attendant qu'il me dise de bouger. « Pose ton cul là-bas. » Mon père a agité un calibre .45 automatique, un format 1911 Commander qu'il avait reçu en échange d'un petit sachet de dope à l'époque où les sachets étaient encore vendus par la fenêtre, mais j'étais toujours incapable de bouger. « Bon Dieu, mon gars, je t'ai dit de poser ton cul ! »

Les genoux de Jeremy s'entrechoquaient et ses yeux étaient désormais deux fois trop gros pour sa tête.

« Est-ce qu'il faut vraiment qu'on mêle ton fils à…

— Ferme ta gueule ! »

Mon père lui a donné un coup de pistolet du revers de la main, et le guidon l'a atteint sous l'œil, faisant une entaille qui est restée d'un blanc brillant pendant une seconde avant de se remplir de rouge. Les bras de Gerald ont quitté ses genoux, et il a semblé sur le point de se lever, mais mon père l'a frappé avec le bas du chargeur, lui aplatissant le nez. Sous la visière de sa casquette Joy Dog Food, les yeux de Gerald se sont emplis de larmes et il s'est efforcé de les retenir, mais il n'a rien pu faire contre la fontaine qui s'est écoulée de ses narines, dégoulinant sur ses lèvres et son menton comme un ruisseau sur des cailloux avant de former une tache sur son maillot de corps. Les yeux des frères Cabe étaient désormais fixés sur mon père, et c'était la crainte de ce qui pourrait arriver si le coup de feu partait qui les faisait rester là. Je n'avais toujours pas bougé.

« Jacob, je t'ai dit de t'asseoir ! » Du pistolet il a désigné la chaise à côté du canapé. J'ai détalé vers elle et me suis assis, sans jamais quitter des yeux ni mon père ni son arme. « D'après toi, qu'est-ce qui s'est passé, Jacob ? Pourquoi tu crois que ces deux-là sont vautrés sur ce canapé ?

— J'en sais rien.

— T'en sais rien ?

— Non, p'pa. Je sais pas.

— Tu sais pas. » Mon père a poussé un petit ricanement silencieux. « Tu sais pas. La chair de ma putain de chair, mon propre putain de fils, et tu sais pas ! »

En un instant mon père a glissé le pistolet à l'arrière de son pantalon de survêtement et a grimpé à califourchon sur moi. Ses mains se sont posées autour de ma gorge et il a serré si fort que pendant les premières secondes j'ai été certain que j'allais mourir. Ça n'a pas été un étouffement progressif. Je savais qu'il allait me tuer. Je me noyais entre ses mains, et les lumières dans la pièce ont commencé à s'éteindre. J'essayais de respirer, mais il n'y avait pas d'air, et je savais que je ne tiendrais pas une seconde de plus. Puis, juste avant que tout devienne noir, du coin de l'œil, j'ai vu Jeremy se lever.

Mon père a fait un bond et a ressorti son flingue d'un geste fluide avant de frapper Jeremy au visage avec le côté de l'arme. Sa charpente maigre s'est envolée et il a atterri inerte à côté de son frère. Gerald a commencé une fois de plus à se lever, et mon père a actionné la culasse et pressé la détente dès que le chien a été armé. *BOUM !*

La déflagration a recouvert la musique qui continuait de jaillir à plein volume des haut-parleurs, et mes oreilles se sont mises à siffler alors que je toussais à la recherche de mon souffle. Mes yeux se sont aussitôt tournés vers l'endroit où Gerald était assis, et à mesure que ma vision s'éclaircissait, j'étais certain de trouver un carnage, certain qu'il y aurait un trou d'entrée de la taille d'un calibre .45 dans le front de Gerald, une projection de couleur sur le tableau qui était accroché derrière le canapé, et des morceaux de cervelle jonchant le plancher tels des petits morceaux de saucisse hachée. Mais il n'y avait rien de tout ça. Simplement un trou dans le mur juste à droite de l'endroit où s'était trouvée la tête de Gerald.

Nous sommes restés aussi silencieux que si nous étions en prière quand mon père s'est rendu dans la cuisine. Aucun de nous n'a bougé d'un centimètre quand il a attrapé une bouteille de bourbon et bu une grande rasade tout en respirant fort. Il a calmement posé la bouteille sur la table de la cuisine et s'est passé l'avant-bras sur la bouche pour s'essuyer. Puis il a tiré un paquet de clopes souple tout écrasé de sa poche de survêtement et s'est coincé une Winston entre les lèvres. Il a allumé la cigarette et il est revenu.

« Bon, j'en ai marre de ces conneries. » Son expression animale s'était dissipée et mon père avait retrouvé cette espèce de calme halluciné que je lui connaissais bien, une facette de lui que je craignais franchement plus que sa rage. « Vous êtes tous de la famille. Vous êtes tout ce que j'ai dans ce monde. Mais je veux que vous compreniez une chose. Personne ne dit un foutu mot avant que j'aie fini de parler. C'est clair ? »

Personne n'a acquiescé. Personne n'a bougé. Personne n'a dit un putain de mot.

« On a déjà discuté, Jacob, mais je suppose que je vais devoir revenir un peu en arrière pour te mettre au parfum. »

Il a marché jusqu'au tourne-disque, soulevé le bras, et reposé le diamant dans le sillon qui tournoyait indéfiniment. Il a remis le disque depuis le début, et les premières notes de *For the Sake of the Song* ont commencé à craquer dans les haut-parleurs. Il a monté le volume un peu plus, et la voix mélancolique de Townes s'est élevée.

« Tu vois, y avait cette famille, Jacob, et cette famille avait un chien qu'avait tendance à devenir dingue dès qu'il flairait une piste. Ils avaient dégoté ce vieux clebs dans un de ces refuges, un chien errant qu'avait jamais beaucoup chassé l'ours. Bon, ce chien avait tout de même l'instinct du chasseur en lui. Ça avait jamais vraiment été un chien domestique. Bref, le clebs a flairé une odeur qui lui a plu, et ses putains d'yeux se sont illuminés, et avant que quiconque dans la maison ait le temps de gueuler : "Assis !", le chien s'était tiré. Et donc ce crétin de clébard s'est barré dans la forêt et a traqué cette odeur qui l'a mené à des kilomètres de chez lui.

» Bon, au bout d'un moment, le vieux chien commence à vraiment manquer à la famille, alors ils se mettent à l'appeler et à l'appeler, mais ils entendent pas le moindre glapissement. Un matin de bonne heure, la femme commence à tanner le mari pour qu'il aille chercher le chien, et comme les maris sont enclins à le faire, ce pauvre abruti l'a écoutée.

» Donc y a un chien qu'est toujours en vadrouille dans la forêt, et y a un type qui sait pertinemment que s'il trouve pas ce chien, il est pas près de se retaper sa femme. Cette idée le quitte jamais tandis qu'il avance péniblement dans la forêt, enjambant les nids de serpents à sonnette et tout le reste juste pour pouvoir tirer un coup s'il arrive à retrouver ce clebs. Cette idée le ronge constamment et le pousse de plus en plus loin de chez lui, jusqu'à ce que tout d'un coup il atteigne une clairière, une grosse colline en pente parsemée de rochers gros comme des Volkswagen. Et alors il entend un unique aboiement fendre l'air.

» Je parie qu'il a eu la trique dès que cet aboiement lui a chatouillé les tympans, du coup il a gravi la colline à toute berzingue pour choper le clebs par la peau de cou et traîner le salopard à travers la forêt dense juste pour pouvoir se taper sa femme qu'aurait probablement fini par demander que ça de toute manière. En gravissant la colline, il trouve le vieux clebs couché contre un homme à moitié nu fermement enroulé autour d'un de ces rochers. Après quelques jours, un corps a une odeur particulière, et le type croit qu'il va gerber, mais il se penche tout de même, il voit tout un tas de brûlures et de sang, et il entend quelque chose. Tu sais ce qu'il entend, Jacob ? Il l'entend respirer. »

Mon père a saisi l'arme et s'est gratté la tempe avec l'extrémité du canon. Il a pris une très profonde inspiration, rejeté la tête en arrière et fermé les yeux pendant une seconde ou deux avant de les poser sur moi.

« Putain, il respirait, Jacob ! »

Une lourdeur m'a comprimé tout le corps, comme si j'étais dans un vide physique, et à mesure que je prenais conscience de l'ampleur de ce que mon père venait de dire, je me suis remis à suffoquer. J'essayais de respirer mais je n'y parvenais pas, pourtant les mains de mon père étaient toujours là-bas, pendant contre ses flancs. J'avais l'impression que j'allais vomir, et alors, tout d'un coup, une sensation d'engourdissement s'est emparée de moi, et c'était comme si j'étais toujours assis sur cette chaise mais que mes yeux s'étaient dissociés de mon corps pour avoir une meilleure vue. Je voyais toute la pièce, les frères Cabe et moi assis là pendant que mon père se tenait au-dessus de nous avec son pistolet. Je flottais de plus en plus haut, et plus je m'éloignais, plus la sensation était apaisante. Tandis que je m'élevais, l'élastique qui me retenait à mon corps s'étirait, jusqu'à ce qu'il atteigne son point de rupture et cède, et alors je suis brutalement revenu en moi-même. L'idée qu'à dix-huit ans à peine j'avais signé mon arrêt de mort m'est clairement apparue, et j'ai vomi sur mes cuisses.

Mon père a baissé les yeux vers moi, un sourire dégoûté lui fendant le visage.

« Bon, j'ai besoin de dire à aucun d'entre vous combien c'est sérieux. J'ai pas besoin de vous dire que le fait qu'un homme qu'était censé être enterré y a deux jours soit encore vivant dans un lit d'hôpital ce soir est un problème. Chacun d'entre vous sait que c'est un putain de gros problème. C'est le genre de bordel qui peut pas être nettoyé, et on peut rien faire si ce n'est attendre la suite des événements.

» Y a donc deux possibilités. En ce moment même, ce putain de junkie est inconscient dans un lit d'hôpital avec des respirateurs qui font l'essentiel du boulot pour le retenir dans ce monde. Ce fils de pute pourrait casser sa pipe d'une minute à l'autre, et hormis quelques flics qui pourraient essayer de comprendre ce qui s'est passé, on serait tirés d'affaire. Ça, c'est la première chose.

» L'autre, c'est que les toubibs pourraient le maintenir en vie pendant des jours, des semaines, des mois même, et un jour, en une fraction de seconde, ce fils de pute pourrait se réveiller. Et quand les mots lui seront revenus et qu'il leur trouvera bon goût, il pourrait avoir une histoire à raconter. C'est cette histoire qui pose problème. C'est cette foutue histoire qui nous enverra au trou pour le restant de notre putain de vie. À mon âge et au point où j'en suis de mon existence, c'est le genre de chose que je pourrais pas laisser arriver. » Mon père s'est interrompu et a fixé le pistolet tandis qu'il le tournait et le retournait dans la lumière. « À mon âge, je suppose que je me ferais simplement sauter la putain de cervelle dans les bois et que je laisserais les corbeaux me bouffer. Mais pour vous autres, espérons qu'on en arrivera pas là. Pour vous autres, espérons que ce connard va casser sa pipe. »

Mon père a marché jusqu'à la cuisine et s'est assis à la table. Il a posé le pistolet dessus et tenu la bouteille de bourbon contre son torse. Ses cheveux sombres étaient gominés et trempés de sueur, et sa mâchoire semblait se contracter à chaque battement de son cœur. Il a ôté le bouchon et bu une longue rasade, fait tourner le tord-boyaux dans sa bouche pendant un moment, puis avalé. Pas un seul autre mot n'a été prononcé. *Don't Take it Too Bad* s'est fondu dans *Colorado Girl* sur l'album de Townes, et quand la chanson s'achèverait, quelqu'un devrait mettre la face B.

Il fixait la bouteille et frottait le dessus de la table avec la pointe de son pistolet quand les frères Cabe se sont lentement levés du canapé et ont marché vers la porte. Toujours aucun mot n'avait été prononcé, et le refrain final a retenti dans les haut-parleurs tandis que la porte-écran se refermait en grinçant. Les derniers craquements de l'album ont défilé sous le diamant, et le bras s'est soulevé avant de revenir sur le côté et de se poser sur son support. Silence.

Mon père s'est levé et il a marché calmement jusqu'à sa chambre. Après quelques secondes, il est réapparu avec un pistolet de calibre .22 dont il se servait pour achever les sangliers quand utiliser un couteau était trop de boulot. Il a glissé le long canon à l'arrière de son pantalon de survêtement et il est sorti.

Je suis resté assis là sans bouger jusqu'à entendre deux claquements brefs, comme des coups de pistolet à amorces, résonner dans la cour. Je me suis alors levé et j'ai regardé par la fenêtre. Mon père revenait du pick-up des frères Cabe et le clair de lune baignait son torse nu d'une lumière bleutée aux endroits où sa peau d'Irlandais était encore visible. Les clebs se sont écartés tandis qu'il traversait la cour, chaque chien s'éloignant aussi loin que sa laisse le permettait. L'impact de balle et la projection de couleur que j'avais été certain de voir se répandre quelques minutes plus tôt étaient désormais bien réels. Il allait falloir nettoyer ce bordel, et vite.

13

Dans un monde parfait, nous aurions attendu que la nouvelle lune nous enveloppe de secret. Dans un monde parfait, nous aurions enterré ces corps dans un endroit où nous aurions pu les exhumer et les déplacer le moment venu. Mais ce n'était pas un monde parfait.

Le sang avait séché au cours des heures qui s'étaient écoulées depuis que les deux coups de feu avaient retenti à l'autre bout de la pelouse, mais mon père avait voulu attendre. Si ça avait été moi, j'aurais bougé ces corps avant que leur âme ait le temps de s'en échapper. Mais bon, si ça avait été moi, je ne crois pas que j'aurais appuyé sur la détente.

Comme c'était toujours Jeremy qui conduisait le pick-up, il était assis à la place du conducteur. Son corps avait basculé sur le côté, ses bras étaient coincés sous lui, et son visage reposait sur les cuisses de son frère. La tête de Gerald était rejetée en arrière sur le siège, à l'endroit où aurait normalement dû se trouver un appuie-tête, si bien qu'elle reposait là, la gorge tournée vers le tissu affaissé du plafond, sa casquette tombant presque de son crâne. Ses yeux étaient ouverts, sa bouche aussi, et son nez écrasé par le pistolet de mon père avait la couleur d'une prune. L'orifice d'entrée se trouvait juste au-dessus de son sourcil gauche, et il n'y avait pas d'orifice de sortie, juste cet unique trou et une fine traînée de sang hésitante sur sa joue. C'était pour ça que mon père avait changé d'arme, pour que ce soit aussi propre que possible, pour que le plomb aille ricocher contre l'os jusqu'à ce que tout là-dedans soit réduit en bouillie.

Ressortant à moitié de la poche gauche du jean de Jeremy, il y avait une petite bible du genre de celles qu'on aurait pu trouver dans le tiroir de la table de chevet d'une chambre de motel. Jusqu'à ce que je la voie de mes propres yeux, j'avais toujours cru que cette rumeur était un mensonge, une fable qu'on racontait juste pour ajouter à la mythologie de mon père. J'avais entendu ça des douzaines de fois depuis que j'étais gosse, les gens qui prétendaient que mon père laissait une bible de poche sur la poitrine de chaque homme qu'il tuait. Les garçons qui racontaient ça donnaient chacun une raison différente à ce geste, raison qui ne collait jamais avec ce que je savais de mon père. Mais au bout du compte, c'était bel et bien vrai. J'ai regardé à travers la cabine, et une seconde bible parfaitement identique était coincée contre la poitrine de Gerald, sous ses bretelles.

J'avais mes propres hypothèses quant à ses raisons de faire ça. Je me disais que c'était lié à son père, mon grand-père, un homme qu'il avait adoré. Personne ne l'aurait jamais soupçonné, mais nous étions issus d'une longue lignée de croyants, de bons baptistes qui ne manquaient jamais la messe le dimanche. Quand j'étais enfant, mon grand-père m'emmenait à l'église avec lui et me faisait assister à des sermons enflammés. C'était toujours l'Ancien Testament, le seul livre qui semblait trouver grâce aux yeux des baptistes. Durant ces dimanches matin de mon enfance, j'avais appris ces versets comme tout le monde, je les avais appris jusqu'à les avoir mémorisés. Même maintenant, alors que je n'étais plus retourné au sanctuaire depuis des années, je pouvais les réciter. La différence entre mon père et moi, c'était qu'après la mort de mon grand-père je n'avais plus été forcé d'aller à l'église. Pour mon père, cependant, c'était différent. Il n'avait jamais manqué un service jusqu'à ce qu'il quitte le toit paternel. Je suppose donc qu'il y avait quelque chose de profondément ancré en lui que personne ne connaissait, quelque chose d'enterré si profondément que lui seul savait qu'il l'avait. Mon père avait placé ces bibles là comme une sorte de rituel, et je ne lui demanderais jamais pourquoi. Même s'il proposait de me le dire, je ne voulais pas savoir. Mieux valait ne pas réveiller ce type de mal.

Il a attendu jusqu'à trois heures du matin pour déplacer les corps. Ça devait être fini aux premières lueurs du jour, et avec les patrouilles de nuit qui circulaient de six heures du soir à six heures du matin, les Charlie et les David commençaient généralement à piquer du nez après neuf heures de service. C'est donc à ce moment que nous nous sommes mis en route.

Quelques coups de fil et il y avait des amis de la famille stationnés des deux côtés de la propriété, des voitures garées sur des emplacements boueux avec des yeux cachés dans l'obscurité à la recherche du moindre signe d'une patrouille. Un autre coup de fil avait réveillé le pilote du bac, un homme payé pour emmener les résidents d'été jusqu'à leur maison sur l'île de Buck Knob, au beau milieu du lac de Glenville. Les riches pouvaient se permettre ce genre de luxe. Ils pouvaient se permettre de construire leur baraque à un endroit qu'aucune personne non fortunée ne pouvait atteindre, alors ils le faisaient. Oscar Buchanan gagnait sa vie en leur faisant faire la navette et en leur livrant leurs provisions quand ils n'avaient pas envie de parcourir les huit cents mètres jusqu'à la terre ferme pour se mêler aux formes de vie inférieures telles que nous. Mais en hiver, ça payait mal, alors Oscar touchait sa part comme tant d'autres, et en échange, mon père avait la clé du bac et de l'embarcadère.

« Tu vas conduire leur camionnette, Jacob, et je vais te suivre.

— Et les corps ?

— Quoi, les corps, Jacob ? Ils sont là, non ? Ils te dérangent ? T'as qu'à les mettre ailleurs. »

Je savais que je n'avais aucune chance de bouger Gerald, mais comme il était planté là tel un mannequin sur le siège passager, je me suis dit que je pouvais rouler avec lui à côté de moi. En revanche, je devais bouger Jeremy. J'ai ouvert la portière côté conducteur et l'alarme s'est déclenchée car les clés qui étaient sur le point de mettre le moteur en route quelques heures plus tôt étaient toujours dans le contact. La moitié du corps de Jeremy était du côté passager, et par chance c'était la partie amochée. J'ai tiré sur l'arrière de son tee-shirt bleu ciel et tenté d'ôter sa tête des cuisses de son frère pour qu'elle tombe par terre. Il s'avérait que déplacer un poids mort était un boulot nécessitant deux mains, mais une fois que sa tête a passé le bord du siège, la gravité a pris le dessus et il a roulé sur le tapis de sol. La partie inférieure de son corps était toujours du côté conducteur, mais ses jambes étaient faciles à soulever, il s'agissait juste de le mettre à l'envers avec ses pieds sur les épaules de Gerald.

Mon père avait déjà placé sa Jeep derrière la camionnette des frères Cabe quand j'ai eu fini de déplacer les corps. Tandis qu'il tirait sur une cigarette, le rougeoiement a illuminé son visage et je l'ai vu qui me regardait d'un air mauvais. J'espérais presque que dès que la camionnette serait sur le bac, il me collerait également une balle et m'enverrait au fond du lac avec les Cabe. Mais je savais aussi que, quoi qu'il arrive, j'étais son fils, et que je ne me sortirais pas de ce mauvais pas si facilement. En l'espace de quelques brèves minutes, mourir était devenu simple. C'était de vivre que j'avais peur.

L'embarcadère privé était clôturé et se trouvait à trois kilomètres de la maison. Tandis que je roulais, mon père me suivait de près. Une bosse sur la route a projeté la tête de Gerald sur le côté, et ses yeux grands ouverts et sa bouche béante se sont tournés vers moi. Je ne pouvais pas m'empêcher de le regarder. J'étais déjà une loque nerveusement, et maintenant ses yeux vides et hébétés étaient posés sur moi. La voiture a dévié sur le bas-côté et j'ai un peu sèchement redressé sa trajectoire, faisant crisser les pneus lisses sur la chaussée. Mon père ne me lâchait pas, roulant pare-chocs contre pare-chocs jusqu'à ce qu'on atteigne l'embarcadère au bout d'une petite route caillouteuse. Il a déverrouillé le portail et repoussé la lourde barre d'acier.

« Mets la camionnette sur le bac », a-t-il dit en passant devant la vitre baissée, sans s'arrêter pour me regarder.

La rampe en métal rouillé a grincé et produit un bruit de ferraille quand j'ai roulé dessus et me suis engagé sur la plateforme. Je me suis garé pile au centre du bac, qui était assez grand pour accueillir un bus scolaire, puis j'ai coupé le moteur et je suis descendu de la camionnette. Mon père a traversé à pied le parking couvert de gravier après avoir refermé le portail et caché la Jeep derrière une rangée d'arbres. Il a sauté sur le bac et actionné un levier pour mettre la rampe hydraulique en mouvement. Il agissait vite, comme s'il avait déjà fait ça une ou deux fois. Il n'a pas dit un mot, s'est contenté de traverser le bac pour grimper sur le remorqueur. La rampe hydraulique venait de finir de remonter quand il a allumé le moteur. Le bac s'est lentement écarté de la terre ferme tandis que le remorqueur tirait en marche arrière, et quand nous avons atteint les eaux profondes, mon père a mis la marche avant et commencé à pousser le bac de plus en plus loin de la rive.

J'ai grimpé à mon tour sur le remorqueur et j'ai pris place à côté de lui sur le pont.

« On va où ?

— À la décharge. »

Mon père avait les yeux fixés droit devant lui, les cicatrices d'acné de son visage retenant les ombres dans la lumière faible. Il portait toujours son pantalon de survêtement, mais avait enfilé une veste qui voletait furieusement en même temps que ses cheveux dans le vent qui soufflait à travers le lac.

« C'est où ?

— Le chenal près du barrage. Y a trente-cinq mètres de profondeur là-bas.

— Et…

— Ferme ta gueule, Jacob ! Contente-toi de fermer ta gueule et de retourner sur le bac. Sans toi, on serait pas en train de faire ça. Sans toi, un connard serait enterré et ces deux abrutis continueraient de faire des vidanges au garage. Alors retourne sur ce foutu bac ! »

Ses mots ne me faisaient plus mal. J'avais largement dépassé le stade du simple engourdissement. Mais l'air d'été était frais sur l'eau où le vent pouvait s'engouffrer librement entre les montagnes. La lune commençait déjà à descendre derrière la ligne de crête, et les étoiles étaient beaucoup plus lumineuses en son absence. Encore quelques petites heures avant qu'il fasse jour. Le bateau avançait vers le barrage, mais nous mettrions vingt ou trente minutes pour y arriver. Je me suis appuyé au pare-chocs avant de la camionnette des Cabe et j'ai fixé le ciel des yeux.

Le remorqueur avançait lentement sur l'eau paisible quand nous sommes arrivés à un jet de pierre du riprap. Mon père est revenu sur le bac et a actionné le levier hydraulique pour abaisser la rampe. Quand elle a été à plat et s'est verrouillée, il a marché jusqu'à la camionnette et a jeté un coup d'œil à l'intérieur. Il a parcouru la cabine des yeux comme s'il cherchait quelque chose qui valait la peine d'être pris, mais n'a rien vu.

« Monte là-dedans et entrouvre les vitres d'un doigt.

— Tu veux que je m'occupe aussi de la lunette arrière ?

— Est-ce que je t'ai parlé de la foutue lunette arrière, Jacob ? Nom de Dieu, gamin, fais simplement ce qu'on te demande. »

Je suis monté côté conducteur et j'ai tendu le bras par-dessus les corps pour atteindre la poignée de vitre. Je l'ai baissée un peu et j'ai regardé par-dessus mon épaule en attendant l'approbation de mon père. Il a marché jusqu'à la portière ouverte et il a placé sa main dans son dos.

« Encore un peu. »

C'est au moment où je l'ai quitté des yeux que j'ai cru que ça allait venir, que j'ai cru qu'il allait me coller à moi aussi une balle dans la tête. Mais il ne l'a pas fait. À la place, il a remonté la vitre du côté conducteur jusqu'à la hauteur désirée, et mis la camionnette au point mort.

Je me suis extirpé de la cabine et j'ai refermé la portière derrière moi.

« Tu veux que je prenne leurs portefeuilles et les papiers dans la boîte à gants ?

— Pour quoi faire, Jacob ?

— Pour qu'on puisse pas les identifier si jamais la camionnette remonte.

— Et les putains de numéros de série et les plaques ? Tu crois pas qu'ils pourront retrouver leur nom à partir des numéros de série et des plaques ? Dans ce petit bled de merde, tu crois pas qu'un vieux Ford Ranger bordeaux et blanc avec deux cadavres à l'intérieur mettra la puce à l'oreille des flics ? Tu penses pas qu'ils reconnaîtront ce putain de véhicule, qu'ils se diront : "Oh, merde, les frères Cabe ont disparu depuis un moment", et qu'ils feront le rapprochement ? »

Je l'ai regardé d'un air ahuri. Seul mon engourdissement me retenait sur ce bac grinçant.

« Alors bon, ferme ta gueule. C'est un putain de parking là où on va balancer cette camionnette, et si jamais elle remonte, on aura bien d'autre raisons de s'inquiéter que leurs putains de portefeuilles. » Mon père est passé tout près de moi, s'est posté à l'avant de la camionnette et il a posé les mains sur le capot. « Maintenant arrête de faire ta mauviette et aide-moi à pousser. »

Je n'ai pas dit un mot, j'ai juste posé les mains sur le capot rouillé et poussé. Le pick-up s'est mis à rouler lentement, puis il est tombé le cul en premier dans le lac. Quand l'eau a dépassé le hayon et rempli la plateforme, le Ford Ranger s'est mis à la verticale comme un flotteur de pêcheur et des gargouillis furieux ont agité le lac jusqu'à ce que tout l'air ait été expulsé de la cabine. Quand les dernières bulles ont explosé à la surface, le lac est redevenu paisible, parfaitement immobile. Les frères Cabe ont continué de couler dans le silence. Et tout ce que je me disais, c'était que j'aurais aimé être dans cette camionnette avec eux.

14

La lumière et l'obscurité sont devenues les seuls signes du passage du temps. Pendant les jours qui ont suivi, les ombres qui montaient puis redescendaient sur les murs étaient la seule preuve que les heures s'écoulaient. Une lueur jaune et basse filtrait à travers les volets chaque matin jusqu'à ce que le blanc envahisse la pièce, puis le bleu s'installait le soir jusqu'à ce que tout redevienne noir. J'observais ces changements de lumière dans un délire alimenté par la drogue. Le matin après avoir déposé les Cabe dans leur tombe aquatique, j'avais dépensé la moitié de mon cash pour acheter un sachet d'herbe et vingt Xanax. Ces barrettes blanches me procuraient un sommeil sans rêve, ce dont j'étais reconnaissant.

Ces jours passés seul ont, je crois, été la première période de ma vie où j'ai prié. C'est le problème avec les gens qui n'ont pas l'habitude de parler à Dieu, il faut qu'ils aient besoin de quelque chose, leurs prières sont égoïstes. Et les miennes l'étaient. Je priais pour que les frères Cabe ne manquent à personne. Je priais pour foutre le camp de cette ville. Et je priais pour pouvoir dormir sans cauchemar. Seule ma dernière prière a été exaucée, mais pas par Dieu. Par les cachets.

Car Dieu n'exauçait jamais les prières des McNeely.

Mon père et moi ne nous étions pas adressé la parole depuis la nuit sur le bac, et après ce que nous avions fait, je n'étais pas certain qu'il nous restait grand-chose à nous dire.

« Il serait temps que tu te décides à montrer ton cul de mauviette au monde, a lancé mon père en regardant pendant une seconde dans ma direction avant de porter de nouveau son attention sur une poêle pleine de foie de porc haché. Mais crois-moi, je comprends. Un homme a besoin d'un peu de temps seul pour que les choses se tassent.

— Je crois pas que j'appellerais ça se tasser.

— C'est juste parce que t'es un emmerdeur. Tout se tasse avec le temps. D'une manière ou d'une autre, c'est comme ça que ça se passe. »

Il portait un vieux jean moucheté de taches de graisse, et une chemise bleu marine ample, semblable à celle que Jeremy Cabe avait portée le soir au camp. Ses cheveux étaient gominés et encore humides après sa douche, et les sillons laissés par un peigne brillaient.

J'ai ouvert le réfrigérateur à la recherche d'un truc à boire, mais les cartons de jus d'orange et de lait étaient vides. Seule l'étagère réservée à la bière contenait quelque chose de buvable, alors j'ai décapsulé une Budweiser et me suis assis à la table.

« Qu'est-ce que tu fous ?

— Y a rien d'autre à boire.

— Je voulais dire à l'autre salope d'aller à l'épicerie, mais elle veut même pas sortir de son plumard ce matin.

— Josephine ?

— Nan, Jacob, ta putain de mère. Et ouais, Josie. Elle est vautrée dans la piaule couverte de foutre séché. Une bonne à rien, que je dis. Pas foutue de faire quoi que ce soit.

— Alors pourquoi tu la gardes ici ?

— Parce qu'un homme a besoin de se vider, Jacob, et je crois que les femmes servent à peu près qu'à ça. Gestion du stress. »

Pour le type de femmes auquel il faisait allusion, il avait raison. Mais pour le type de femmes que je recherchais, il n'aurait jamais compris. Alors, comme d'habitude, j'ai gardé pour moi mon opinion sur le sujet.

« Tu vas venir bosser à l'atelier jusqu'à ce que je trouve quelqu'un d'autre pour m'aider.

— Quelqu'un d'autre ?

— Putain, ouais, fiston. Je sais pas si tu t'en es rendu compte, mais ma main-d'œuvre vient de foutre le camp. » Il s'est détourné de la poêle et m'a regardé dans les yeux pour la première fois depuis que la camionnette s'était enfoncée dans l'eau paisible. « Faut continuer d'avancer, Jacob. Faut maintenir le navire à flot.

— Je connais pas grand-chose aux moteurs. J'ai jamais rien pigé aux transmissions.

— Je te demande pas de me construire une putain de voiture de course, Jacob. Juste des choses simples. Changer les pneus, vidanger, des trucs faciles jusqu'à ce que je trouve quelqu'un.

— Et tu veux que je commence quand ?

— Dès qu'on aura mangé.

— On est quoi, aujourd'hui ?

— Lundi, Jacob, nom de Dieu ! » Mon père a regardé par-dessus son épaule pour me lancer un petit sourire suffisant. Il a retourné les fines tranches de foie haché, et la viande grise s'est mise à crépiter sur la fonte. « Le jour de repos, c'était hier, bordel. »

15

Le garage à trois emplacements sentait l'huile brûlée et le fluide de transmission, et le vacarme d'une boulonneuse à chocs recouvrait le son des oiseaux qui gazouillaient dehors. Mon père avait une International Scout sur l'élévateur et il était en train d'enlever le dernier pneu quand une voiture de police s'est arrêtée sur le parking de devant.

« Apporte-moi les pneus et les roues qui sont dans le coin là-bas, m'a lancé mon père, arrêtant la boulonneuse juste le temps de parler et de laisser tomber la cendre de sa cigarette.

— P'pa ! »

Le boucan de la clé cognant sur les boulons rouillés l'empêchait de m'entendre.

« *P'pa !* »

Mon appel est parvenu à ses oreilles alors qu'un boulon se détachait. Il a baissé la boulonneuse comme s'il enfonçait un pistolet dans un holster.

« Qu'est-ce qu'y a, bordel ?

— Un policier vient d'arriver. »

J'avais les yeux rivés sur la voiture de patrouille.

« Putain, pas trop tôt. J'ai cru que j'allais devoir attendre toute la journée. »

Un agent âgé d'une petite cinquantaine d'années est descendu du véhicule et a déplié une paire de lunettes de soleil qu'il a glissée sur ses yeux. Il a ajusté sa ceinture, claqué la portière, et s'est dirigé vers le premier emplacement, dont la porte était ouverte. La Scout surélevée nous dissimulait en partie mon père et moi.

« Par ici ! » a hurlé mon père.

L'agent s'est brusquement arrêté et il a pivoté sur lui-même tel un soldat à la parade.

« McNeely ? a demandé l'homme tandis qu'il contournait l'arrière de la Scout et nous apercevait enfin.

— Oui, monsieur. Charles McNeely. Ravi de vous rencontrer. »

Mon père a essuyé ses paumes couvertes de graisse sur son jean et il a tendu la main, mais l'agent ne lui a pas rendu son geste.

« On m'a dit que vous vouliez signaler une disparition ?

— C'est exact.

— Et qui est la personne disparue ?

— Eh bien, à vrai dire, il y en a deux. Mes mécaniciens, deux frères, vous voyez, ils sont pas venus depuis jeudi dernier. C'est pas leur genre de disparaître comme ça, et j'ai pas réussi à les joindre au téléphone. Bon Dieu, je suis même passé chez eux samedi et dimanche, et c'est comme s'ils s'étaient volatilisés. Vu qu'ils ont plus de famille, c'est un peu comme s'ils étaient de la mienne. »

Je n'en revenais pas d'entendre ça. Je n'en revenais pas qu'il aille jusqu'à signaler la disparition de deux types qu'on avait envoyés au fond du réservoir. Mais je l'ai bouclée et j'ai écouté dans l'espoir de comprendre.

« Ces frères ont un nom ?

— Cabe. Jeremy et Gerald Cabe.

— Quel âge ont-ils ? »

L'agent avait sorti un carnet et notait les conneries que lui racontait mon père. Je n'avais jamais vu ce gros porc de flic, mais je savais que ce n'était pas un ami de la famille. Ses cheveux étaient grisonnants sur les tempes, et son épaisse moustache également. Sa chemise brun clair et son pantalon noir étaient impeccables, comme si son uniforme avait été nettoyé à sec pour le faire paraître encore plus officiel. Son visage adipeux ne laissait voir aucune émotion, il était juste là, grassouillet, ses lunettes de soleil dissimulant ses yeux de sorte qu'on ne savait pas s'il nous regardait ou s'il dormait.

« Je suppose que Jeremy doit avoir environ trente ans et, eh bien, Gerald doit en avoir trois ou quatre de plus, donc ça lui ferait trente-trois ou trente-quatre ans. J'ai leurs dates de naissance sur des papiers si vous voulez que je vérifie.

— Ce serait mieux. »

Mon père s'est de nouveau essuyé les mains sur son jean et s'est dirigé vers le bureau à l'avant du garage. Je me suis retrouvé seul avec le flic à me demander si j'avais l'air coupable ou innocent.

« Comment ça va, fiston ?

— Ça va. »

J'essayais d'être laconique, et j'ai regardé de l'autre côté de la Scout pour voir si mon père revenait.

« Tu aides ton père aujourd'hui ?

— Oui, m'sieur. Jusqu'à ce qu'il retrouve ses employés.

— C'est bien. C'est bien. » L'agent a porté la main à son visage et a étiré sa moustache entre son index et son pouce. « Tu sais, j'ai entendu beaucoup d'histoires sur cet endroit. » Il n'arrêtait pas d'étirer sa moustache encore et encore. « Et aussi beaucoup d'histoires sur ton père.

— Vraiment ?

— Oui. Mais je dois avouer qu'il s'arrange pour que cet endroit ait l'air plutôt sérieux.

— C'est un bon garage.

— C'est pas de ça que je parle, fiston. »

Alors que la discussion commençait à être épineuse, mon père est réapparu portant deux chemises maculées d'empreintes grasses.

« Voyons voir. » Il a feuilleté le premier dossier. « Bon, ça dit ici que Jeremy est né le 20 avril 1978, donc je suppose que ça lui ferait trente et un ans. » Il a replacé les papiers dans la chemise et a feuilleté le second dossier. « Et Gerald, eh bien, ça dit qu'il est né le 3 septembre 1975, ce qui lui fait trente-trois, non, trente-quatre ans. C'est correct ?

— Je suppose.

— Je suis pas très doué avec les nombres. »

Mon père a lâché un petit rire et rangé les papiers dans la chemise de Gerald.

« Et vous dites que ces garçons ont disparu depuis jeudi ?

— Eh bien, ils sont restés ici jeudi toute la journée jusqu'à la fermeture, mais je les ai pas revus depuis. Ils étaient censés venir vendredi, et aussi samedi, mais comme j'ai dit, je les ai pas vus, même pas chez eux.

— Ils habitent où ?

— Vous connaissez la caserne de pompiers de Yellow Mountain ?

— Oui.

— Ils vivent dans la rue d'après, sur la droite. Une grande propriété avec juste un vieux mobile home à l'arrière.

— Vous avez une adresse ?

— Non. Non, je ne crois pas. Mais comme j'ai dit, c'est là-bas à côté de Yellow Mountain Road, la première à droite après la caserne.

— Et ils ne vous ont pas dit s'ils avaient prévu de faire un voyage ou de voir quelqu'un, ils ne vous ont pas dit où ils allaient, n'est-ce pas ?

— Eh bien, je suppose que s'ils l'avaient fait, j'aurais pas vraiment eu de putain de raison d'appeler, si ? »

L'agent a ôté ses lunettes de soleil et les a accrochées à sa chemise en glissant l'une des branches dans sa poche. Ses yeux bleu pâle se sont légèrement plissés tandis qu'il fixait mon père avec intensité. Ces yeux bleus, de gros yeux bleus flippants, étaient presque blancs.

« Non, monsieur. Je suppose que non.

— Alors, vous voulez savoir autre chose ?

— Je ne suis pas sûr. » Le flic a ouvert les yeux en grand comme s'il doutait d'avoir entendu toute l'histoire. « C'est tout ce que vous pouvez me dire ?

— Pour être honnête, la seule chose que je me rappelle vraiment, c'est que jeudi après-midi, on a parlé de ce Douglas qu'a été retrouvé dans le comté de Macon. Ils ont semblé sacrément agités quand je leur ai dit que la police avait retrouvé ce Douglas à côté d'Ellijay. Qu'il était dans un sale état, mais toujours vivant, vous savez ?

— Vous dites que vous pensez que les frères Cabe avaient quelque chose à voir avec ce qui est arrivé à ce Douglas, monsieur McNeely ?

— Non, c'est pas du tout ce que je dis. Je dis juste que c'est la dernière chose dont je me rappelle avoir discuté avec eux. C'était probablement même pas la peine de le mentionner.

— Mais vous l'avez fait.

— Oui, je sais pas pourquoi. Je suppose que j'essayais de voir si je pouvais me rappeler quoi que ce soit d'utile. » Mon père s'est baissé et a ramassé la boulonneuse sur le sol en béton. Tout en la tenant dans sa main, il a tiré sur le boulon qu'il était en train de défaire de la jante. « Désolé de pas pouvoir vous aider plus, mais j'espère vraiment qu'il est rien arrivé à ces gars. De sacrés bons mécanos. Et des bons gars, aussi. »

L'agent a refermé son carnet et l'a glissé dans sa poche de chemise. Il a saisi ses lunettes de soleil, les a replacées sur son nez, puis il a étiré deux ou trois fois sa moustache avant de parler.

« Je suppose que je vais aller à Yellow Mountain pour voir si je trouve quelque chose, mais prévenez-moi si vous avez des nouvelles d'eux. D'accord ?

— Entendu, monsieur l'agent. Et même chose pour vous.

— Je vous recontacterai de toute manière.

— Entendu. »

Mon père a acquiescé et souri, et tandis que le flic se retournait, il a de nouveau porté son attention sur la Scout.

Mais je n'arrivais pas à détacher mes yeux de l'agent. Je l'ai regardé sortir du garage d'un pas raide et ajuster une fois de plus sa ceinture avant de grimper dans sa voiture de patrouille. Je l'ai regardé pianoter sur son ordinateur et manipuler quelque chose que je ne voyais pas sur le siège passager. Puis il est resté longtemps assis là, immobile, mais impossible de savoir dans quelle direction il regardait avec ses lunettes de soleil qui lui couvraient les yeux. Après quelques minutes, il a quitté le parking, et j'ai entendu le V8 vrombir tandis qu'il accélérait sur la route.

« Pourquoi t'as fait ça ?

— De quoi tu parles ?

— Pourquoi tu lui as raconté toutes ces conneries ?

— Bon Dieu, fiston, quelqu'un allait s'apercevoir tôt ou tard que les frères Cabe ont disparu, et c'est toujours mieux d'avoir les cartes en mains. C'est toujours mieux de distribuer soi-même les cartes. »

Il a placé son épaule sous le pneu de la Scout surélevée et l'a décroché. Il a grogné quand il s'est détaché et que tout son poids a porté sur son épaule, mais il n'a pas demandé d'aide et a laissé le pneu tomber par terre, où il a rebondi à plusieurs reprises avant de s'immobiliser.

« Pourquoi t'as mentionné Robbie ? »

Mon père m'a collé une grosse baffe sur le côté de la tête et m'a transpercé du regard.

« Je t'ai dit de jamais prononcer son putain de nom, Jacob. Ne mentionne plus jamais ce putain de nom. » Mon père m'a regardé un moment, puis il a roulé le dernier pneu de la Scout jusqu'à l'endroit où les autres étaient empilés. « Le fait est que si jamais ils font le lien et rattachent les frères Cabe à ce qui s'est passé l'autre soir, alors la petite graine aura été semée. Les morts ne parlent pas, Jacob. C'est ceux qui restent en vie qu'écrivent l'histoire. »

Il a tiré son paquet de Winston de sa poche de chemise et s'est coincé une cigarette entre les lèvres. Il a craqué une allumette sur le marchepied de la Scout, a allumé la clope et me l'a tendue. Je l'ai saisie et j'ai tiré une longue taffe tandis qu'il sortait une autre cigarette du paquet et l'approchait de l'allumette qui était sur le point de lui brûler le pouce.

« Maintenant va chercher les nouveaux pneus et les roues dans le coin là-bas, Jacob. »

J'ai obéi.

16

Avoir les cartes en mains était une chose. Débarquer dans le mobile home de Robbie Douglas en était une autre. Et prendre les affaires de Robbie et les balancer comme un tas de fumier chez les frères Cabe frôlait la folie, mais c'est ce que j'ai décidé de faire. « C'est toujours mieux de distribuer soi-même les cartes », avait dit mon père, et à mon avis, c'était à mon tour de les battre. Si cet enfoiré tout cramé se réveillait, il n'aurait que quelques mots à marmonner pour que je me fasse écorcher vif. Des mots comme « Jacob McNeely ». Je ne pouvais pas courir ce risque. Mieux valait arroser la graine que mon père avait semée dans l'esprit de l'agent et la laisser pousser.

Robbie Douglas vivait dans un vallon isolé et tellement humide que sa baraque métallique avait rouillé dès que le tracteur l'avait décrochée et était reparti. De l'endroit où j'étais tapi parmi les lauriers, on aurait dit que la rouille conférait à tout ce qui se trouvait dans la cour la même teinte rouge brûlé : une vieille tondeuse dont la ficelle de démarrage était pourrie et pendouillait ; un tricycle d'enfant au chrome piqué et dont les serpentins en plastique accrochés au guidon étaient d'un rose délavé ; une brouette sur laquelle était posée une grille pour faire office de barbecue et au fond de laquelle les flammes avaient percé un trou. La cour dans sa totalité avait un besoin urgent d'une piqûre de tétanos.

J'avais garé le pick-up sur un sentier pour quads taillé en hauteur à flanc de colline au-dessus de sa propriété et j'étais descendu à pied jusqu'à cette petite planque dans le fourré de lauriers pour scruter un moment les lieux. Rien ne bougeait autour du mobile home, juste une bande de corbeaux qui a fondu sur l'endroit et s'est posée sur un peuplier de Virginie en chemin. Ils se sont mis à croasser parmi les branches. J'étais agenouillé là, à observer. Je voulais être parfaitement sûr qu'il n'y avait personne dans les parages. Personne ne voulait être mêlé à cette histoire avec Robbie Douglas, alors j'ai pris mon temps pour me laisser la possibilité de m'enfuir.

Comme la voie était libre et que le soleil brûlait, je me suis faufilé parmi les feuilles piquantes des lauriers puis j'ai descendu au petit trot un talus abrupt qui devenait plat devant les marches du mobile home. Des algues gluantes teignaient le bois en vert, rendant les marches aussi glissantes que les cailloux d'un ruisseau. Les planches ont produit un bruit humide et se sont déformées sous mon poids. Une bâche bleue avait été tendue depuis le toit du mobile home au-dessus d'une petite terrasse et s'affaissait en son centre entre deux planches de bois. Une eau brunâtre croupissait à l'endroit où la bâche s'affaissait, et depuis en dessous je distinguais des feuilles et des brindilles, des aiguilles de pin et une clé à molette qui pourrissaient dans l'eau, illuminées par le soleil. La porte d'entrée était de travers, comme dans un palais du rire ou un labyrinthe de miroirs, créant une forme que mon prof de géométrie avait appelé un parallélogramme à l'époque où j'allais en cours. Je ne savais pas pourquoi je me rappelais ce genre de conneries, mais ces mots bizarres qui ne servaient jamais à rien étaient les seuls qui m'étaient restés de toutes mes années d'école.

La mince porte n'était pas verrouillée, mais j'ai tout de même dû la crocheter pour la dégager du montant. Elle s'est courbée sous la pression, et a claqué contre le mur quand elle a finalement bougé. C'est l'odeur qui m'a frappé en premier, une odeur de vêtements sales et humides, puis séchés, puis mouillés de nouveau, une puanteur aigre qui s'accrochait comme un relent d'aisselles. La tempête qui avait balayé ce vallon avait épargné la cour pour se déchaîner à l'intérieur. Elle avait balancé par terre tout ce que possédait Robbie, créant un bordel qui montait jusqu'aux chevilles et à travers lequel il fallait patauger.

J'ai enfilé une paire de gants de travail en cuir, le genre de gants épais et rugueux qui n'étaient pas conçus pour les tâches délicates, mais je ne voulais tout simplement pas laisser d'empreintes. J'ai commencé par remplir le sac-poubelle noir que j'avais apporté pour emporter des vêtements, mais je me suis aperçu quand le sac a commencé à être plein que ces vêtements auraient pu appartenir à n'importe qui. Ce n'était pas comme si Robbie avait écrit son nom sur les étiquettes de ses sous-vêtements avec un marqueur indélébile. Et ce n'était pas non plus comme si les frères Cabe faisaient sa lessive. Alors j'ai de nouveau balancé les fringues par terre, les tee-shirts et les caleçons formant une petite île dans cet océan d'ordures et de crasse. J'ai cependant gardé une chemise en flanelle sur laquelle Robbie avait laissé quelques cheveux la dernière fois qu'il l'avait portée. Je me disais que les flics pourraient analyser ces cheveux afin d'identifier formellement Robbie, et c'était le genre de truc que je devais récupérer.

L'espace principal du mobile home donnait sur une chambre, une porte latérale qui ouvrait sur les chiottes faisant office de couloir entre les deux pièces. Le matelas gisait de travers sur un sommier à ressorts, et de fins draps en coton déchirés par les coins du matelas étaient tout froissés et tirebouchonnés. Le désordre de la première pièce s'était répandu à la chambre mais s'arrêtait net près du lit, comme une marque laissée par une inondation. Une grande pile de courrier, des factures impayées, se dressait de façon précaire sur une table de chevet, et j'ai cherché son nom dans les petits rectangles en plastique des enveloppes. Comme il y figurait chaque fois, j'ai fourré les enveloppes dans le sac.

Le bord d'un livre relié de cuir, aux coins miteux arrondis par l'usure, ressortait de sous les draps. Je l'ai tiré de là et j'ai vu les mots LA SAINTE BIBLE imprimés en lettres majuscules à la feuille d'or sur la couverture. Le livre était vieux et en lambeaux ; ses fines pages, transparentes et jaunies. Sur la page de garde avait été griffonné un genre de registre, tout un tas de noms et de dates dans toutes sortes d'écritures et d'encres. Une seule chose était constante sur la page : le nom de famille, peu importait le prénom qui le précédait, était toujours Douglas. Une photographie pliée en deux avait été glissée aux deux tiers environ du livre pour servir de marque-page. Elle représentait Robbie, souriant et tenant cette bible, quand il avait douze ou treize ans. Sa famille se tenait fièrement autour de lui. Elle avait dû être prise à une espèce de confirmation ou de baptême par immersion à l'église baptiste, car ses cheveux semblaient humides sur la photo.

J'ai examiné le cliché, et le fait de le voir là a suscité la même paranoïa que celle qui m'arrachait à mes rêves chaque nuit. J'ai senti la sueur perler sur mes tempes, et mes paumes devenir moites. J'ai replié la photo et l'ai replacée dans le livre, puis j'ai balancé la bible dans le sac. Mais l'image de Robbie restait scotchée à l'arrière de mes paupières. Mon esprit a commencé à déformer cette image figée et à faire fondre son visage, comme la dernière fois que je l'avais vu, et ses hurlements me sont revenus. Je voulais que ça cesse, mais le souvenir était trop frais. Je sentais encore l'odeur de sa peau en train de brûler, je la voyais qui se décollait et adhérait à la bâche tandis que nous le traînions dans la forêt. Ces choses ne s'effacent pas. Ce sont les vers des vivants, qui rongent un homme tant qu'il respire. Et je suppose que je méritais ce qui me dévorait autant que mon père méritait ce qui le dévorait lui.

17

La route qui retournait à The Creek sinuait pendant ce qui semblait une éternité puis se divisait pour bifurquer d'un côté en direction de Walnut Gap, et de l'autre en direction de Yellow Mountain. Cette éternité contribuait au folklore de l'endroit. Les gens qui vivaient dans des coins aussi reculés avaient rarement associé la loi avec la justice et les uniformes. Les vieux récits étaient pleins de contrebandiers et de meurtres, d'alambics en cuivre au bord de froids ruisseaux de montagne, de têtes défoncées et de cadavres enterrés avant que le sang ait eu le temps de refroidir. Je suppose que c'était un endroit aussi approprié qu'un autre pour que des hommes tels que les Cabe gagnent difficilement de quoi subsister.

J'ai garé le pick-up à la caserne, un garage en aluminium conçu pour quatre véhicules, qui voyait rarement un pompier sauf pour l'occasionnel incendie provoqué par une cheminée. Un chiffon plein de boue dont je me servais pour vérifier le niveau d'huile se trouvait derrière mon siège, et je l'ai coincé dans la vitre du côté conducteur pour faire croire à une simple panne à quiconque s'intéresserait à mon pick-up. Le mobile home des Cabe était juste un peu plus loin sur la route, mais je ne voulais pas qu'on me demande ce qui se trouvait dans ce sac-poubelle noir au cas où un flic se pointerait et offrirait de me déposer. Du coup, j'ai traversé un fourré de ronces enchevêtrées qui aurait convenu à des lapins ou à des moineaux, mais pas à grand-chose d'autre. Cependant, outre le fait qu'il me dissimulait, ce fourré pouvait me fournir une sacrée bonne excuse si la police passait : « Je cueille des mûres », que je dirais, et les flics préféreraient me croire sur parole plutôt qu'affronter les épines et les aoûtats.

Les ronces me griffaient les bras et y laissaient des lignes rouges qui démangeaient plus qu'elles ne faisaient mal. Je progressais lentement. Je devais pincer les branches entre mes doigts pour ne pas foncer droit dans les épines, puis écarter ces branches pour pouvoir passer. Mais au moins j'étais caché. J'apercevais des tunnels dans la partie basse tandis que je me baissais pour me glisser sous d'épais enchevêtrements, des tunnels qui avaient été creusés par les lapins à queue blanche qui connaissaient chaque recoin de ces fourrés comme seules le pouvaient les petites créatures. Mais je n'étais pas aussi petit qu'eux, et les ronces s'accrochaient à mon pantalon. Puis elles ont déchiré une longue entaille dans le sac en plastique que je portais. La chemise en flanelle de Robbie est apparue dans la déchirure, la bouchant de sorte que rien d'autre ne pouvait tomber du sac, et je n'ai pas tardé à ressortir du fourré pas trop amoché.

Le mobile home des frères Cabe se trouvait sur une colline élevée, pas assez abrupte pour effrayer un homme à pied, mais suffisamment pour foutre la trouille à un homme sur un tracteur. Une tondeuse attelée avait estropié le flanc de la colline quelques semaines plus tôt, coupant à ras l'herbe et les broussailles, à l'exception des lignes irrégulières qui étaient restées entre les passages. J'étais désormais en terrain dégagé, et je n'étais pas rassuré. Je ne voyais pas de voiture de patrouille à côté du mobile home, et quiconque arriverait serait obligé d'emprunter le chemin de gravier qui longeait le fourré avant que le champ s'ouvre. J'entendrais les graviers crisser sous les pneus et le moteur vrombir avant d'être repéré. J'essayais donc de ne pas trop m'en faire, mais je marchais vite. J'ai gravi la colline et atteint le mobile home en un rien de temps.

Les chats errants polydactyles à queue courte que les gens gardaient dans leurs granges étaient aussi communs que les corbeaux, et les frères Cabe en avaient un sacré paquet autour de leur mobile home. Chaque bête que je voyais avait le même pelage gris tigré et était plus grande que le chat domestique moyen. Deux d'entre eux, qui étaient couchés dans l'herbe, se prélassant au soleil, m'ont inspecté à mon approche. L'un d'eux, manifestement indifférent, a lentement cligné des yeux et commencé à faire sa toilette à longs coups de langue. L'autre était plus nerveux et a détalé dans les bois.

Un autre chat ressemblait à une statue sur les marches du porche, les lignes de sa fourrure le faisant se confondre avec le bois grisâtre. Une paire d'yeux jaunes est apparue dans une ouverture sombre dans la partie inférieure du mobile home, sans jamais se détacher de moi ni sortir au grand jour. Depuis l'endroit où je me tenais, je pouvais en compter cinq, le dernier étant un jeune chat tout maigre en train de chasser un tamia qui pouvait à peine ramper quelques centimètres avant de se prendre un nouveau coup de griffes. Je ne savais pas ce qui pouvait bien pousser quelqu'un à s'occuper de tous ces chats, mais les frères Cabe avaient dû les nourrir pour qu'ils soient si nombreux dans les parages.

Quand je me suis approché, le chat sur les marches s'est étiré et son dos a formé une grande arche. Ronronnant comme un fou, il s'est mis à donner des coups de tête dans mon pantalon et à se frotter contre mon tibia. Il appuyait si fort la tête contre ma jambe que sa lèvre se retroussait et laissait voir ses crocs, et le ronronnement était de plus en plus fort. Je me suis accroupi pour caresser le vieux chat tigré, songeant que ces derniers jours avaient dû être longs sans croquettes pour lui remplir le ventre. Mais quand ma main s'est approchée, ses oreilles se sont baissées, ses poils se sont hérissés, et il a craché et donné des coups de griffes jusqu'à ce que je lui balance un coup de botte dans le flanc et le fasse s'envoler du porche. C'est pour ça que j'avais toujours détesté ces putains d'animaux sournois.

La porte d'entrée était verrouillée, et j'ai jeté un coup d'œil par une vitre crasseuse à côté pour voir à l'intérieur. Aucune lumière n'était allumée, le jour qui pénétrait par les fenêtres dessinant juste des rectangles sur le mur opposé. Un ventilateur mural était coincé dans une fenêtre ouverte à l'arrière du mobile home, ses pales immobiles et poussiéreuses. C'est par là que j'entrerais.

Le mobile home des frères Cabe était nettement plus long que la boîte à sardines rouillée que Robbie Douglas appelait sa maison, même si ce n'était pas vraiment le genre de logement qu'on aurait qualifié d'agréable. La peinture était encore assez fraîche sur l'aluminium, et la boue rouge n'avait pas trop salopé la partie inférieure. Derrière, le terrain continuait de monter, et des robiniers à l'écorce déchiquetée se dressaient au-dessus de moi. La pente était tellement raide qu'en tendant les bras de la bonne manière, je parviendrais à atteindre la fenêtre et à poser le ventilateur par terre sans avoir à monter sur un seau. Ayant enfilé les gants en cuir, j'ai tiré une fois, le ventilateur est venu, et la fenêtre s'est refermée en claquant violemment sur le joint, manquant de peu de me briser les doigts. Il y avait un petit bout de planche par terre, que j'ai utilisé pour maintenir la fenêtre ouverte. Puis je me suis tortillé à l'intérieur et j'ai atterri à plat ventre sur une moquette sale.

Le soleil était désormais bas derrière les robiniers, et l'intérieur était uniquement éclairé par la lueur qui filtrait à travers les vitres crasseuses. Comme il faisait trop sombre pour y voir clair, j'ai tiré sur le cordon perlé d'une lampe qui se trouvait à côté de la fenêtre ouverte pour jeter un coup d'œil autour de moi. Le principal espace de vie était divisé comme dans la plupart de ces mobile homes, avec une partie plus grande qui faisait office de salon, et une cuisine étroite. Seul le passage d'une moquette miteuse à un stratifié qui se décollait traçait la démarcation. Un canapé d'angle en cuir et un fauteuil assorti qui avaient dû être potables neufs encombraient le salon. Le cuir avait été noir au début, mais il avait été mis en lambeaux, et les déchirures qui étaient trop grosses pour être laissées telles quelles avaient été grossièrement rafistolées avec des X de ruban adhésif. Il ne faisait aucun doute qu'ils avaient dégoté ce bel ensemble dans les bennes rouillées de la déchetterie. C'était le genre de trouvaille précieuse qui suscitait toujours de grands sourires satisfaits chez les gens comme les Cabe.

Il y avait une chambre à chaque extrémité du mobile home, et j'ai choisi de commencer par aller fouiner dans celle qui était la plus proche de moi. J'ai laissé tomber le sac en plastique noir près de la fenêtre et m'y suis rendu bruyamment, même des pas légers résonnant fort sur un sol qui était aussi fin et tendu qu'une peau de grosse caisse.

La chambre était plutôt bien rangée, la fenêtre était plus propre que toutes les autres du mobile home, suffisamment transparente pour que le soir confère à la pièce une teinte dorée. Seul un profond enfoncement du matelas indiquait à quel frère elle appartenait. Il fallait un homme de la taille de Gerald pour creuser un matelas de la sorte. J'avais prévu de laisser les affaires de Robbie dans la pièce principale, mais une chambre si ordonnée ne collait pas avec un homme qui se serait barré en cavale. Un homme pressé aurait mis un peu le bazar dans sa hâte, alors c'est ce que j'ai décidé de faire.

J'ai arraché les tiroirs d'une commode près de la porte et disposé les vêtements sur le lit et par terre, créant un désordre qui semblait lié à la précipitation. J'ai ouvert les portes coulissantes de la penderie et attrapé un tas de chemises suspendues à des cintres, puis étalé le tout sur le lit comme des cartes. L'absence de tenues un tant soit peu habillées signifiait que Gerald avait un tas de cintres vides, que j'ai balancés à droite et à gauche pour faire croire qu'il avait emporté des vêtements. En retournant dans la penderie étroite, quelque chose a craqué sous ma botte. Il faisait trop sombre pour distinguer ce qui se trouvait à mes pieds, mais je l'ai poussé du bout de ma botte jusqu'à ce qu'un coin ressorte dans la lueur dorée.

À la seconde où j'ai vu cette bâche bleue, mon esprit est retourné à cette nuit où je m'étais tenu avec les frères Cabe au bord de ce promontoire pendant que Robbie Douglas dévalait la pente, avec ses bras et ses jambes qui battaient l'air, jusqu'à s'immobiliser sur ce rocher. Je me suis rappelé que Gerald avait soigneusement replié la bâche qui avait servi à traîner le corps, en rabattant précautionneusement les bords comme s'il repliait un drapeau. C'était incroyable. Cet abruti n'avait pas pu être assez idiot pour la garder.

J'ai bien ajusté les gants de cuir sur mes mains, et j'ai sorti la bâche froissée dans la pièce. Elle avait une odeur, une odeur qui était d'ordinaire réservée aux bêtes écrasées au bord de la route, aux cadavres qui avaient gonflé dans la chaleur et s'étaient racornis dans la fraîcheur de la nuit, ce soulèvement et cet affaissement rendant la vie à des animaux depuis longtemps morts. Je l'ai dépliée et j'ai été surpris par les taches, le sang séché désormais marron foncé. De la peau adhérait toujours aux endroits où elle s'était détachée du visage de Robbie, une peau fine et jaunie qui était devenue floconneuse, comme la substance visqueuse qui recouvrait les poissons quand elle séchait sur un chiffon. Près de ces bouts de peau, la bâche était déformée et brûlée par l'acide, et l'odeur m'a assailli une fois de plus. Seule la peur de laisser la moindre trace de moi ici m'a retenu de vomir par terre. Je n'aurais jamais cru Gerald aussi stupide. Mais ce n'était pas vraiment une question de stupidité ou d'intelligence. Un homme qui gardait un tel objet le faisait par pure mesquinerie. C'était cette mesquinerie qui me manquait, et c'était pour ça que je n'avais jamais pu faire le genre de choses que les hommes comme les frères Cabe ou mon père étaient capables de faire. J'étais une femmelette aux yeux de ce dernier. J'avais toujours été une lavette. Mais s'il fallait faire quelque chose comme ça pour être un dur, alors je n'aurais jamais leur dureté. J'ai traîné la bâche dans le salon et je l'ai laissée dépliée sur le canapé.

La chambre de Jeremy était telle que je l'imaginais : un bazar qui envahissait le sol et semblait doté d'une vie propre. Les murs de métal étaient enfoncés par endroits, quatre jointures de doigts créant distinctement des cratères plus profonds dans chaque trace d'impact. Les marques témoignaient de son caractère sanguin, une rage alimentée par l'alcool qui lui faisait péter les plombs sans prévenir. Un passage avait été aménagé jusqu'au lit. Il n'y avait pas de draps sur le matelas, juste des roses imprimées sur le coutil en polyester, et une grande tache marron qui semblait avoir été frottée et étalée de nombreuses fois sans en atténuer la couleur. Les chiffres rouges d'un réveil posé sur une malle fermée clignotaient à côté du lit. Les deux meilleurs amis de Jeremy, Jack et Ginger, avaient élu domicile à côté de ce réveil. La bouteille de Jack Daniel's contenait encore quelques bonnes rasades, mais elle n'avait pas de bouchon et des mouches bourdonnaient autour du goulot. Une bouteille de deux litres de Canada Dry, écrasée au milieu, était quasiment vide.

Je me suis accroupi pour tirer du bazar des vêtements aplatis à force d'être piétinés, et c'est alors que j'ai vu la bouteille sous la fenêtre. C'était une bonbonne de verre en forme de dame-jeanne, qui aurait pu contenir du cidre ou de la gnôle, avec une grosse étiquette noir et blanc sur sa partie ventrue. Elle disait « DANGER ! CORROSIF ! » et était agrémentée d'un pictogramme représentant du liquide qui s'écoulait d'une éprouvette, avec des lignes ondulées qui s'élevaient de la main sur laquelle il tombait. « ACIDE SULFURIQUE (H_2SO_4) ». Je l'ai soulevée et j'ai agité le liquide clair, comme si j'évaluais la teneur en alcool d'un gallon de whisky de maïs. Le fluide huileux a tourbillonné, adhérant aux parois de verre et retombant lentement. La bonbonne était encore presque pleine, il ne manquait environ qu'un demi-litre, demi-litre que j'avais vu crépiter sur le visage de Robbie Douglas.

Je regrettais d'être venu. Les frères Cabe s'étaient fait régler leur compte avant que je pénètre par la fenêtre de leur mobile home, et je suppose que s'ils avaient été vivants, ça aurait été pareil. Ils auraient pu tout planquer le moment venu. Mais le fait qu'ils étaient désormais avec les poissons et que tout ce qui restait pour raconter leur histoire gisait par terre comme des bouses de vache laissait peu de place au doute. Un nom comme Robbie Douglas laissait un arrière-goût dans la bouche. Dès que mon père avait planté cette graine dans la tête de l'agent, elle avait commencé à germer. Tout ce qui restait à faire, c'était s'arranger pour que la graine éclose. Alors j'ai placé la bonbonne près du fauteuil, étalé la chemise de Robbie juste à côté de la bâche, et empilé les factures et la bible de la famille Douglas sur la table basse comme des tabloïdes.

J'étais sur le point de ressortir par la fenêtre quand j'ai entendu des pneus faire crisser les graviers de l'allée. Je voyais à peine à travers le verre crasseux de la fenêtre de devant, mais impossible de ne pas repérer la rampe lumineuse bleue sur le toit de la voiture. Je suis resté figé sur place jusqu'à ce que la bagnole de patrouille se gare à l'endroit où s'achevait le gravier et où commençait l'herbe éparse. Un reflet éblouissant sur la vitre m'empêchait de distinguer qui était à l'intérieur, mais l'agent a laissé tourner le moteur et n'est pas sorti. Les chats encerclaient le véhicule, et je me suis éloigné pour aller fermer doucement la fenêtre par laquelle j'avais compté m'échapper et éteindre la seule lampe qui était allumée. Il n'y avait désormais plus d'autre issue que la porte de devant, mais je ne pouvais pas laisser ce flic remarquer qu'une fenêtre était ouverte et soupçonner que quelque chose ne tournait pas rond.

De retour à la fenêtre de devant, j'ai vu l'agent descendre de voiture. C'était le type qui avait pris la déposition de mon père, le flic sévère aux cheveux poivre et sel qui aimait dissimuler ses yeux derrière ses lunettes de soleil. Il les portait encore, même si le soleil était quasiment couché et que les insectes nocturnes murmuraient déjà dans les bois. La bande de chats tournoyait autour de ses chevilles, et il a commis la même erreur que moi. Le flic arrogant a pris leurs ronronnements et leurs frottements pour un signe de politesse, comme si une autre créature vivante avait pu l'apprécier, et il s'est baissé vers eux avant de faire un bond soudain en arrière, la main lacérée par les griffes.

Ma première crainte a été apaisée par l'absence de papiers entre ses mains, et par l'absence de renforts pour l'aider. J'avais eu ma part de perquisitions depuis dix-huit ans que j'étais le fils de Charles McNeely, et deux choses étaient systématiques : il y avait toujours au moins deux flics, et l'un d'eux portait toujours des papiers. Ma seconde crainte, cependant, se tenait là juste devant moi. Un agent se trouvait à l'extérieur du mobile home, et j'étais à l'intérieur.

Le flic a dit quelque chose dans la radio fixée à sa poitrine, avant de rajuster sa ceinture et de marcher vers la porte. Je n'ai pas vu ce qui s'est passé ensuite, car dès qu'il a commencé à avancer, je me suis allongé derrière le canapé en cuir. J'ai entendu les planches craquer sous son poids tandis qu'il arrivait sur le perron. Puis les premiers coups ont résonné, *boum-boum-boum*, si forts que la porte verrouillée a failli sauter de ses gonds. « Police ! » Puis un nouveau *boum-boum-boum*, aussi puissant que le précédent.

J'étais certain qu'un coup de plus ferait voler la porte et qu'il ne me resterait plus qu'à me transformer en lapin et à détaler sous son nez avant qu'il comprenne ce qui se passe. « Celui qui regarde en arrière se fait attraper », disait toujours mon père, et tandis que j'étais étendu là, mon cœur cognant frénétiquement – même la respiration la moins profonde semblait faire un boucan infernal –, je n'avais qu'une seule idée en tête : le moment venu, ne regarde pas en arrière.

Les planches du perron fléchissaient sous lui chaque fois qu'il bougeait, et je restais immobile. Je priais un Dieu dont je n'avais aucune utilité en dehors de ce genre de situation. Je priais pour que, s'Il existait, Il fasse partir ce flic. Mais le vieil adage s'est une fois de plus vérifié : Dieu n'exauce pas les prières des McNeely. Malgré l'obscurité à l'intérieur, une large ombre s'est élevée sur le mur opposé quand l'agent est venu se planter devant la fenêtre. Puis un grand cercle de lumière jaune a furieusement parcouru la pièce de haut en bas et de gauche à droite. J'ai rentré légèrement les pieds et regardé la torche illuminer la moquette juste à côté de mes orteils. La lumière s'est éteinte, et les planches ont craqué tandis que le flic redescendait du perron.

Des coups sonores ont retenti à l'extérieur, me filant presque une attaque cardiaque. Ils progressaient le long du mobile home tandis que l'agent marchait tout en tapant avec sa lampe torche sur la paroi en aluminium. Le flic a tourné à l'angle et s'est mis à frapper sur le mur de la chambre de Jeremy, puis il a de nouveau tourné pour atteindre l'arrière du mobile home. Depuis la fenêtre par où j'étais entré, il me repérerait en un clin d'œil, alors j'ai roulé sur le ventre et me suis tortillé comme un ver jusqu'à atteindre l'autre côté du canapé d'angle. Je suis resté étendu à l'endroit où s'achevait la moquette miteuse et où commençaient les plaques de stratifié à moitié décollées tandis que les coups à l'extérieur passaient à côté de moi et se rapprochaient de la fenêtre.

Les coups ont cessé et ont été remplacés par un autre type de bruit à l'extérieur. C'était plus un claquement métallique, comme si le flic frappait du pied le ventilateur qui se trouvait par terre là où je l'avais posé, les pales et le moteur heurtant le cadre en plastique chaque fois que sa botte les atteignait. C'est alors que le dernier bruit que je voulais entendre a retenti, un grincement sonore. La fenêtre par laquelle j'étais entré s'est soulevée, le montant hurlant contre les rails coulissants mal huilés. La fenêtre s'est ouverte, refermée en claquant, puis de nouveau ouverte tandis que le flic trouvait ses appuis et la soulevait une nouvelle fois.

Je l'entendais maintenant qui soufflait comme un bœuf, j'entendais ce gros type ahaner comme un écolier courant d'un bout à l'autre du gymnase. Je me disais qu'il ne passerait jamais par cette fenêtre, mais détaler comme un lapin par la porte sans jamais regarder en arrière ne quittait pas mon esprit. Le faisceau de la lampe torche a balayé la pièce d'un coin à l'autre, illuminant chaque centimètre carré des murs jusqu'à ce qu'il n'y ait plus rien à voir. J'étais certain qu'il avait vu la bâche, la chemise en flanelle rouge sur le canapé, la pile de papiers et la bible sur la table basse, la bonbonne d'acide à côté du fauteuil. La lumière continuait de balayer l'espace, il continuait de respirer comme un bœuf, et mon cœur continuait de cogner, et j'étais certain, absolument certain, que j'étais foutu. Dès que le gros poserait le ventre sur le rebord de la fenêtre, son corps pendouillant à moitié de chaque côté de la cloison, je me lèverais d'un bond et j'ouvrirais la porte en grand. Ne regarde pas en arrière, me disais-je, ne regarde simplement pas en arrière. Mais la fenêtre s'est brutalement refermée et la lampe torche s'est mise à cogner en direction de l'autre bout du mobile home. Je suis resté immobile jusqu'à ce que j'entende la voiture de patrouille démarrer et les pneus faire craquer les graviers.

Parfois les lapins n'ont pas besoin de courir.

18

Jamais de ma vie je n'avais cru à cette histoire de lumière au bout du tunnel. Ce vieil adage repose entièrement sur la direction dans laquelle on voyage. S'ils vont de l'obscurité vers la lumière, les gens trouvent peut-être une sorte d'espoir, ils ont peut-être hâte de voir ce qui les attend. Mais toute ma vie j'avais voyagé dans la direction opposée, et pour ceux qui s'enfoncent dans l'obscurité, la lumière ne peut être aperçue qu'en regardant en arrière. Et regarder en arrière vous ralentit. Regarder en arrière vous empêche de voir clairement. Regarder en arrière peut signer votre arrêt de mort. C'est pour ça que je n'avais plus parlé à Maggie depuis le matin à Panthertown. J'avais déjà trop de pain sur la planche.

Le lundi soir, elle a appelé. J'étais occupé à me décrasser les ongles avec la lame en pied de mouton d'un vieux couteau suisse quand le téléphone a sonné.

« Je crois que je ne te comprends pas du tout, Jacob McNeely.

— Maggie ?

— Tu veux bien me dire une chose, et je veux que tu sois absolument honnête avec moi, parce que je ne crois pas que je pourrais le supporter encore, Jacob. Je ne vais plus accepter ça.

— De quoi tu parles ?

— Tu es venu me chercher et tu m'as dit que tu m'aimais encore, et même après la manière dont ça s'était terminé la dernière fois, j'ai baissé la garde et je t'ai embrassé. Mais après, je n'ai plus de nouvelles de toi pendant près d'une semaine. Je ne te comprends pas. »

J'aurais voulu tout lui dire. Lui raconter que je m'étais fait arrêter, ce que mon père m'avait fait faire, les cauchemars qui m'empêchaient de dormir. Mais, surtout, j'aurais voulu lui expliquer ce que j'éprouvais pour elle. J'aurais voulu lui dire tout ce qu'elle avait besoin de savoir pour m'assurer que je ne la ferais plus jamais souffrir, mais *l'homme* en moi n'a pas pu se résoudre à le faire. Non, j'ai gardé toute cette merde pour moi, comme je l'avais toujours fait.

« J'ai juste été occupé. J'ai dû aider mon père. Mais c'est surtout ce que je t'ai déjà dit. Je veux pas te retenir, et c'est exactement ce que je ferai.

— Je ne suis plus une petite fille, Jacob. Je suis adulte, et si je devais te laisser me retenir, ce serait autant ma faute que la tienne. Alors pourquoi tu ne me laisses pas en décider ? Pour une fois, laisse-moi décider si c'est toi qui me retiens ou non. »

Je n'ai rien dit. Je ne savais pas quoi dire.

« C'est une proposition honnête ?

— Quoi ?

— Que tu me laisses décider si oui ou non tu me retiens ?

— Oui, c'est honnête.

— Alors la seule chose dont j'ai besoin, c'est que tu sois franc avec moi. La seule chose dont j'ai besoin, c'est que tu t'ouvres à moi.

— Que je m'ouvre à toi ?

— Je ne te demande pas de me raconter tous tes secrets.

— Alors qu'est-ce que tu me demandes ?

— Je te demande de me faire confiance. Je te demande de me faire confiance et de nous faire confiance. Si tu n'es pas disposé à le faire, alors ça ne pourra pas fonctionner. »

Personne ne m'avait jamais demandé de m'ouvrir. Ce qu'il y avait en moi, la plupart des gens n'auraient même pas voulu l'apercevoir, et encore moins y être mêlé, mais Maggie avait toujours frappé à la porte. Elle avait toujours fait tout ce qu'elle pouvait pour me libérer d'une partie de mon fardeau, et je ne l'avais jamais laissée faire. Je n'avais pas pu le faire avant, et je n'étais pas sûr de pouvoir le faire désormais, mais j'étais certain d'une chose : j'avais porté ce fardeau trop longtemps. Je l'avais porté jusqu'à ce qu'il me brise presque, et la seule personne qui avait jamais proposé de me soulager, qu'elle en ait le pouvoir ou non, c'était elle.

« Je vais essayer.

— Je suis sérieuse, Jacob.

— Je sais.

— Alors promets-moi.

— Je te le promets.

— Je compte sur toi. »

Pour la première fois depuis le début de la conversation, sa voix a semblé s'apaiser.

Je ne savais pas trop quoi dire. Elle s'était une fois de plus ouverte à moi, elle se tenait devant moi avec les bras écartés, et je n'avais aucune idée de la façon d'arriver jusqu'à elle. J'ai attrapé un paquet de Winston sur la table, allumé une clope, et prononcé mes paroles suivantes tout en recrachant la fumée de ma première taffe.

« Comment on fait ?

— Tu pourrais commencer par simplement me parler.

— De quoi ?

— Tu as dit que tu étais occupé à aider ton père, alors qu'est-ce que tu l'as aidé à faire ?

— Je l'ai juste aidé au garage.

— Tu es avare en mots, hein ?

— C'est censé vouloir dire quoi ?

— Ça veut dire que te faire parler, c'est comme t'arracher une dent. Depuis toujours.

— Je sais pas ce que tu veux que je te dise.

— Qu'est-ce qu'il te fait faire ?

— Des vidanges.

— Quoi d'autre ?

— Changer les freins, ce genre de trucs.

— Et ça te plaît ?

— Merde, Mags. Ça sert vraiment à rien. On parle, mais on se dit que dalle. »

Un rire a envahi la ligne téléphonique. Elle savait à quel point je détestais parler pour ne rien dire, et elle m'avait fait marcher jusqu'à ce que je craque, juste pour pouvoir m'entendre râler.

« Je te taquine.

— Je sais.

— Alors ne me fais pas un caca nerveux.

— Ferme-la.

— Hé ! »

Maggie a éclaté de rire.

Nous nous étions toujours chambrés, et jusqu'à cet instant, je ne m'étais pas rendu compte à quel point ça m'avait manqué. Cette gaieté et cette légèreté n'existaient pas dans les autres parties de ma vie. C'était une sensation agréable. Il y a eu une longue pause, et je ne voulais pas être celui qui la briserait. La sensation que j'éprouvais était comme une démangeaison qu'il aurait fallu gratter, et ça me démangeait, ça me démangeait, mais *l'homme* en moi refusait toujours de lui dire combien elle m'avait manqué, combien j'avais attendu de l'embrasser de nouveau, combien de fois j'avais songé à casser la gueule à Avery Hooper juste au cas où. Par chance, c'est elle qui a parlé en premier.

« Écoute, je ne te demande pas d'être un livre ouvert.

— Je sais.

— Je te demande de me réserver dans ta vie une place où tu laisseras toutes les autres conneries de côté. Quand tu es parti la dernière fois, tu m'avais déjà exclue. Tu m'avais exclue bien avant de partir, et en y repensant, j'aurais dû le voir venir. Je ne veux pas que ça se reproduise.

— Je t'ai dit que j'étais désolé.

— Il ne s'agit pas de ça. Je ne te critique pas, Jacob. Je ne cherche pas à avoir ta pitié ni à te faire culpabiliser. » Il y avait de la chaleur, de la gentillesse et de la compassion dans sa voix. « Je te dis que je veux être avec toi, et si je dois être avec toi, alors ça doit se passer comme ça.

— Je comprends, Mags. »

Un silence a passé, comme si tout était arrangé entre nous. Toute la colère et la haine qu'elle avait éprouvées après ce que j'avais fait avaient disparu, et elles avaient emporté avec elles mes regrets et ma honte. J'avais un fardeau de moins à porter, et c'était Maggie qui me l'avait ôté des épaules.

Je lui ai demandé si elle voulait sortir mercredi, elle a répondu par l'affirmative. Je ne savais pas où nous irions, mais ça n'avait alors aucune importance. Ce qui comptait, c'était qu'elle voulait me récupérer. Ce qui comptait, c'était qu'il y avait de l'excitation dans sa voix. C'est marrant comme il suffit qu'une personne prenne le temps de vous montrer qu'elle tient à vous pour que, pendant un moment, toutes vos emmerdes ne paraissent plus si graves. Ce n'est pas comme si les démons s'en allaient. Ce qui vous hante est toujours là quand vous sombrez de nouveau, mais ce geste d'une seule personne peut vous ramener à la surface pendant une seconde ou deux. Et depuis très longtemps, tout ce dont j'avais vraiment eu besoin, c'était de remonter et de respirer.

Je lui ai dit que je passerais la prendre à six heures, et quand je l'ai entendue raccrocher, je me suis retrouvé assis droit comme un I sur mon siège, sans la moindre idée de comment j'en étais arrivé là. J'avais des fourmillements dans les pieds, les paumes archimoites, et la cigarette que j'avais allumée pendant notre conversation s'était quasiment consumée entre mes doigts. J'en ai allumé une autre et je me suis renfoncé dans le canapé pour que le sang afflue de nouveau dans les endroits nécessaires à la réflexion. J'ai essayé de me repasser la conversation, espérant que je n'étais pas passé pour un complet abruti. Puis ma nervosité s'est transformée en excitation, et pour la première fois depuis longtemps, j'ai été heureux. J'ai senti un sourire se répandre sur mon visage, et je suis resté un moment assis là, flottant sans me soucier de l'endroit où j'étais, de la personne que j'étais, ni de ce que j'avais fait. Maggie avait toujours été le genre de fille qui pouvait vous faire oublier ces choses, ou du moins les recouvrir un temps jusqu'à ce qu'elles se tassent. C'était de ça que j'avais plus que tout besoin, et avec elle à mes côtés, ça semblait à ma portée.

J'étais sur mon petit nuage et j'avais même décapsulé une des Budweiser de mon père quand le téléphone sans fil a sonné sur mes cuisses. Je l'ai attrapé à la première sonnerie.

« Allô ?

— Charlie ?

— Non, c'est Jacob.

— T'as exactement la même voix que ton père, mon gars. Il est là ?

— Non, il a dû aller quelque part. Ça fait deux heures que je l'ai pas vu.

— Bon, c'est pas grave. Écoute, c'est le lieutenant Rogers à l'appareil.

— Le lieutenant Rogers ? »

Savoir que je parlais à un flic, n'importe quel flic, même un flic à qui j'étais censé pouvoir faire confiance, provoquait une sensation désagréable dans mon ventre, comme si j'allais devoir trouver exactement la bonne réponse à toutes ses questions.

« Oui, je viens de recevoir un message que je dois lui transmettre, mais tu peux le faire à ma place. Je voulais juste le prévenir que ta mère a été remise en liberté.

— Elle est rentrée ?

— Je suppose. Ils l'ont retenue pendant soixante-douze heures, mais quand elle a été apaisée, ils n'avaient plus vraiment de raison de la garder. Tu sais comment c'est. Si on a pas d'argent, les médecins vont pas nous donner un lit, tu vois ?

— Oui, je suppose.

— Passe-lui juste le message. D'accord ? »

La conversation s'est achevée, et toute l'excitation liée à Maggie avait disparu. Pendant un moment j'avais été pris dans un rêve, et rêver est génial quand on n'est pas forcé de se réveiller. Mais regarder la lumière derrière moi pour simplement m'enfoncer encore plus avant dans l'obscurité faisait plus mal que ne jamais rêver du tout. Ce coup de fil de Rogers m'avait arraché à mon rêve et ramené à la réalité. Je suis resté là sur le canapé, solitaire dans la maison de mon père, à siroter une bière désormais tiède. Je ne la buvais pas pour célébrer quelque chose, mais pour mettre un voile sur ce sale monde et le rendre un peu plus facile à avaler.

Il était impossible d'échapper à qui j'étais, à l'endroit d'où je venais. J'avais été chié par une mère accro à la meth qui venait juste d'être libérée de l'asile de fous. J'étais le fils d'un père qui me planterait un couteau dans la gorge pendant mon sommeil si l'humeur le prenait. Le sang est plus épais que l'eau, et je me noyais dedans. Je sombrais dans ce sang, et une fois que j'aurais touché le fond, personne ne me retrouverait.

Je me disais que certaines âmes n'étaient pas dignes d'être sauvées.

Il est des âmes auxquelles même le diable ne veut rien avoir affaire.

19

Le mardi en milieu de journée, j'avais les bras en compote, et mes mains me faisaient souffrir à cause du pistolet de lubrification. Mon père m'avait demandé d'ôter le tuyau d'échappement d'une vieille Cherry Nova, une bagnole qui avait une gueule d'enfer, même désossée et débarrassée de sa peinture. La Nova était un projet qu'il gardait à l'atelier et qu'il bidouillait de temps en temps quand il n'y avait pas grand-chose d'autre à faire. Comme ces moments étaient rares, la voiture avait passé des années ici, mais les réparations n'étaient toujours pas achevées.

Je ne lui avais pas parlé du coup de fil, et je ne pensais pas le faire. Je ne comprenais absolument pas pourquoi le lieutenant Rogers avait éprouvé le besoin d'appeler mon père pour lui dire que ma mère était rentrée chez elle. La seule raison devait être qu'elle avait parlé la nuit où le cristal l'avait rendue complètement barge. Et si c'était pour ça qu'il avait appelé, mon père devait déjà avoir un plan pour régler le problème. J'ai donc gardé pour moi ce coup de fil et le fait qu'elle était chez elle. Bien sûr, il l'apprendrait tôt ou tard, mais chaque minute où je ne disais rien était une minute qu'elle avait pour respirer. La vérité était que je ne l'avais jamais détestée autant que lui la détestait. Je ne lui en voulais pas d'être ce qu'elle était.

Les sandwiches à la saucisse étaient le déjeuner de base de mon père quand il travaillait, et ce depuis toujours. Mais moi, je prenais la pause déjeuner pour ce qu'elle était, une pause. Du coup je l'ai laissé dans le bureau à mastiquer son pain de mie. Je n'aimais pas être avec lui plus que nécessaire, et après deux jours de boulot à ses côtés, j'étais déjà certain que je le détestais plus que jamais. J'ai roulé quelques kilomètres sur la Route 107 jusqu'à la maison de ma mère et je me suis engagé dans l'allée obscure alors que le soleil était si haut dans le ciel que les ombres disparaissaient.

La porte d'entrée était comme toujours ouverte, même si le mastic pourri entre les planches de pin aurait offert autant de courants d'air. Pas un bruit ne provenait de l'intérieur, mais la maison avait sa propre musique : le bois qui craquait et le coassement incessant des rainettes crucifères qui passaient les chaudes journées d'été dans la boue humide et fraîche sous le porche. J'ai marché jusqu'à la porte et jeté un coup d'œil à l'intérieur. Ma mère était étendue sur le canapé, le dos appuyé à l'accoudoir le plus éloigné, ses jambes s'étirant sur les coussins. Elle fixait le mur et n'a pas semblé remarquer ma présence.

« Maman ? »

Son regard s'est détaché d'un tableau accroché au mur, un tableau aux couleurs vives qui représentait un Indien à cheval, le genre d'œuvre d'art qu'on trouvait dans les stations-service crasseuses et sur les marchés aux puces. Elle a fixé ses yeux sur moi, son regard s'est illuminé, et elle a esquissé un sourire. Pas un sourire du genre je-suis-super-heureuse, mais plutôt du type je-ne-suis-plus-complètement-seule.

« Jacob ?

— Qu'est-ce que tu fais ?

— Oh, rien, je réfléchissais, c'est tout. »

Elle a relevé les jambes contre son torse et passé son tee-shirt ample par-dessus, si bien qu'il enveloppait tout son corps. Elle a tapoté le coussin à côté d'elle et m'a fait signe de m'asseoir. Je devinais qu'elle était sobre, et je devinais que ces quelques jours sans dope l'avaient emmenée ailleurs.

« À quoi tu réfléchissais ?

— Oh, je sais pas. Juste à l'endroit où il allait, je suppose.

— Qui ça ? »

Ma mère s'est de nouveau tournée vers le tableau et l'a désigné de la tête.

« L'Indien ?

— Oui, je suppose que je me demandais juste où il allait tout bien habillé comme ça. Peut-être qu'il allait se chercher une femme ou quelque chose. Peut-être qu'il s'en allait pour mourir.

— Possible, je suppose. »

Ce qu'elle disait n'avait pas beaucoup de sens, mais bon, je ne l'avais jamais entendue dire grand-chose de mémorable. Quoi qu'il en soit, elle avait les idées plus claires après quelques jours de sobriété que ce à quoi j'étais habitué. Ces moments étaient rares, mais je suis aussi presque certain que c'était à cause d'eux que je ne pouvais pas la détester.

« Peu importe où il allait tant qu'il y allait, je suppose. Je crois que j'aimerais bien aller avec lui, tu sais ?

— Je comprends.

— Tu comprends. »

Ma mère gardait ses yeux globuleux fixés sur l'Indien et les plissait un peu comme si elle voulait aspirer tout ça en elle et ne jamais le laisser ressortir. Elle s'est passé la langue sur les dents, lèvres closes, et ce geste a semblé faire ressortir ses pommettes et l'aspect émacié de son visage. Aucun de nous n'a rien dit pendant une minute ou deux. Nous sommes restés assis là, elle fixant cet Indien, et moi la fixant. J'ai tiré une cigarette d'un paquet souple qui se trouvait dans mon jean et allumé une des Winston de mon père. Mon mouvement et le bruit qui l'accompagnait l'ont ramenée à la réalité, et elle m'a regardé en souriant.

« Alors, qu'est-ce que tu deviens ?

— J'aide papa à l'atelier.

— Pourquoi tu fais ça ? Il a trop de travail pour les frères Cabe ?

— Non, ça fait environ une semaine qu'ils sont pas là.

— Comment ça, pas là ?

— Ils sont pas là. Ils ont disparu. »

Ma mère m'a lancé un regard dur. Je ne sais pas si c'était à cause de ce que j'avais dit ou de la manière dont je l'avais dit, ou si c'était juste parce qu'elle savait comment les choses fonctionnaient, mais elle m'a transpercé du regard comme si elle pouvait voir à travers moi. Elle m'a regardé comme si elle pouvait voir derrière ces mots et saisir la vérité, que je sois disposé à la dire ou non.

« Bon, je suppose que c'est une bonne chose que tu l'aides. Je suis sûre qu'il est reconnaissant.

— Oh, ouais, c'est sûr que c'est vraiment un enfoiré reconnaissant. »

Ma mère a lâché un éclat de rire rauque et humide, jusqu'à ce que les glaires se coincent dans sa gorge. Elle a écarté ses cheveux de son visage. Ils ne semblaient plus aussi filasse et gras qu'avant, comme si on les lui avait lavés pendant qu'elle était à l'hôpital, et ça faisait une sacrée différence. Je ne l'avais pas vue avoir si bonne mine depuis longtemps.

« Je suis sûr qu'il est archireconnaissant, ai-je ajouté.

— Bon, quoi de neuf de ton côté ?

— Comment ça.

— Je sais pas. J'ai jamais l'occasion de te parler vraiment, tu sais ?

— Y a une raison à ça.

— Bon sang, je le sais. Je sais qu'y a une raison à ça. » Ma mère m'a pris la cigarette des mains, l'a mise dans sa bouche et a tiré une longue taffe, ses joues formant des creux sombres tandis qu'elle aspirait. « Je me souviens pas avoir eu les idées aussi claires depuis longtemps, et je suppose que je veux en profiter.

— Tu pourrais simplement rester comme ça. »

Ma mère a tiré une autre taffe sur la Winston et me l'a rendue. Elle a relevé les yeux vers l'Indien sur le tableau et l'a fixé comme si elle réfléchissait à ce que j'avais dit, se demandant où cet Indien pouvait aller et comment elle pourrait y aller également. Puis elle s'est tournée vers moi et m'a fait un grand sourire, révélant des dents à moitié rongées par la dope.

« Mais quelles sont les chances que ça arrive, hein ? »

Je ne savais pas trop quoi dire, mais je savais qu'elle m'offrait ce qui se rapprochait le plus de la vérité pour elle. Elle était piégée par son destin, exactement comme moi, exactement comme mon père. Ça ne servait à rien d'embellir les choses.

« Alors, quoi de neuf ?

— Je sais pas. Pas grand-chose. J'ai rencard avec Maggie Jennings demain soir.

— Maggie Jennings ? Je la connais pas, si ?

— Tu devrais. Elle et moi, on est sortis ensemble pendant quelques années, et, merde, elle a grandi juste à côté de chez nous.

— Cette petite gamine qui vivait dans notre rue, celle avec qui tu jouais tout le temps quand t'étais gosse ?

— Exact.

— Oh, Jacob. Elle est mignonne. » Ma mère m'a souri et elle a remué les jambes sous son tee-shirt. Cette idée semblait la rendre heureuse. « Du moins elle était très mignonne, d'après ce dont je me souviens.

— C'est une putain de bombe maintenant. »

Ma mère s'est esclaffée.

« On dirait ton père. »

Ce « On dirait ton père » ne m'a pas trop plu.

« Bon, elle est devenue vraiment jolie. Et une chouette fille aussi, tu sais ?

— C'est bien, Jacob. C'est bien. » Ma mère a ressorti ses jambes osseuses de sous son tee-shirt et s'est levée du canapé. « Écoute, je vais essayer de trouver quelque chose à manger, et de toute manière je sais que tu dois bientôt retourner au garage. Mais pourquoi tu passerais pas plus tard dans la semaine pour me raconter comment s'est passé ton rendez-vous, d'accord ?

— Ce sera encore possible de te parler ? »

Ma mère a fait un énorme sourire, et pendant une minute, je me la suis presque représentée comme elle était sur les vieilles photos, avant que certaines de ses dents foutent le camp et que les trous dessinent comme un damier dans son sourire.

« Oh, c'est toujours possible de me parler, Jacob. » Elle a étiré ses bras dans son dos et fait craquer sa colonne vertébrale. « En plus, j'ai pas un rond. »

Je n'avais jamais eu avec elle quelque chose qui se rapprochait autant d'une conversation normale. Elle n'avait jamais autant ressemblé à une mère. Et si on avait été normaux, je suppose que ça aurait été le moment où on se serait étreints et où elle m'aurait embrassé sur la tête. Je suppose que ça aurait été le moment où on se serait regardés droit dans les yeux et dit qu'on s'aimait. Mais nous étions loin d'être normaux. Il n'y avait jamais eu de place pour ces conneries à l'eau de rose. Dans un sens, j'en étais heureux, je me disais que la dureté que ça faisait naître en nous nous aidait à nous protéger de tout le mal qu'il y avait dans le monde. Mais je connaissais aussi la contrepartie. Je savais que cette dureté nous empêchait d'aimer les personnes dignes de notre affection.

20

Quand j'ai vu Maggie descendre Breedlove Road dans une robe d'été blanche mi-cuisse qui lui moulait la poitrine, j'ai su que j'avais l'air d'un plouc. Mais bon, une fille comme elle avec un type comme moi, je n'aurais toujours pas été à la hauteur dans un costume Jos. A. Bank. Elle avait les cheveux détachés, ses boucles blondes enveloppant ses épaules et laissant voir juste assez de clavicule pour capter mon regard. Sa peau bronzée semblait chatoyer dans la lumière dorée du début de soirée, mais c'étaient ses yeux qui m'envoûtaient chaque fois.

Je me suis garé à côté d'elle dans mon pick-up miteux, je suis descendu, et j'ai fait le tour pour lui ouvrir la portière. Ses lèvres pincées ont dessiné un sourire quand elle s'est approchée de moi. Ses grands yeux argentés avaient le don de me couper le souffle, de me rendre muet, comme si je me noyais en eux.

« Oh, quel gentleman ! » a dit Maggie en grimpant dans la camionnette.

J'ai regardé sa robe glisser sur sa cuisse tandis qu'elle prenait place sur la banquette, songeant tout du long qu'elle n'aurait pas pu se tromper plus, mais sachant que je ne le lui dirais jamais. Pour une vie avec elle, je pouvais être toutes sortes de choses.

« À quelle heure tu dois rentrer ?

— Ça n'a pas vraiment d'importance.

— Comment ça ?

— Ils étaient en train de s'engueuler pour des histoires d'argent. Ils ne m'ont même pas vue partir.

— Je vais peut-être te garder alors. » J'ai examiné Maggie de la tête aux pieds et souri. Elle m'a retourné mon sourire, mais elle semblait mal à l'aise, embarrassée d'avoir parlé ainsi de ses parents. « Merde, Mags, on est pas forcés d'aller où que ce soit si t'as pas envie.

— Non, c'est pas ça. J'avais besoin de sortir de là. Tu illumines ma journée.

— Alors qu'est-ce qu'il y a ?

— J'ai pas envie de parler de mes parents maintenant. Tu comprends ?

— S'il y a une chose que je comprends, c'est bien celle-là. »

Maggie s'est vivement approchée de moi et elle a posé la main sur ma cuisse. Je l'ai regardée et elle s'est forcée à sourire. C'était un sourire sincère, il était clair qu'elle n'était pas en colère après moi, mais il y avait dans ses yeux une tristesse que je ne pouvais pas expliquer. Tout ce que je pouvais faire, c'était changer de sujet.

« Je crois que tu vas aimer l'endroit où je t'emmène.

— C'est où ?

— Sur la Blue Ridge Parkway.

— Où ça ? » L'excitation illuminait ses yeux, et si son sourire me disait une chose, c'était que mon idée pourrait lui plaire. « À Max Patch ?

— Pas à moins que tu veuilles y passer la nuit.

— Alors où ?

— Quelque part entre Cherokee et Maggie Valley. Le Thomas Divide.

— Jamais entendu parler. » Elle a enfoncé la main dans son sac à main et en a sorti un tube de lotion. Je n'avais jamais senti une lotion qui sentait aussi bon, une sorte d'odeur de fruit exotique, et elle s'en est appliqué sur les bras. « Qu'est-ce qu'il y a au Thomas Divide ? »

J'étais tellement distrait que j'ai à peine entendu sa question.

« Les lumières fantômes.

— Les lumières fantômes ?

— C'est un endroit où des lumières apparaissent dans les montagnes, mais elles n'ont aucune raison d'être là.

— Tu te fous de moi. »

Maggie a éclaté de rire.

« Non, sérieusement. Mon père m'emmenait là-bas parfois quand j'étais gosse.

— Et tu as vu ces lumières de tes yeux ?

— Je les ai pas vues avec ceux de quelqu'un d'autre. »

Maggie s'est penchée et m'a tapé sur l'épaule. Elle m'a décoché un regard avec ses yeux argentés comme des pièces d'un dollar, et j'ai failli finir dans le fossé. Comme nous roulions vers le nord sur une route sinueuse, je me suis dit que je ferais mieux de me concentrer sur ma conduite, mais avec la lumière du soleil qui se réfléchissait sur ses cuisses, la moindre once de bon sens qu'il y avait jamais eu dans ma tête de pioche était aussi inutile qu'une paire de seins sur un sanglier.

Nous nous sommes arrêtés au coffee shop dans le centre-ville de Sylva pour dîner, un endroit où les gens du coin mangeaient déjà bien avant ma naissance. Le petit établissement familial proposait des prix bas et des assiettes copieuses depuis les années 1920 et n'avait jamais cherché à devenir un piège à touristes, contrairement à d'autres endroits en ville. Peu avant notre rupture, j'avais eu seize ans, passé mon permis et acheté une camionnette, et j'avais emmené Maggie manger là pour notre première véritable sortie en amoureux. Je ne dirais pas que c'était notre restaurant ni je ne sais quelle mièvrerie du genre, mais c'était un endroit où nous étions venus ensemble quand le monde semblait aller moins vite, un lieu qui semblait posséder une énergie similaire à cette partie du ruisseau où, émerveillés, nous avions tenu des salamandres qui se tortillaient entre nos mains. Au cours des deux dernières années, nos vies semblaient avoir perdu cette simplicité. Nous portions tous deux désormais des fardeaux que nous ne portions pas avant. Mais le fait d'être là avec elle à côté de moi a semblé ranimer cette vieille sensation. Quand nous étions ensemble, c'était comme si tout le reste, toutes les merdes qui nous entouraient, disparaissait, et nous étions bien pendant un bref moment. Nous savions que ça ne durerait pas toujours, mais parfois tout ce dont on a besoin, c'est de pouvoir reprendre son souffle.

Le soleil était déjà descendu derrière la ligne de crête quand nous avons atteint la zone de stationnement, et j'ai garé le pick-up tandis que le feu de la fin juin commençait à se transformer en braises derrière les montagnes. J'ai passé la main sous le siège et attrapé deux bières que j'avais prises en douce dans le réfrigérateur. Les canettes étaient dégoulinantes à cause de la longue route dans la chaleur. J'en ai tendu une à Maggie, et elle l'a ouverte avec hésitation. Elle a bu une minuscule gorgée tandis que je descendais une rasade à me déchirer le visage tout en essayant de ne pas m'étouffer avec la mousse.

« Désolé qu'elle soit pas plus fraîche.

— Pas de souci. »

Elle a bu une autre gorgée et s'est glissée vivement sur la banquette jusqu'à ce que ses jambes soient collées aux miennes.

J'ai sifflé d'un trait la moitié de ma bière en priant pour que l'alcool dissimule ma nervosité. Les dernières touches d'orange fondaient au-dessus de Big Cove, et bientôt le bleu virerait au noir et il ne resterait pour seule lumière que la lune et les étoiles.

« Plutôt joli, non ?

— Je ne couche pas si facilement que ça, Jacob. » Maggie s'est écartée et m'a lancé un regard noir qui a fait se serrer mon cœur. J'ai senti mon visage rougir et mes mains devenir moites, quand elle a écarquillé les yeux et souri. « Si seulement tu pouvais voir ta tête. Trop drôle.

— Je te hais.

— Non, c'est pas vrai. »

Elle s'est blottie contre mon épaule et j'ai passé mon bras autour d'elle, la serrant assez fort pour sentir son souffle sur ma poitrine. J'ai fini ma première bière sans dire grand-chose, puis j'en ai ouvert une deuxième.

« Qu'est-ce qui allait pas tout à l'heure ?

— De quoi tu parles ?

— Quand je suis passé te chercher. On aurait dit que t'allais pleurer. »

Les stridulations des grillons et des rainettes crucifères pénétraient par les vitres baissées, et Maggie a mis un moment à répondre.

« Je n'ai vraiment pas envie d'en parler. »

Je ne comptais pas la laisser tranquille. Je savais qu'elle aurait cherché à me tirer les vers du nez, alors j'ai fait pareil.

« C'est pas logique. Tu me dis que tu veux que je m'ouvre, mais tu refuses de parler. Ça n'a aucun sens. »

Elle s'est écartée et m'a regardé sans détour. La colère montait en elle, le feu s'allumait dans ses yeux.

« Je ne sais vraiment pas comment te le dire autrement. Je ne vais pas à l'université.

— Qu'est-ce que tu racontes ?

— C'est-à-dire que je ne peux pas y aller. Je ne pars pas d'ici.

— C'est de la folie, Maggie. T'as toujours été la meilleure de ta putain de classe.

— Ce n'est pas une question de notes.

— Alors c'est une question de quoi ?

— D'argent. C'est une question d'argent, Jacob.

— Je comprends pas.

— C'est pour ça que mes parents s'engueulaient ce soir, et c'est pour ça qu'ils s'engueulent depuis des mois. Ils n'arrêtent pas de se crêper le chignon.

— Mais pourquoi ?

— Ma mère en veut à mon père parce qu'il a claqué les économies pour mes études, et lui, il lui en veut parce qu'elle n'a pas posté les documents. Mais ce qu'ils n'ont pas l'air de saisir, ce que ni l'un ni l'autre ne comprend, c'est que c'est moi qui suis coincée ici.

— Tu l'as appris quand ?

— Il y a deux mois, mais ça n'a fait qu'empirer depuis. D'abord on a appris que je n'avais pas de prêt. Ma mère a loupé la date limite, et quand ils se sont occupés de mon dossier, ils ne pouvaient me donner qu'une partie de ce dont j'avais besoin. Mais au lieu d'endosser la responsabilité, elle est furieuse après mon père parce qu'il a dépensé le peu d'argent qu'ils avaient mis de côté pour mes études quand j'étais petite. C'est une situation à la con, Jacob. Ça craint vraiment.

— T'as besoin de combien ?

— Je ne sais pas. Trois ou quatre mille dollars, mais ça ne change rien. Ça ne changerait rien si c'étaient des centaines de millions, parce qu'on ne les a pas.

— Trois ou quatre mille dollars, c'est rien, Maggie.

— C'est beaucoup quand on ne les a pas. Et c'est beaucoup quand il faut les payer chaque semestre. »

Nous sommes restés un moment sans dire un mot, Maggie se balançant avec raideur comme si elle était assise sur un rocking-chair avec les mains coincées sous ses cuisses. Je voyais qu'elle était anéantie, mais je ne savais pas comment arranger les choses. J'en venais lentement à accepter mon propre destin, et si une partie de moi voulait désespérément partir, une autre, bien plus grande, savait que je ne le ferais jamais et s'en accommodait. Je savais que ça devait être différent quand ce poids vous tombait soudain dessus, quand il vous assommait tout d'un coup. Il n'y avait désormais plus rien que l'obscurité dehors. Un fin croissant de lune flottait au bas du ciel, et même si les étoiles brillaient, leur éclat semblait vaciller, comme si elles allaient s'éteindre d'une minute à l'autre.

Je me suis approché d'elle et je l'ai attirée contre moi. Maggie a levé vers moi ses yeux embués de larmes, et enfoui son visage dans ma poitrine. Je l'ai serrée fort tout en passant ma main libre dans ses épaisses boucles blondes, le bout de mes doigts traçant des cercles à l'arrière de sa tête. Elle ne bougeait pas, et moi non plus. Même quand mon bras s'est engourdi et que j'ai senti une démangeaison au creux de mes reins, je n'ai pas bougé. Elle avait besoin d'un soutien solide.

Après un long moment, elle s'est détendue, et elle a semblé aussi légère qu'une plume entre mes bras. Ce n'est qu'alors que j'ai parlé.

« Et si tu trouvais l'argent ?

— Je te l'ai déjà dit. On ne l'a pas.

— Je veux dire, si tu pouvais trouver l'argent, est-ce qu'il serait encore temps ?

— Les cours commencent dans un mois et demi, mais peut-être.

— Qu'est-ce qu'il faudrait faire ?

— Juste remplir les papiers »

Maggie était toujours immobile contre mon torse. J'ai terminé ma bière et balancé la canette vide par terre, puis j'ai fixé à travers le pare-brise l'endroit où la ligne de crête rencontrait le ciel.

« Je pourrais t'avoir l'argent.

— Qu'est-ce que tu racontes ? »

Elle s'est soulevée de moi, les mains appuyées contre ma poitrine, et elle m'a regardé en plissant les yeux.

« J'ai l'argent.

— Ne plaisante pas avec ça, Jacob.

— Je ne plaisante pas. J'ai été payé toute ma vie, Maggie, et j'ai jamais dépensé un rond. Tout ce que j'ai gagné se trouve sur le compte bancaire de mon père, j'ai juste à lui dire que j'en ai besoin d'une partie.

— Je ne peux pas te laisser faire ça.

— Pourquoi ?

— Parce que ça ne serait pas correct, Jacob. C'est gentil de ta part, mais ça ne serait pas correct.

— Bon, c'est toi qui vois. »

Maggie m'a fixé du regard. Tout un tas de choses qu'elle ne disait pas semblaient tourner dans sa tête. Certaines pensées ne peuvent être mises en mots. Elle a pris mes deux mains dans les siennes et a passé ses pouces sur les jointures de mes doigts. Elle a observé mes mains comme elle l'avait fait sur le canapé quelques jours plus tôt, puis elle m'a une fois de plus transpercé avec ses yeux comme des pièces d'un dollar.

« Je réussirai à y aller, Jacob. Et je réussirai à y aller toute seule.

— Je le sais.

— Ce ne sera simplement pas cet automne.

— Mais ça pourrait.

— Non. Mais j'accepte la situation. » Elle a plongé son regard dans l'obscurité avec une foi paisible en ce qu'elle venait de dire. « Tu sais, tu pourrais venir avec moi.

— Où ?

— À l'université.

— J'ai même pas fini le lycée.

— Tu ne serais pas obligé de suivre les cours. Tu pourrais juste déménager là-bas et te trouver un boulot. Au moins, tu ne serais plus ici.

— Où ?

— À Wilmington.

— Merde, Maggie, c'est à l'autre bout de l'État.

— Et qu'est-ce que ça fait ?

— C'est pas au bord de la mer ?

— Si.

— J'ai jamais vu l'océan.

— Raison de plus pour y aller.

— Et qu'est-ce que je foutrais à Wilmington ?

— Tu pourrais être mécanicien. C'est déjà ce que tu fais ici.

— Pas vraiment. Je suis très loin d'être mécanicien.

— Mais tu pourrais l'être.

— Je suppose que je pourrais. Je pourrais être tout un tas de trucs.

— Alors pourquoi tu ne veux pas ?
— Je le ferai peut-être.
— C'est oui ou c'est peut-être ? »

Elle a blotti sa tête contre mon torse, j'ai senti l'odeur douce de ses cheveux, et ça m'a presque troublé au point de faire des promesses que je n'étais pas sûr de pouvoir tenir.

« Peut-être. »

Il y avait des choses que Maggie ne pouvait pas comprendre, en partie parce qu'elle avait toujours été simplement de passage. La vie dans laquelle j'étais né semblait avoir été gravée dans le marbre à l'instant où mon nom de famille avait été griffonné sur mon acte de naissance. Mais à bien des égards, je l'avais accepté. On finit par être si usé de lutter contre ce genre de truc qu'on capitule. Et une certaine sérénité accompagne cette capitulation. Lentement mais sûrement, j'avais l'impression de trouver la paix.

« Je t'aime, Maggie. »

Je l'ai embrassée sur le haut du crâne et j'ai ouvert la dernière bière.

Elle s'est retournée et elle a levé les yeux vers moi, et à cet instant, c'était comme si elle éprouvait la même chose que moi. Je ne sais pas ce qu'elle me trouvait. Peut-être était-ce le fait que je n'embellissais pas les choses. Peut-être était-ce le fait que je prenais le monde tel qu'il était. Elle s'est redressée et m'a embrassé, et je me suis accroché à sa lèvre inférieure jusqu'à ce qu'elle m'échappe et brille dans l'obscurité. Ses yeux étaient plissés et regardaient au fond de moi. Puis elle s'est de nouveau blottie contre ma poitrine, a posé une main sur mon ventre.

Elle a frotté mon ventre comme si elle essayait de faire partir tous les trucs qui me minaient, mais ses yeux étaient fixés au loin. Elle ne disait rien, et nous sommes restés tous deux assis là, avec pour seul fond sonore le bruit des insectes et des grenouilles. J'étais honoré qu'elle m'ait demandé de la suivre, et une partie de moi voulait désespérément le faire. Une partie de moi voulait foutre le feu à ce qui avait été ma vie jusqu'alors. Mais je n'étais pas encore certain de pouvoir lui faire totalement confiance. L'espoir et la foi sont des armes dangereuses.

J'avais appris que les choses trop belles pour être vraies l'étaient généralement. C'était idiot de croire que je pourrais un jour me tirer de ces collines. C'était idiot de croire que je pourrais si aisément laisser derrière moi la vie dans laquelle j'étais né. Certains sont destinés à de grandes choses, à des endroits lointains, et ainsi de suite. Mais d'autres sont englués dans un lieu et vivront le peu de vie qu'on leur accordera jusqu'à n'être qu'un cadavre de plus enterré sous le sol inégal.

Un petit globe de lumière jaune s'est élevé au-dessus des cimes au loin et s'est déporté lentement vers la gauche avant de changer de direction en plein ciel et de retomber dans la vallée. Il a dansé dans la gorge, puis a continué de tomber et disparu. Maggie s'est redressée et a pointé le doigt vers l'endroit où la lumière s'était volatilisée.

« Tu as vu ça, Jacob ? Tu as vu cette lumière ? »

Je voulais lui dire que oui, mais j'ai pris une profonde inspiration et bu une autre gorgée de bière.

« Non. J'ai rien vu. »

21

Un petit bol Tupperware posé près du bureau était plein à ras bord de clés quand je suis arrivé à l'atelier le jeudi matin. De grosses transactions quelque part hors des montagnes signifiaient que mon père devait amasser les commandes s'il voulait que son cash atterrisse dans des endroits respectables. Alors c'est ce qu'il faisait.

Il avait toute une série de réparations faciles – vidanges, rectifications de disques de freins, et ainsi de suite – pour que je puisse l'aider à mettre de petites sommes en espèces à la banque. Mais les réparations plus importantes, des boulots lourdement surfacturés comme les remplacements de transmission qui permettaient d'aligner les zéros sur les dépôts, devaient être effectuées par lui jusqu'à ce qu'il trouve un mécanicien suffisamment compétent pour le faire à sa place et la boucler. Envoyer les frères Cabe dans le lac Glenville avait vraiment foutu le bordel dans toute son organisation. Mais les morts ne racontent pas d'histoires, comme disait mon père, et je suppose qu'il pouvait se faire une raison en attendant.

Les sandwiches à la saucisse de mon père devaient être bien rassis quand il s'est aperçu qu'on avait bossé pendant l'heure du déjeuner. C'était le milieu de l'après-midi, et à part le moment où il m'avait dit ce que je devais faire quand j'étais arrivé, nous n'avions pas échangé un mot. Une fine bruine était tombée toute la journée, sans jamais être plus qu'un simple filet de pisse, juste une espèce de pluie brumeuse. J'en étais néanmoins reconnaissant, car au moins la chaleur du début d'été ne nous accablait pas, ça rendait le boulot un peu plus supportable.

Un bourdonnement sonore a retenti dans le garage, un bourdonnement strident et mécanique qui ressemblait à un pistolet à tatouage amplifié. C'était ce qui faisait office de sonnette dans le bureau, pour que les gens qui bossaient dans le garage sachent quand quelqu'un était là.

« Jacob ! a hurlé mon père depuis l'emplacement qui jouxtait le mien, sans lever la tête de sous le capot d'une vieille Cutlass cabossée. Va voir qui c'est ! »

L'huile s'écoulait de la bagnole que j'avais sur l'élévateur et il n'y avait rien d'autre à faire qu'attendre que ça s'arrête, alors je me suis essuyé les mains sur un chiffon posé sur un tabouret de mécanicien et je me suis dirigé vers le bureau. Près de la porte se tenait cet agent corpulent que nous avions vu quelque jours plus tôt, celui aux cheveux poivre et sel qui avait pris le signalement de disparition, celui qui avait été presque assez près pour m'entendre respirer quand j'étais étendu à plat sur le dos dans le mobile home des frères Cabe. En me trouvant de nouveau si près de lui, je me suis une fois de plus senti comme un lapin. Mes mains tremblaient, mes jambes étaient à un poil de se mettre à courir. Il me tournait le dos. Ses épaules étaient relevées autour de son cou et sa tête était inclinée en arrière, comme s'il essayait de se débarrasser d'une raideur provoquée par les petites siestes dans sa bagnole de patrouille.

« Je peux vous aider ? »

L'agent s'est retourné. Pas de lunettes de soleil aujourd'hui, juste ces yeux bleus flippants.

« Josh, c'est ça ?

— Non. Jacob.

— Oui, exact. Jacob. » Il a commencé à lisser sa moustache avec ses doigts. « J'ai un neveu qui s'appelle Jacob. J'aurais dû m'en souvenir.

— Et qu'est-ce que vous voulez ?

— Pas la peine d'être aussi sec. »

La pluie avait plaqué ses cheveux sur ses tempes, dissimulant plus ou moins le gris parmi les cheveux qui avaient encore de la couleur.

« On est débordés aujourd'hui. C'est tout. Du coup, j'ai pas beaucoup de temps.

— J'ai besoin d'avoir un entretien avec ton père, si ça ne te dérange pas. Il est là ?

— Oui. Là-bas.

— Tu crois que je pourrais lui dire un mot ? »

Au lieu de répondre à une nouvelle question faux-cul, je me suis contenté d'appeler mon père.

« Qu'est-ce que c'est ? a-t-il hurlé depuis le garage.

— Cet agent est revenu. Il dit qu'il a besoin de te parler.

— Accordez-moi une minute. » On entendait l'irritation dans la voix de mon père, on l'entendait jurer à voix basse, mais selon moi, c'étaient ses bobards qui étaient la cause de son irritation. J'ai entendu le capot de la Cutlass claquer et mon père traîner des pieds sur le tapis absorbant. « Emmène-le dans le bureau et sers-lui un café. »

J'ai ouvert la porte du bureau et fait entrer l'agent. Une cafetière douze tasses était encore à moitié pleine de ce matin, le café trop infusé désormais aussi épais que de la soupe. Je me suis tout de même servi une tasse car j'avais besoin de quelque chose pour me calmer, et j'en ai offert une au flic.

« Ça ira », a répondu l'agent tout en faisant le tour du petit bureau et en feuilletant du regard des piles de paperasses.

Le calibre .38 que mon père m'avait prêté la nuit où tout était parti en couilles était posé au-dessus d'une pile de reçus de commandes sur le bureau. L'agent l'a lorgné une minute, puis il s'est assis sur le siège de mon père, un grand siège en cuir pivotant, le seul confortable de toute la pièce. Il a fait rouler le siège sur le stratifié et a collé son ventre contre le bureau. Il a saisi la crosse du revolver entre deux doigts, comme s'il ramassait une pièce à conviction, l'a retourné à la lumière pour en inspecter chaque côté.

« Jolie arme.

— C'est juste un vieux flingue que mon père garde sous la main. » Je suis allé me planter directement au-dessus de l'agent tandis qu'il tenait l'arme que j'avais agitée l'autre nuit. J'ai bu une gorgée de café, son épais goût de brûlé s'accrochant à ma langue. « Il est obligé d'avoir une arme. Vous savez comment sont les gens. »

L'agent a ouvert le barillet et fait tomber les balles dans sa main. Il a posé le revolver vide sur ses cuisses, a saisi l'une des balles, l'a retournée et l'a examinée sans détour. J'ai fixé la balle et me suis imaginé la pointe creuse explosant dans son cerveau. Il l'a reposée dans sa paume avec les autres et il a levé ses yeux bleus vers moi.

« Oui, je sais comment sont les gens. »

Mon père est entré pile au moment où le flic replaçait la dernière balle dans le barillet et le refermait. Il a reposé le revolver sur la pile de paperasses et s'est tourné vers mon père.

« J'étais juste en train de dire à votre fils que c'était une jolie arme.

— Y a pas mieux que ces vieux Smith, a répondu mon père. La plupart de ces nouveaux automatiques, comme celui que vous avez à la ceinture par exemple, ils s'enrayent dès que ça commence à chauffer. Mais ces vieux revolvers, ils tireront quoi qu'il advienne. »

L'agent n'a pas répondu.

Mon père a marché jusqu'à la cafetière et s'est rempli une tasse. L'épais breuvage empestait le café brûlé, mais il n'avait jamais été du genre à gâcher.

« Mon fils vous a proposé un café ?

— Oui, il l'a fait. »

Mon père s'est assis sur une chaise rigide près du bureau. Il faisait comme si ça ne le gênait pas, mais je voyais bien que ça le foutait hors de lui que l'agent ait pris son fauteuil. Il pouvait le cacher, mais le fait qu'il avait cédé une once de pouvoir à cet enfoiré le rongeait vivant. Il a fait glisser sa chaise, qui a grondé sur le stratifié, laissant sur le sol une marque comme un trait de crayon.

« Laisse-nous, Jacob.

— T'es sûr que vous avez pas besoin de moi ? »

Je voulais désespérément rester, entendre les nouveaux bobards qu'il allait raconter, mais il a été catégorique.

« Qu'est-ce que j'ai dit, Jacob ? Écoute, bordel. Finis ce que t'es en train de faire et tire-toi d'ici, d'accord ?

— D'accord. »

L'agent s'est retourné et m'a regardé, plissant ses yeux bleu pâle comme il l'avait fait des jours auparavant. Je l'ai salué de la tête. Il ne m'a pas rendu mon salut, n'a même pas esquissé un infime sourire, il a juste maintenu ses yeux rivés sur l'arrière de ma tête jusqu'à ce que j'aie quitté la pièce. J'ai refermé la porte derrière moi et entendu de la musique se mettre à jouer dans le bureau tandis que mon père montait le volume d'une petite radio. Comme toujours, il ne voulait pas que les curieux l'écoutent, et cette fois, il s'avérait que le curieux, c'était moi.

22

Des lucioles scintillaient dans la cour, et pendant une seconde ou deux, je me suis revu enfant, remplissant un bocal d'insectes pour me fabriquer une lampe de chevet. Le lendemain matin, une odeur aigre empestait la pièce, et mon père m'avait flanqué une dérouillée. Je n'avais plus trop prêté attention à ces bestioles après ça, mais dans la brume bleutée qui flottait autour de la maison de ma mère ce soir-là, maintenant que la bruine avait cessé, c'était plutôt beau.

Je n'avais jamais vu sa porte fermée en été. Les portes ouvertes et les pieds nus avaient toujours été son habitude dès que la température atteignait les vingt-cinq degrés. Toutes les lumières de la maison étaient allumées, et une lueur jaune filtrait à travers les moustiquaires et les bouts de plastique qui pendouillaient. La petite chaîne qu'elle avait dans son salon diffusait de la musique. Je n'ai pas pris la peine de frapper, et je suis simplement entré.

Le salon était vide, et de la country new age jaillissait de la petite chaîne installée sous le tableau représentant l'Indien à cheval. Je l'ai appelée, mais je n'ai pas eu de réponse. Je ne l'entendais pas traîner des pieds dans la maison non plus. J'ai coupé la musique et j'ai appelé de nouveau. J'ai passé la tête dans la cuisine, mais elle n'y était pas.

C'est dans la chambre que je l'ai trouvée, et je suis presque sûr qu'en la voyant mon cœur s'est arrêté de battre. Je suis presque sûr de ne pas avoir respiré jusqu'au moment où je me suis mis à crier.

Elle était allongée sur le lit, la partie inférieure de son corps sous un fin drap en coton, et la partie supérieure à moitié tournée dans la direction de la balle qui l'avait tuée. La projection de sang sur le mur s'élargissait à mesure qu'elle s'éloignait de sa tête, comme le faisceau d'une lampe torche s'élargit en s'éloignant de sa source. Le sang était épais sur le mur près d'elle, suffisamment pour tracer de longues lignes en zigzag tandis qu'il dégoulinait sur les planches, s'immisçait dans les fissures, s'amalgamait puis reprenait sa progression. Il coulait sur la plinthe et formait des flaques à côté du lit. Plus loin, en haut du mur, le sang était plus dispersé, comme une simple vaporisation. Il était abondant sur le drap, s'écoulant de l'arrière de sa tête, quelque part derrière l'oreille sur laquelle elle reposait. À l'endroit où la balle était entrée, le sang était uniforme, beaucoup moins explosif qu'au point de sortie. C'est tout ce qui a capté mon regard dans ces premiers instants, tandis que je me tenais dans l'entrebâillement de la porte en hurlant. Je ne voyais que le sang. Il a fallu un long moment avant que mes hurlements cessent et que je parvienne à vraiment la regarder.

Les yeux de ma mère étaient ouverts, secs, vitreux, toute la lumière qu'ils avaient eue en eux était partie. Elle regardait fixement vers la porte, où je me tenais, et quand j'ai cligné des yeux, je me suis demandé si elle avait fait la même chose, en même temps que moi, je me suis demandé si elle était toujours en vie.

Je suis lentement entré dans la chambre et je me suis tenu au pied du lit. Son regard ne se détachait pas de la porte. Sa bouche était ouverte et ses narines dilatées, comme si au beau milieu d'un ultime souffle de vie le temps s'était arrêté, là, sur son visage.

C'est alors que les larmes sont arrivées, et je me suis agenouillé à côté du lit. Son cadavre était au niveau de mes yeux, je l'ai regardé fixement. Les larmes coulaient abondamment, au point de troubler ma vision, et j'étais content de ne plus voir. C'était plus facile d'être aveugle. J'essayais de reprendre mon souffle entre les gémissements étranglés qui se fondaient dans le silence comme des échos quand l'air venait à me manquer. Je suis resté longtemps ainsi, immobile, incapable de bouger, hormis les tremblements qui accompagnaient mes gémissements.

Quand je n'ai plus eu de larmes en moi, je me suis relevé en m'appuyant sur le lit, mes mains s'enfonçant dans le sang. Elle portait un tee-shirt ample, ses seins nus pendouillaient sur ses côtes et ils étaient visibles à travers le tissu. L'un de ses bras retombait au bord du lit près de moi, l'autre était à plat, paume ouverte, ses doigts autour de l'arme dont elle s'était servie. Quand mon regard s'est posé sur ce pistolet, je n'en ai pas cru mes yeux. Je ne comprenais pas comment cette arme pouvait être là.

C'était le revolver de type 1911 Commander que mon père m'avait agité sous le nez l'autre soir, le .45 automatique avec lequel il avait frappé les frères Cabe au visage et fait un trou dans le mur du salon. Elle n'avait eu aucun moyen de se le procurer. Ma mère n'avait jamais été trop portée sur les armes, même dans les endroits louches qu'elle était réputée fréquenter. Il ne faisait aucun doute pour moi que c'était lui qui le lui avait donné. Aucun doute que c'était lui qui lui avait dit quoi faire. Je ne savais pas comment il s'y était pris pour la pousser à passer à l'acte, mais elle l'avait fait, et c'était le genre de chose dont on ne revenait pas.

C'est alors que j'ai vu sur la table de chevet une petite bible de poche identique à celle que mon père avait enfoncée dans la poche de Jeremy Cabe et à celle qu'il avait glissée sous les bretelles de Gerald. Elle était neuve et plate, n'avait jamais été ouverte. La couverture bosselée était toujours d'un noir brillant, et le bord des pages était doré.

Ma peine s'est transformée en rage tandis que j'étais assis là au bord du lit, elle étalée à côté de moi, et que j'observais ce pistolet dans sa main. L'acier non traité avait rouillé le long de la culasse car mon père avait conservé cette arme pendant des années sous le plancher de sa Jeep. Le caoutchouc sur la crosse était usé et fissuré, presque pourri à force de chauffer et de refroidir jour et nuit, de geler en hiver et de devenir tellement brûlant en été qu'on ne pouvait plus le toucher. La main de ma mère était presque trop petite pour la tenir. Mais sa main fragile, ses doigts fins qui étaient à peine plus que des os entouraient désormais cette arme. Ces mains qui ne feraient plus rien d'autre. Et je ne sais pas si elles auraient fait quelque chose de valable ou non, mais le fait qu'elles ne feraient plus rien d'autre me rongeait. Le chien était armé, prêt à tirer une nouvelle balle, mais je n'y ai pas touché. Je ne voulais pas de questions quand les flics viendraient.

J'ai retourné la bible sur la table de chevet et me suis demandé comment je pouvais être le fils de mon père. Quelqu'un d'aussi mauvais avait ça dans le sang, et s'il avait ça dans le sang, alors moi aussi. Avec ce type de saloperie en moi, c'était simplement une question de temps avant que ma noirceur se révèle. Le fait de savoir de quoi j'étais fait me donnait envie de saisir cette arme et de marcher sur les traces de ma mère.

La regarder était de plus en plus dur. Je me sentais nauséeux, et si je restais là plus longtemps, j'étais certain que je vomirais. Alors quand j'ai été incapable de regarder, incapable de rester assis à côté de son cadavre une seconde de plus, je me suis levé, je suis sorti de la chambre, et je l'ai laissée là.

Quand les phares et les lumières stroboscopiques sont apparus à travers les fenêtres de la maison, je me tenais face à l'Indien. Je n'ai pas détourné le regard. Non, j'ai continué de le fixer et de regarder l'endroit qu'il regardait tandis que la lumière des phares balayait le tableau et le mur pour finalement se poser sur le plafond au-dessus de moi. Un clignotement bleuté a envahi la pièce.

Ça devait être un de ces Indiens de l'Ouest, du genre de ceux contre qui John Wayne se battait dans les vieux westerns, avec de grandes coiffes dont les plumes atteignaient quasiment le sol. Rien à voir avec les Indiens de ma région. Les Cherokees n'avaient jamais semblé trop portés sur les jolies plumes. L'Indien ressemblait à une sorte de chef, et il était assis droit sur le dos d'un appaloosa tacheté. Le cheval s'était arrêté au bord d'un précipice et le vieil Indien regardait les plaines dégagées, vers un endroit lointain presque inaccessible. Impossible de dire ce que l'homme aurait pu trouver en arrivant là-bas, mais pour les gens comme ma mère et moi, je ne crois pas que ça aurait changé quoi que ce soit. Je doute vraiment que ça aurait été beaucoup mieux.

L'agent n'a pas pris la peine de frapper, il est simplement entré dans la maison, la porte-écran claquant violemment contre le montant derrière lui. Ce claquement plus le fait qu'il y avait un policier d'un côté et un cadavre au bout du couloir m'ont arraché à ma transe, et j'ai dû le regarder avec de grands yeux d'animal effrayé quand il a ouvert son holster. Je l'ai regardé sans le voir pendant un moment, mais quand j'ai finalement réussi à me concentrer sur lui, j'ai été secoué de voir qui se tenait là.

« Garde tes mains visibles », a ordonné le flic.

Il a tiré d'une main sur un côté de sa ceinture, et baissé de l'autre le côté où se trouvaient son holster et son arme, donnant un aspect bancal à sa tenue. Je n'ai pas bougé d'un pouce, mais ça n'a pas semblé le rassurer.

« Il paraît qu'il y a un cadavre dans la maison. C'est exact ? »

J'ai essayé de répondre par l'affirmative, mais les mots ne sortaient pas. J'ai de nouveau craqué, et tout ce que j'ai réussi à produire a été un « maman » âpre et rauque.

« Va falloir que tu me montres où est le corps, mon gars. »

L'agent avait toujours la main sur son pistolet et le faisait glisser de haut en bas dans son holster, jamais assez pour le révéler totalement, mais suffisamment pour s'assurer qu'il pourrait le dégainer en un clin d'œil en cas de besoin.

« Lentement », a-t-il ajouté.

Le jeune agent avec sa coiffure drue sur le haut du crâne et cette expression méprisante étalée sur son visage semblait impatient de me passer une fois de plus les menottes, de se venger du fait que j'avais passé à peine quelques heures enfermé après qu'il m'avait embarqué. Mais toute ma combativité avait disparu, toutes les répliques ironiques que j'aurais pu lui balancer à n'importe quel autre moment étaient étouffées par un chagrin et une douleur qui m'empêchaient de prononcer un simple « oui ».

« T'es armé, mon gars ? »

J'ai fait non de la tête, mais il m'a tout de même palpé. Ses gestes étaient brusques et déterminés, et j'étais si anéanti que ses mains me faisaient balancer d'avant en arrière sur mes jambes flasques comme si j'étais un punching-ball. Il m'a fait signe de lui montrer le chemin, alors j'ai obéi, longeant le couloir jusqu'à la porte de la chambre. Je n'ai pas regardé à l'intérieur. Je suis juste resté planté près de la porte ouverte tandis que l'agent se glissait devant moi.

« Ouais, je dirais qu'elle est bel et bien morte. Plus rien à faire. »

Les paroles de l'agent m'ont laissé un arrière-goût amer dans la bouche. J'étais certain de pouvoir lui sauter dessus par-derrière, mais j'ai laissé passer et je l'ai suivi du regard tandis qu'il s'approchait du lit. Il a sorti une paire de gants en latex de sa poche de poitrine et a étiré le caoutchouc sur sa main jusqu'à ce que ses doigts écartés ressemblent à une crête de coq. Il a fait claquer les gants serrés autour de ses poignets, et ce claquement m'a fait sursauter. Je ne supportais plus le moindre bruit. Je voulais juste le silence. L'agent a tiré l'arme de la main de ma mère, laissé tomber le chargeur sur le lit à côté de son cadavre, actionné la culasse pour vider la chambre, puis rabaissé le chien sur le percuteur.

« Une arme sacrément grosse pour une femme sacrément maigre. *Sacrément* maigre. Voilà ce que cette merde fait de vous, pas vrai, mon gars ? »

L'agent s'est retourné et m'a examiné de la tête aux pieds dans l'entrebâillement de la porte. Il savait que c'était ma mère. Il savait que ses paroles me rongeaient intérieurement. Mais, plus que tout, il savait que je ne pouvais absolument rien faire. Alors je suis resté planté sans rien dire.

Le flic s'est penché, a ramassé la balle qui avait été projetée par la culasse et l'a posée à côté du chargeur sur le lit. Puis il a regardé autour de lui pendant une minute, trouvé la douille qui avait été éjectée, et il a glissé un stylo dans le cylindre en cuivre avant de le placer dans un petit sachet qu'il avait tiré de son autre poche de poitrine.

Il a balayé le mur du regard, plissé les yeux en voyant la projection de sang qui s'élargissait. Puis il a regardé ma mère qui gisait là, sa bouche ouverte et ses yeux secs, l'endroit où la balle était entrée sur sa tempe gauche.

« Ouais, on ne peut plus morte », a-t-il prononcé.

Il est revenu en roulant des mécaniques à la porte où je me tenais, et m'a fait signe de marcher devant lui dans le couloir. Je suis resté là une minute à le regarder dans les yeux, des yeux marron qui avaient conservé cet éclat de bébé qui l'empêchait d'avoir l'air aussi dur qu'il l'aurait voulu. C'était une lavette, je le savais. Et au fond de lui, il le savait aussi. Je parie qu'il y pensait quand il était seul, et que ça le mettait hors de lui. Un homme ne peut pas dissimuler ce genre de faiblesse, même s'il essaie. À un moment ou à un autre, ça finit par le ronger.

On a regagné le salon et il m'a ordonné de le suivre dehors en attendant les renforts. Sur le porche, les papillons de nuit battaient fermement des ailes pour rester en vol, leur corps épais tournoyant lourdement dans la lumière. L'éclat stroboscopique de la voiture de patrouille baignait les murs d'un clignotement bleu. Les lucioles avaient regagné les arbres et leur lueur scintillait en hauteur parmi les feuilles et les branches humides. Je me suis affalé au bord des planches pourries, me suis glissé sur le cul et j'ai laissé pendre mes pieds au-dessus d'une flaque d'eau qui s'était formée le long des fondations à cause de la gouttière qui avait débordé.

L'agent tournait en rond en bombant le torse. Il a sorti un petit carnet et le stylo dont il s'était servi pour ramasser la douille.

« Donc, tu dis que c'est ta mère ?

— Oui, c'est ce que j'ai dit. »

Il a inspiré profondément jusqu'à avoir un seau d'air dans les poumons. Il a poussé un lourd soupir en direction du ciel et a rajusté sa ceinture de sa main libre. Puis il a noté deux ou trois choses dans son carnet tout en me scrutant de haut en bas.

« C'est très logique, je suppose.

— Quoi ?

— Que tu sois son fils et tout.

— Comment ça ? »

J'ai levé les yeux de la flaque et les ai posés directement sur lui. Je voyais qu'il savait qu'il avait touché un point sensible, mais il était trop effronté pour en rester là. Non, il fallait qu'il aille un peu plus loin pour voir si j'allais craquer ou battre en retraite.

« Je veux dire que c'est parfaitement logique que tu sois son fils et tout. » Le flic a baissé une main vers la crosse de son pistolet tout en laissant flotter l'autre, qui tenait son carnet et son stylo, au niveau de son ventre. « Vous autres, vous avez ça dans le sang. Des crapules, je suppose. » Il a pris une nouvelle profonde inspiration et a soufflé vers le ciel comme un élan. « Dommage qu'elle se soit fait sauter la cervelle. J'ai toujours entendu dire qu'elle était aussi coriace qu'un homme. »

Chaque mot qui sortait de sa bouche me rendait dingue, et je risquais de péter les plombs d'une minute à l'autre. Il suffisait juste d'un putain de mot de plus.

« Mais c'est logique. » L'agent a passé la boucle par-dessus son arme et refermé son holster. « Ça fait pas deux jours qu'elle est sortie de chez les cinglés. C'est complètement logique qu'elle se soit fait sauter la cervelle. »

Il n'y avait plus de réflexion, plus rien pour me retenir, il n'y avait plus que l'action. J'ai brusquement bondi du porche bras et jambes écartés et je me suis jeté sur lui avant qu'il ait le temps de bouger. J'étais sur lui. Son dos était enfoncé dans la boue. J'étais assis sur sa cage thoracique et mes genoux s'enfonçaient dans l'herbe éparse et l'argile rouge. De toutes mes forces, je lui ai décoché un coup de poing dans le front, qui l'a étourdi. Le clignotement bleu semblait tout accélérer. J'ai enfoncé mon pouce dans son œil et je l'ai frappé au menton, et ça l'a calmé. Il a écarquillé son œil valide, conscient qu'il était foutu, sa main cherchant au niveau de sa ceinture quelque chose pour se défendre. Il a produit un de ces couteaux à manche recourbé pour lesquels les flics ont un faible, et il a frappé verticalement en direction de mon biceps, mais j'ai agrippé son poignet et je me suis mis à lui cogner la main sur une des dalles de béton qui formaient un chemin jusqu'à la maison. La quatrième ou cinquième fois que sa main a heurté le béton, il a lâché le couteau, que j'ai poussé hors de sa portée avant de lui asséner un coup de coude à la tempe. Ce coup-ci, il a été sonné. Je le tenais. Je lui ai mis le nez en sang avec le coup suivant. Plus rien ne pouvait me retenir. J'avais la tête vide tandis que je déversais toute cette rage que j'éprouvais envers lui, envers mon père, envers ma putain de vie. Cette fois, je n'allais pas recouver mes esprits. J'allais le démolir jusqu'à le réduire en bouillie ou jusqu'à ce que mon bras n'en puisse plus. D'une manière ou d'une autre, ça ne s'achèverait que quand j'en aurais fini. Ses yeux se sont révulsés, et j'étais sur le point de lui en coller une de plus quand j'ai été projeté sur le côté. Une brute épaisse était désormais sur moi.

Tout s'était passé si vite que je n'avais pas vu l'autre agent arriver. Il m'a hissé sur mes pieds, me tordant les bras dans le dos. Il les poussait tellement fort vers le haut que j'étais certain que mes coudes allaient céder. J'ai tenté de voir de qui il s'agissait, mais je ne pouvais pas me retourner. Le jeune flic au sol s'est relevé et il a tiré son Taser de sa ceinture. Le laser a dessiné un point rouge sur mon ventre, et l'agent était sur le point de m'envoyer deux dards dans le corps quand une voix a hurlé dans mon dos :

« Bordel ! Rangez ce machin ! Rangez tout de suite ce putain de Taser ! »

Le flic tenait à peine debout et il a semblé déconcerté pendant un moment, sa grimace et son sang transformant son visage en un champ cabossé plein de sillons rouge foncé. Puis la flamme s'est éteinte dans ses yeux, et il a replacé son Taser à sa ceinture.

Quand j'ai cessé de résister, le flic qui me tenait a lâché mes poignets, mais il a passé un bras autour de moi, me serrant le torse et m'immobilisant. Il a fait signe à l'autre de retourner dans sa voiture. Le jeune flic a essayé de frotter la boue sur son pantalon, mais n'est parvenu qu'à la faire pénétrer plus profondément, puis il s'est dirigé d'un pas lourd vers la Crown Vic, sans jamais me quitter des yeux. Il s'est appuyé contre l'avant de sa voiture, et il a essuyé son nez en sang avec sa manche.

Le flic derrière moi m'a fait pivoter et m'a tenu à bout de bras en m'agrippant fortement aux épaules.

« Putain, qu'est-ce qui t'a pris, Jacob ? »

Je le voyais désormais. Le lieutenant Rogers se tenait là avec une expression confuse. C'était un homme costaud, plus large que haut, mais il avait de l'allure. J'avais entendu des histoires à son sujet, je savais donc qu'il y était allé mollo quand il m'avait mis au sol puis soulevé. Il était chauve sur le haut du crâne, mais ça allait bien avec la forme de sa tête. Il portait le même uniforme que précédemment, un pantalon de toile et un polo avec l'insigne de la police brodé sur la poche.

« Dis-moi ce qui s'est passé. »

Je savais que je pouvais lui faire absolument confiance, mais sur le coup, les mots m'échappaient. À la place, je me suis mis à pleurer. Impossible de me retenir ou de le cacher. Non, ça a jailli de moi comme si les vannes avaient été ouvertes, et je suis tombé contre sa poitrine, chialant comme une madeleine contre lui. Rogers a passé les bras autour de moi. Il a plaqué fort ma tête contre lui, me serrant si fermement que je n'avais même pas besoin de tenir debout. Je ne me rappelais pas avoir jamais été étreint ainsi, et j'ai pensé à cet instant que l'amour devait ressembler à ça. Soit ça, soit l'amour n'existait pas.

Rogers n'a pas prononcé un mot jusqu'à ce que ma respiration lourde ralentisse et que j'aie pleuré toutes les larmes de mon corps. Quand j'ai été débarrassé de ce poids, Rogers m'a de nouveau tenu à bout de bras.

« Allons discuter dans ma voiture », a-t-il dit.

Il m'a mené à son Expedition banalisée sans jamais lâcher mon épaule. Il a ouvert la portière du côté passager, et je suis monté dans le véhicule.

C'est alors que j'étais assis là que j'ai vraiment remarqué que mon bras saignait à l'endroit où le flic m'avait coupé. Et j'ai ressenti pour la première fois la douleur. Le sang imprégnait principalement la manche de mon tee-shirt, mais il dégoulinait aussi jusqu'à mon coude et gouttait sur mon pantalon. J'ai tiré ma manche par-dessus la coupure et appuyé fort dessus pour que le sang coagule.

À travers le pare-brise, j'ai regardé Rogers marcher jusqu'à l'autre flic. Le jeune type avait une boîte de tabac dans la main et s'en est enfoncé des brins derrière la lèvre. Il a poussé la boulette de tabac avec sa langue le long de sa gencive jusqu'à ce que sa joue se gonfle comme un furoncle. Ils ont discuté une minute, et quand le premier jet de salive de l'agent a heurté le sol, Rogers s'est déchaîné sur lui avec une violence qui m'a laissé penser que les mots pouvaient suffire à tuer un homme. Je n'entendais pas ce qu'il hurlait, seulement la férocité de son ton, et je voyais sa mine furieuse dans le clignotement bleu électrique. L'agent a tenté de dire quelque chose, mais Rogers lui a gueulé dessus et le type a baissé les yeux vers le sol. Il ne les a pas relevés. Il est resté planté là à encaisser sans broncher comme la lavette qu'il était.

Peu après, l'agent est remonté dans sa voiture de patrouille et s'est ratatiné à l'intérieur, sa silhouette vacillant chaque fois que la lumière bleue clignotait. Rogers est revenu à l'Expedition, furieux, droit comme un I. Mon sang était étalé à l'avant de sa chemise, mais il n'y prêtait pas attention. Il est monté côté conducteur et il a regardé la voiture de patrouille devant lui avant de tourner les yeux vers moi.

« Bon, qu'est-ce qui s'est passé dans la maison, Jacob ?

— Ma mère s'est tiré une balle.

— Je le sais. C'est ce qui a été signalé. Mais ce que je veux savoir, c'est est-ce que tu l'as vue faire, où est-ce que tu l'as juste trouvée comme ça ?

— Je l'ai trouvée comme ça.

— Je suis désolé, fiston. » Rogers s'est enfoncé dans son siège et il a tiré sur son pantalon pour qu'il lui serre moins les cuisses, poussant un gros soupir jusqu'à ce que l'air siffle entre ses lèvres. « Personne a besoin de voir quelque chose comme ça, surtout pas à ton âge, et surtout pas sa propre mère.

— Ça va aller.

— J'en suis sûr, fils, mais ce serait pas le cas pour beaucoup de gens. Ça les changerait de voir un truc pareil, et c'est bien normal. »

Rogers s'est penché et il a posé la main sur mon épaule.

« Vraiment, ça va aller. »

Mes larmes s'étaient transformées en engourdissement, le même genre d'engourdissement que celui que j'avais éprouvé après avoir laissé Robbie Douglas enroulé autour d'un rocher ou après avoir conduit les frères Cabe jusqu'au lac. Et c'était ça qui me foutait une trouille bleue. Éprouver des choses comme de la douleur et de la peur semblait naturel. Mais ne rien ressentir du tout me poussait à me demander ce que j'étais devenu.

Il a tiré deux cigarettes d'un paquet de Lucky Strike et m'en a tendu une. Il a frotté son Zippo sur son pantalon et la mèche s'est allumée en produisant une grande flamme. Il a d'abord allumé sa clope, la mordant entre ses dents comme il le faisait toujours, puis il a tendu le briquet vers moi. J'ai tiré une longue taffe et gardé la fumée en moi jusqu'à ce qu'elle me brûle les poumons, cette première dose de nicotine me faisant tourner la tête à mesure que je retenais mon souffle. Toute sensation était la bienvenue.

« Vous savez ce qui était étrange dans la maison ? »

J'ai tiré une nouvelle taffe et me suis avachi dans le siège.

« Quoi, fils ?

— Le pistolet. » Je me suis tourné et j'ai regardé Rogers dans les yeux. « Le pistolet, celui que ma mère a utilisé pour se suicider, il appartient à mon père.

— Qu'est-ce que tu racontes ?

— C'était son .45. » J'ai incliné la tête contre l'appuie-tête et braqué mon regard sur le plafond. « Et vous savez quoi d'autre ? Il a laissé une bible à côté d'elle. »

Une expression confuse est apparue sur le visage de Rogers, et il a remué sur son siège d'un air mal à l'aise.

« Une bible ? Qu'est-ce que tu me chantes, une bible ?

— Une de ces petites bibles qu'on peut mettre dans sa poche. Il en a laissé une sur sa table de chevet. » J'ai inspiré une nouvelle bouffée de fumée et j'ai soufflé un nuage en direction du plafond que je fixais. « J'ai toujours entendu dire qu'il laissait des bibles, mais j'y avais jamais trop cru jusqu'à ce que je le voie.

— Vaut mieux éviter de dire des choses comme ça. » Rogers s'est écarté et appuyé contre la portière. Il serrait fort la cigarette entre ses dents, la fumée qui s'élevait autour de son visage m'empêchant de voir ses yeux. « Vaut mieux garder ce genre de choses pour soi. »

Je n'ai pas ajouté un mot sur le sujet. C'était logique qu'il dise ça, vu que c'était lui qui avait appelé à la maison pour prévenir mon père dès que ma mère avait été relâchée. D'ailleurs, je ne lui en voulais pas de mentir. Ce que je me disais, c'était que Rogers était payé par mon père, et que l'argent l'emportait toujours sur la moralité. Il rapportait chez lui des rouleaux de fric pour la boucler, et Dieu sait que sa famille avait besoin de ce cash. Il gagnait des queues de cerises en tant que flic, et il avait des bouches à nourrir. Celui à qui j'en voulais, suffisamment pour le tuer, c'était celui qui avait donné cette arme à ma mère, celui qui m'avait donné la vie, mon propre putain de père. C'était lui, le fils de pute qui alimentait le feu qui me consumait. C'était lui, le fils de pute qui était responsable de tout.

23

Le couteau à dépouiller a été ma première idée. Lui planter cette lame épaisse dans la gorge et l'écouter faire des gargouillis. Mais ça aurait été trop dégueulasse, et ça aurait même pu lui laisser une chance de se défendre pendant une seconde ou deux. Alors j'ai opté pour le pistolet calibre .22, comme lui. Ça me semblait terriblement approprié de buter cet enfoiré de la même manière qu'il butait les autres animaux. Une balle, et ce serait réglé.

Quand j'étais plus jeune et que mon père avait une ribambelle de porcs, il les gavait lorsque le moment était venu de les abattre. Il en choisissait un et lui balançait un seau de nourriture, il attendait que la bête se mette à bouffer, et le porc ne le voyait jamais coller le canon du pistolet derrière son oreille, il n'entendait jamais le coup de feu. Mais tuer un homme n'était pas aussi simple. Les hommes ne se focalisent pas sur une seule chose, et les types comme mon père étaient toujours sur le qui-vive. Alors je l'ai fait pendant qu'il dormait.

Les nuages s'étaient dissipés, la lune était levée, et une étrange lueur illuminait sa chambre. Tout était baigné de bleu : le plateau de la commode où il déposait son portefeuille et sa monnaie ; la table de chevet où la lampe se dressait au-dessus d'un

Smith & Wesson calibre .40 automatique qu'il utilisait comme protection nocturne ; le drap blanc sous lequel il dormait. Une teinte saphir enveloppait tout, même sa peau. Mon père dormait toujours sur le dos, tel un cadavre, les bras croisés sur son ventre, les orteils pointés vers le plafond sous les draps. Avec sa tête rejetée sur un oreiller en duvet, il était plongé dans un sommeil aussi profond qu'une hibernation. Mais ce n'était pas lui que je craignais de réveiller. C'était elle.

Josephine était roulée en boule à côté de lui, la tête collée au torse de mon père, ses cheveux blonds étalés sur son bras. Elle était nue sous les draps, le tissu était redescendu le long de sa cage thoracique, et l'un de ses seins ronds brillait d'un éclat bleuté. Elle était jolie quand elle ne parlait pas, moyennant quoi c'était dans son sommeil qu'elle était le plus sexy. Je ne comprenais pas comment elle faisait pour dormir parmi les grognements rauques, la respiration âpre et les ronflements de mon père, mais c'était pourtant là qu'elle passait la plupart de ses nuits. Elle aussi dormait d'un sommeil profond, même si elle se réveillait souvent en pleine nuit pour boire un verre d'eau et aller aux toilettes. Ses yeux étaient agités par de petits mouvements rapides, comme quand on rêve, je ne pensais donc pas qu'elle se réveillerait, du moins pas à temps.

Le plan était de faire comme lui faisait. Leur coller une balle chacun, les charger dans sa Jeep, et les balancer dans le cimetière aquatique avec les frères Cabe et Dieu savait qui d'autre. Je raconterais aux agents les mêmes bobards : il s'était mis à beaucoup parler de Robbie Douglas, avait commencé à agir étrangement, et puis pouf ! Il s'était volatilisé. Faire croire aux flics qu'il était en cavale ou je ne sais quoi.

J'avais ôté mes chaussures pour atténuer le bruit de mes pas, et ni l'un ni l'autre n'avait remué quand j'étais entré. Je me tenais au-dessus d'eux depuis ce qui me semblait des jours, alors qu'à en croire le réveil sur la table de chevet ça ne faisait que trois minutes. 2 h 42. La plante de mes pieds nus commençait à être moite et j'avais l'impression d'être collé au plancher. Mais j'étais suffisamment près pour le faire.

Le long Ruger à canon épais pendait contre mon flanc. Comme à son habitude, mon père avait chargé une balle dans la chambre avant de remplir à nouveau le chargeur, si bien que le flingue était en surcapacité. « Onze, c'est mieux que dix », qu'il disait. Mais je n'en aurais besoin que de deux. J'étais ravi de ne pas avoir à charger une balle dans la chambre, un bruit de moins qui aurait risqué de les réveiller.

Mon cerveau a dû ordonner plusieurs fois à mon bras de se lever, car au début il était mou et ne réagissait pas. Puis il s'est finalement dressé, raide comme une barre de fer, et s'est immobilisé quand la lumière rouge du viseur à fibre optique s'est trouvée sur son visage. « Préoccupe-toi seulement de la mire de devant », m'avait dit mon père quand il m'avait appris à tirer dans ma jeunesse. Et il avait raison, car j'avais fait mouche chaque fois. Ç'avait été l'une des rares occasions où il avait été fier de moi, et j'aurais pu les compter sur une seule main, même avec deux ou trois doigts en moins. Repenser à ça m'a mis en colère, et j'avais plus que jamais besoin de cette colère. C'était mon carburant. À l'instant où j'avais vu l'arme dans la main de ma mère, j'avais su ce qu'il me restait à faire, et j'avais besoin de cette rage pour aller jusqu'au bout.

La mire tremblait de droite à gauche sur son visage, et j'ai pris une profonde inspiration pour affermir ma main. J'ai entamé un compte à rebours dans ma tête, à partir de 100, et quand j'arriverais à son terme, je tirerais. Toujours appuyer sur la détente au moment de l'expiration. Vers 75, le doute s'est installé, mais à 50, tout allait bien. Je respirais sans accroc. Les nombres ont continué de défiler. 30. Je respirais de moins en moins pour rester debout, et de plus en plus pour maintenir mon bras immobile. 15. Ma respiration s'accélérait, ma main exsangue serrait l'arme, les jointures de mes doigts étaient blanches. 0. J'ai tiré, et aussitôt tourné le pistolet vers Josephine.

Ce n'est que quand mon père a bougé que je me suis rendu compte qu'il n'y avait pas eu de détonation, juste un déclic sonore quand le percuteur avait tapé dans le vide. Je me suis dépêché de tirer sur la glissière pour éjecter la balle défectueuse, mais elle s'est enrayée. Les yeux de mon père étaient ouverts, il a recouvré ses esprits, et il s'est levé si vite qu'il a fait tomber Josephine du lit, un amas de parties de corps nu valdinguant par terre. Il a saisi mon poignet à deux mains, m'a projeté contre le mur, et le pistolet m'a échappé quand il a fait passer ma main à travers la vitre. Il m'a soulevé, retourné en l'air, et il m'a percuté avec son corps, si bien que mon épaule, puis mon cou et ma tête sont allés s'écraser contre la base de la commode. Quand j'ai commencé à me redresser, dos collé au mur, il était au-dessus de moi et avait déjà attrapé son pistolet sur la table de chevet. Josephine hurlait, elle a tiré le drap du lit pour s'envelopper dedans. Elle a voulu quitter la chambre en courant, mais ses pieds se sont emmêlés dans le tissu quand elle a atteint la porte, et elle s'est étalée de tout son long dans le couloir.

« *Pas un putain de geste !* » a hurlé mon père.

Il a cherché à tâtons l'interrupteur sans jamais détourner ni son arme ni ses yeux de moi. Les cris de Josephine étaient de plus en plus lointains tandis que le bruit de ses pas résonnait dans le couloir, puis la porte-écran a claqué derrière elle et les clebs se sont mis à aboyer et à gronder dès qu'elle a mis un pied dehors. Ses cris se sont transformés en un hurlement strident quand un des chiens l'a attrapée, mais elle a dû se dégager, car j'ai ensuite entendu sa bagnole démarrer et ses pneus faire voler des graviers dans l'allée.

La lumière m'a d'abord ébloui, mes yeux s'étant depuis longtemps accoutumés à l'obscurité, mais quand j'y ai finalement vu clair, la pièce a retrouvé ses couleurs. Mon père se tenait au-dessus de moi. Son torse tatoué se soulevait. Le pistolet était toujours braqué sur ma tête.

« Jacob ! a-t-il hurlé. Jacob ! Qu'est-ce que tu branles ? »

Je pouvais à peine bouger le bras. J'avais l'impression d'avoir l'épaule disloquée et le cou brisé. Mais je me suis assis comme j'ai pu et je lui ai lancé un regard plein d'une rage qui n'avait pas diminué.

« Tu l'as tuée ! Putain, tu l'as tuée !

— De qui tu parles ?

— Maman. Je l'ai trouvée chez elle et tu l'as tuée ! Tu l'as tuée, enfoiré ! »

Je me suis relevé en m'appuyant sur mon bras valide et je me suis rué sur lui, mais mon père m'a asséné un fulgurant coup de pistolet sur le haut de la tête, qui m'a renvoyé par terre.

« Qu'est-ce que tu racontes ?

— Je l'ai trouvée chez elle et elle s'était tiré une putain de balle dans la tête ! Elle s'est tiré une putain de balle dans la tête avec l'arme que tu lui as donnée ! Et t'as laissé une de ces putains de bibles à côté d'elle, espèce de tordu !

— Je sais pas de quoi tu parles, Jacob, mais qu'est-ce que tu foutais debout au-dessus de moi avec ce flingue ? »

Mon père continuait de me viser avec son pistolet. Le chien était armé et j'aurais pu parier que la chambre n'était pas vide.

« J'allais te tuer, espèce d'enfoiré ! J'allais te faire sauter la cervelle et la venger ! »

Je me suis relevé, j'ai parcouru à peu près la même distance que la première fois, mais cette fois, quand l'acier a atteint sa cible, ma vision s'est mise à tourner en spirale comme à la fin d'un de ces dessins animés Looney Tunes, puis tout est devenu noir.

Quand j'ai repris connaissance, mon père était assis au bord du lit, son pantalon de survêtement retroussé jusqu'aux genoux, son torse nu orné de tatouages, une main sur le pistolet qui reposait sur ses cuisses, l'autre portant à sa bouche une pomme dans laquelle il s'apprêtait à mordre. J'étais affalé contre le mur, et j'ai remarqué qu'il avait enveloppé ma main dans une chemise pour faire cesser le saignement provoqué par la vitre qu'elle avait traversée. Je l'ai dévisagé sans vraiment savoir quoi dire. Ma colère était retombée. Mon père a saisi le pistolet sur ses cuisses et l'a agité comme s'il s'apprêtait à dire quelque chose tout en mâchant la pomme.

« T'es disposé à causer maintenant ? »

Des petits bouts de peau de pomme et de fruit mâchouillés ont jailli de sa bouche tandis qu'il parlait. Il avait un ton si posé que je me suis presque demandé si ce dont je me souvenais s'était vraiment passé. Mais il y avait la douleur qui courait de mon épaule à mon cou, et cette main ensanglantée enveloppée dans une chemise, pour m'ôter tous mes doutes. Je suis resté silencieux, ne sachant pas exactement quoi dire.

« Bon, d'accord, je suppose que c'est moi qui vais causer. Semblerait que tu croies que j'ai quelque chose à voir avec la mort de ta mère, pas vrai ? » J'ai acquiescé et il a continué. « Et semblerait que tu croies que ce pistolet qu'elle a utilisé, c'est moi qui le lui ai donné, pas vrai ? » Une fois encore, j'ai acquiescé. « Bon, t'as complètement raison, je lui ai donné le pistolet, et t'as complètement raison, je lui ai dit de le faire. Espèce de petit merdeux, tu devrais me remercier.

— Te remercier ?

— Oui, Jacob. Cette bonne femme était une vraie saloperie, une vraie putain de saloperie. Tu veux savoir à quel point c'était une saloperie ? Au point de voler son propre mari, de coucher avec tous les amis que je croyais avoir, et de t'abandonner toi, toi, Jacob, son propre fils, comme un putain de tampon ensanglanté. Voilà le genre de femme qu'était ta mère.

— Et c'est pour ça que tu l'as fait ?

— Non, je suppose que non. Je suppose que si ça avait été pour ça, y a longtemps que j'aurais buté cette pute. Et je l'aurais fait moi-même. » Il a de nouveau mordu dans la pomme, s'est gratté avec le bout du pistolet à un endroit où des toiles d'araignées étaient tatouées sur son torse. « Non, je suppose que je lui ai juste montré combien elle était dans l'erreur. Je suppose que je lui ai simplement expliqué tout le mal qu'elle avait fait et tout le mal qu'elle continuait de faire, et je lui ai donné une porte de sortie. Cette porte de sortie, c'était l'arme que t'as vue, et cette pute a eu le bon sens de l'accepter.

— Je crois pas que ça se soit passé comme ça.

— Alors bordel, pourquoi tu me dis pas comment ça s'est passé, Jacob ? »

Mon père hurlait. Il avait bondi du lit, jeté sa pomme par terre et postillonné comme un épandeur tout en me gueulant au visage. Ses yeux étaient exorbités et son visage était d'un rouge ardent. Il m'a collé le canon contre la tempe, mais je n'ai pas bougé. Non, j'ai prié pour qu'il appuie sur la détente.

« Dis-moi ce que tu crois qu'il s'est passé puisque t'es si malin !

— Tu veux savoir ce que je crois qu'il s'est passé ? Alors je vais te le dire. » Ma voix était calme et je gardais les yeux fixés sur le mur devant moi, sans jamais prendre la peine de le regarder. « Je crois que tu t'es mis dans le crâne qu'elle t'avait balancé le soir où le lieutenant Rogers est venu à la maison. Et puis je crois, non, je sais, qu'il t'a informé quand elle est rentrée chez elle. Je crois que tu t'es persuadé qu'elle représentait une trop grande menace, alors t'es allé là-bas et tu lui as dit qu'elle avait deux choix. Soit tu l'éliminais, et tu prenais tout ton putain de temps pour le faire, soit elle le faisait elle-même. Et alors tu lui as donné l'arme.

— Tu ne sais rien ! » Mon père m'a giflé à plusieurs reprises avec une main qui semblait assez grosse pour envelopper un ballon de plage, et je n'ai pas bougé. Au début je n'ai rien senti, mais ça m'a bientôt brûlé comme s'il m'aspergeait d'eau bouillante. « T'as pas la moindre putain d'idée ! »

Il a continué de me gifler, jusqu'à être de nouveau à bout de souffle, tous ses tatouages se soulevant et retombant chaque fois qu'il respirait. Il s'est affalé sur le bord du lit et s'est enfoncé la tête entre les mains. J'étais figé contre le mur, le visage en feu. Et c'est alors que je l'ai vu faire une chose qu'il n'avait jamais faite. Mon père, cet enfoiré coriace comme pas deux, s'est mis à sangloter comme un môme. Il gémissait entre ses mains et a lâché l'un des pires rugissements que j'aie entendus de ma vie.

Il n'avait pas pleuré quand il avait mis son chien préféré en terre, un chien qu'il aimait plus que moi. Il n'avait pas pleuré quand son père était tellement rongé par le cancer qu'il avait passé son dernier hiver à s'étouffer avec sa propre salive, ni quand il l'avait enterré sur ce terrain en pente du cimetière baptiste de Hamburg. Et je ne l'avais certainement pas vu verser la moindre larme aucune des fois où il avait ôté la vie à quelqu'un. Mais les vers qui lui rongeaient les tripes à cet instant avaient anéanti l'homme qu'il croyait être. Je pense que, quelque part au plus profond de lui, il portait un poids plus lourd que tous ceux qu'il avait portés. Je pense qu'au fond il aimait encore ma mère.

« Bordel ! a-t-il hurlé, son visage mouillé tourné vers le plafond. Que cette connasse pourrisse en enfer ! »

Il a lancé un regard mauvais en direction de la lumière et a vivement cligné des yeux pour essayer d'y voir de nouveau clair.

« Enterre-la », ai-je dit.

Mon père a porté son attention sur moi. Une expression confuse faisait s'abaisser son front, ses yeux étaient rouges, et son visage luisant de larmes.

« Qu'est-ce que tu viens de dire, mon gars ?

— J'ai dit : enterre-la.

— Qu'est-ce que tu racontes ?

— Tu payes pour qu'un pasteur prie pour elle, et tu payes pour la mettre en terre. » Pour la première fois depuis que la rage m'avait quitté, je le regardais directement. « C'est le mieux que tu puisses faire pour elle.

— Elle a gâché ma vie. » Mon père a craqué une fois de plus, mais il ne s'est pas caché derrière ses mains. Il est resté assis là et m'a laissé tout voir. « Elle a gâché ma putain de vie !

— Et elle a payé. » Je l'ai regardé droit dans les yeux et j'ai tenté d'isoler cette portion d'humanité que je n'avais jamais vue. « C'est la seule chose que tu puisses faire.

— Je dépenserai pas un putain de rond pour cette pute ! Je lui dois que dalle ! »

Pendant une minute, j'ai ruminé toute cette haine qu'il avait dans le cœur. Ces moments de silence entre nous étaient aussi longs que des jours. Puis les mots me sont finalement venus et j'ai parlé.

« Alors fais-le pour moi. »

Mon père m'a fixé comme s'il retournait vraiment cette possibilité dans sa tête, broyant l'idée jusqu'à ce qu'il n'en reste plus qu'un fait absolu.

« La vérité, c'est que je te dois rien non plus, Jacob. La vérité, c'est que t'es adulte. Tu peux te démerder seul. »

Sa colère est revenue, et ses yeux se sont endurcis jusqu'à ce qu'il n'y ait plus de lumière en eux, plus la moindre trace d'humanité.

« Et ma part ? Ces montants que tu additionnes et soustrais depuis une éternité ?

— C'était des conneries, mon gars. Comme j'ai dit, je te dois rien. »

Je me suis relevé et écarté du mur. Mon corps cabossé était presque inerte, seule la fierté me faisait tenir debout. J'ai boité jusqu'au bord du lit et je me suis tenu au-dessus de lui. Je l'ai regardé droit dans les yeux, des yeux vides depuis une éternité, des yeux qui auraient dû avoir quelque chose en eux mais qui n'avaient rien, comme ceux d'un mort. Toutes les choses vivantes que j'avais vues avaient cette lueur, mais la sienne s'était éteinte depuis longtemps.

« Enterre-la, et on sera quittes. »

Mon père m'a regardé, la douleur lui tordant le visage, ses yeux tels des cailloux humides.

« Je vais l'enterrer, mon gars, mais c'est pas pour toi que je vais le faire. »

24

Il faisait déjà jour quand je suis sorti en clopinant de la maison pour la dernière fois. J'aurais préféré l'asperger d'essence, laisser une traînée dans l'allée, puis foutre le feu à cette baraque comme à un tas de sapins de Noël morts, mais je ne l'ai pas fait. Non, j'ai juste rassemblé mes affaires et foutu le camp. Il y avait quelques centaines de dollars planqués dans une cachette sous le plancher à côté de mon lit, à un endroit où une latte se soulevait et révélait des solives et l'isolation. J'avais toujours planqué des choses ici. Quand j'étais gosse, je cachais les paquets de cigarettes volés, un ou deux magazines pornos, et je n'en avais jamais parlé à personne sauf à Maggie. Mais hormis l'argent, il s'agissait juste d'empiler des fringues dans le pick-up, d'avaler les deux dernières barrettes de Xanax qui me restaient, et de m'en aller.

J'ai passé la première nuit garé au bout d'un petit chemin de terre, à un endroit où les étudiants hippies de l'université aimaient camper et foutre le feu à des bouteilles vides de vodka Aristocrat et de rhum épicé Barbarossa. Les feux de camp qu'ils allumaient avaient laissé des ovales sombres sur les deux côtés de la rivière. Autrefois, un homme du nom d'Aiken avait possédé toute cette terre, et mon père m'avait raconté un jour pendant que nous pêchions qu'Aiken avait fait exploser toute la partie avant d'un kayak quand deux écolos avaient demandé à accéder à la gorge qui traversait sa propriété. À en croire la légende, le vieux Aiken avait déjà clairement exprimé son refus, et quand les deux barboteurs avaient tenté leur chance, il avait fait feu avec une .30-30 depuis la ligne de crête dès que la rame s'était enfoncée dans l'eau. C'était au temps où les valeurs de la montagne comptaient encore, au temps où les hommes étaient encore des hommes, et où les voisins avaient trop peur pour appeler la police.

De nos jours, c'était une réserve de chasse gérée par le Service des forêts, même si elle était rarement sillonnée par les pick-up vert foncé des rangers, et c'était pour ça que j'étais venu ici. Les rangers, avec leurs jolis diplômes universitaires, leurs plaques dorées et leurs bottes de bûcheron fournies par le gouvernement avec les petites protections rabattues sur les lacets, passaient l'essentiel de leur temps à percer des coupe-feu.

Je m'étais garé au bout d'un sentier défoncé, à proximité de la rivière, où l'eau ronronnait et murmurait sur les pierres lisses. J'étais à quatre cents bons mètres de la route principale, route principale qui était toute caillouteuse et juste assez large pour une seule voiture. Pendant la journée, de nombreuses voitures l'empruntaient, et la poussière semblait ne jamais retomber. Mais après le coucher du soleil, les pêcheurs à la mouche et les kayakistes s'en allaient, et la route était uniquement fréquentée par des types bourrés qui voulaient franchir la montagne sans avoir à réciter l'alphabet à l'envers, se tenir debout sur une jambe, ou se toucher le nez les yeux fermés. Je me suis assis au bord de la plateforme de mon pick-up, et tant bien que mal, je me suis roulé une cigarette de tabac Bugler avec ma main valide. Plus de fric pour les cigarettes de marque, et plus de Winston à piquer. À chaque taffe, le tabac rance qui se consumait dégageait une odeur poussiéreuse et me laissait un goût amer dans la bouche.

La forêt sentait déjà la pluie, bien que les nuages ne soient pas encore arrivés. Un violent orage d'été tonnait derrière une série de cimes au sud, et le ciel s'illuminait quelques secondes avant que le son ne me parvienne. Je savais que les pluies d'été ne tarderaient pas à faire déborder la rivière et à nettoyer les rives.

Je ne savais que penser du fait que mon père avait accepté de payer pour l'enterrement de ma mère. Je ne m'y attendais pas vraiment. Je n'avais jamais vu en lui quelque chose qui se rapprochait autant de la compassion. Je le détestais pour ce qu'il avait fait. Je le détestais d'avoir fait de moi ce que j'étais. Mais une minuscule once de respect m'était venue la nuit précédente quand il m'avait dit d'aller voir son avocat pour organiser l'enterrement. J'irais donc voir Queen dans la matinée, et dans quelques jours, je mettrais ma mère en terre. Ça, c'était grâce à mon père, et lui être reconnaissant était l'une des choses les plus troublantes que j'avais jamais ressenties. Mais je n'avais pas que ma mère à enterrer. Je voulais également recouvrir de poussière ces sentiments, les inhumer plus que six pieds sous terre.

Les premières gouttes de pluie sont arrivées par une ouverture dans les pins gris. Elles m'ont frappé le sommet du crâne et ont ravivé la brûlure à l'endroit où mon père m'avait violemment frappé avec la crosse de son pistolet. Curieusement, les coups qu'il avait assénés ne m'avaient pas ouvert le cuir chevelu, mais une bosse sensible avait poussé sur mon crâne, et c'est exactement là que la première goutte m'a atteint. Une deuxième goutte a alors frappé le pick-up, puis une autre, et encore une autre. Au bout de quelques secondes, il a plu pour de bon. J'ai attrapé mon téléphone portable et le sachet de Bugler sur le plateau du pick-up et j'ai balancé tout ce qui ne devait pas prendre l'eau dans la cabine. Mais je voulais sentir la pluie sur ma peau. Je voulais ce froid sur mes muscles, et je suis retourné sur le plateau pour m'allonger et laisser l'eau s'écouler sur moi. Mon épaule me faisait souffrir, et mon cou était aussi raide que si j'avais reçu le coup du lapin. Les gouttes de pluie me faisaient mal aux endroits où ma peau n'avait pas encore cicatrisé, mais c'était une douleur apaisante que j'accueillais à bras ouverts. L'eau était froide, et l'air chaud. J'avais la chair de poule sur les bras, et toute cette pluie semblait m'arracher à un cauchemar dans lequel j'avais été plongé trop longtemps. Pour la première fois depuis une éternité, je me sentais vivant.

Les éclairs fendaient le ciel, et j'aurais été plus à l'abri sous un haut bosquet d'arbres, mais c'était presque comme un baptême. Mes idées se sont éclaircies, et cette clarté a fait naître un désir de remettre de l'ordre dans mon monde. Il ne s'agissait pas de vengeance ni de haine, mais plutôt de rembourser une dette, de réparer des choses qui auraient dû l'être depuis très, très longtemps. Mon père avait eu raison sur deux choses : j'étais adulte, et je pouvais me débrouiller seul. Mais il avait eu tort sur tout le reste.

Il avait eu tort à propos de ces montants qu'il avait notés dans son carnet pendant toutes ces années où j'avais travaillé. Ces nombres n'étaient pas des *conneries*, comme il l'avait prétendu. Non, il se trompait. Cet argent, je l'avais gagné, c'était un infime dédommagement pour le fardeau qu'il avait déposé sur mes épaules quand j'étais jeune. Vu qu'il avait placé sur moi un poids que je me traînerais toute ma vie, un poids qui finirait probablement par m'écraser et me tuer, mon père me devait ce fric. Et je n'étais plus le seul à en avoir besoin. Maggie en avait également besoin. J'étais sûr de pouvoir la persuader de l'accepter, et j'étais absolument certain de vouloir le lui donner. Je savais que mon père avait assez dans le coffre du garage pour couvrir à peu près ce que j'avais gagné. Je ne savais pas exactement comment je m'arrangerais pour y entrer et en ressortir, mais la chose que je savais, c'était que le moment était venu de récupérer ce qui était à moi.

J'ai passé des heures à échanger des SMS avec Maggie ce soir-là pour la convaincre d'accepter l'argent. J'ai menti sur sa provenance, mais je savais que c'était un mensonge nécessaire. Elle m'aimait, mais elle n'avait jamais aimé la vie que je menais. Elle me respectait, mais elle n'avait jamais respecté la manière dont je gagnais de l'argent. Je savais que c'était le seul moyen pour qu'elle l'accepte. Alors je lui ai dit que c'était mon héritage de mon grand-père. Je lui ai dit que c'était un prêt et non un don, et qu'elle devrait le rembourser. Et après beaucoup d'insistance, après avoir été persuadée que je ne lui faisais pas un cadeau, elle a accepté. Elle m'enverrait la paperasse, et elle se barrerait d'ici à l'automne. La minute où elle a fait cette promesse, j'ai été heureux, sincèrement heureux. Heureux parce que Maggie n'aurait jamais à capituler devant rien. Et peut-être que moi non plus.

Tandis qu'il pleuvait à verse, mes idées étaient de plus en plus claires, de plus en plus assurées. Quand ce serait fait, je ne pourrais jamais revenir, mais ça ne me faisait pas peur. Il n'y avait jamais rien eu ici pour moi de toute manière. Non, c'était rester qui m'effrayait. Rester me semblait tout simplement inimaginable. J'ai alors su qu'il y avait dans ce monde des choses bien pires que mourir, des choses qui pouvaient pousser un homme à accueillir la mort comme une vieille amie le moment venu. Et rester en était une. Rester signifiait qu'avec le temps je deviendrais exactement comme lui.

25

Irving Queen avait son cabinet dans une maison à deux étages, à une ou deux rues de Main Street dans le centre-ville de Sylva. La peinture blanche des revêtements muraux en bois s'écaillait, mais les volets noirs avaient été fraîchement repeints et brillaient, soulignant au mascara le contour de chaque fenêtre. Les vitres étaient faites de ce vieux verre qui paraît onduleux quand le soleil l'éclaire du bon angle, mais le soleil n'était pas de sortie ce jour-là. De près, des bulles étaient visibles dans le verre, des petites poches d'air vieux d'un siècle piégées dans les carreaux. Un rocking-chair balançait quand j'ai traversé le porche, dont les planches gondolées grinçaient sur leurs clous rouillés.

J'ai tourné la poignée en cuivre terni qui jouait autour de son axe et pénétré dans le vestibule du cabinet. Des ventilateurs étaient étrangement placés à travers la pièce et soufflaient dans tous les sens, créant un tourbillon de poussière intérieur. Une femme d'âge moyen derrière un bureau encombré a sèchement placé un presse-papier en verre sur une pile de documents, juste avant que les pages soient emportées par le courant d'air que j'avais provoqué en ouvrant la porte.

Je ne l'avais jamais rencontrée, mais mon père m'avait parlé d'elle quelques fois, quand il avait un coup dans le nez. Queen était marié à son amour de lycée, une femme qui avait pris du poids peu de temps après qu'ils avaient prononcé leurs vœux et qui avait mal vieilli par la suite. J'ignorais s'il avait été trop lâche pour partir ou s'il était resté pour préserver les apparences, mais Queen n'avait jamais divorcé. Cependant, comme la plupart des hommes, il s'était mis à coucher avec d'autres femmes quelques semaines après la lune de miel. Comme c'était l'un des rares avocats du coin, il avait toujours bien gagné sa vie, et l'argent éblouissait les filles qui avaient été élevées au sandwich mayonnaise dans la vallée. Dans sa jeunesse, il avait été entouré de tout un tas de filles, mais les opportunités s'étaient faites plus rares à mesure que ses cheveux s'étaient clairsemés et qu'il avait pris de la brioche. Maintenant, tout ce qu'il avait, c'était cette maîtresse qui lui faisait office de secrétaire. Mon père l'avait toujours appelée Frankenpute à cause de toutes les opérations du nez et de la poitrine que Queen lui avait payées pour qu'elle garde l'air jeune.

« Faudrait resserrer les vis de cette poignée de porte, ai-je déclaré en marchant vers elle. J'ai cru qu'elle allait me rester dans la main.

— Je n'ai rien remarqué. »

La secrétaire a abaissé une paire de lunettes de lecture vers la pointe de son nez et fait courir son regard depuis mes bottes jusqu'à mon visage avant de redescendre jusqu'à ma main qui était enveloppée dans une vieille chemise. La main que mon père avait fait passer à travers la fenêtre de sa chambre était toute lacérée, et je l'avais pansée comme j'avais pu. Elle m'a jaugé, et l'expression dégoûtée sur son visage semblait dire qu'elle ne me considérait pas comme le genre de type qui pouvait payer.

« Et vous avez dit que vous étiez qui, exactement ?

— Je ne l'ai pas dit. Mais je m'appelle Jacob. Jacob McNeely, et M. Queen devrait m'attendre. Nous avons rendez-vous à midi. »

Elle a fait remonter une montre trop large sur son poignet et a tourné le cadran jusqu'à ce que les cristaux bon marché scintillent à la lumière. L'heure a dû lui convenir, car elle s'est aussitôt mise à tourner les pages d'un carnet de rendez-vous relié de cuir.

« Vous voilà, jeune homme. » Pour la première fois elle m'a souri, comprenant finalement que je n'étais pas un délinquant. « Laissez-moi voir s'il est prêt à vous recevoir. »

La secrétaire s'est levée et a marché jusqu'à une porte fermée à l'autre bout de la pièce, ses hauts talons claquant sur le sol. Une longue fente s'élevait à l'arrière de sa jupe, et elle roulait des hanches comme si elle défilait pour un public imaginaire. De l'autre côté de la pièce, elle a toqué à la porte, s'est tournée vers moi et a souri. Une voix que je n'ai pas entendue à cause des ventilateurs a dû lui dire d'entrer, car c'est ce qu'elle a fait et elle a disparu une seconde ou deux avant de revenir en se dandinant vers moi.

Elle avait dû être jolie à un moment de sa vie, mais au lieu de porter avec grâce sa beauté naturelle, elle s'était acoquinée avec Queen et elle avait laissé les médecins la pincer, la piquer, l'étirer, la presser jusqu'à ce qu'elle soit complètement irréparable. On aurait dit que des fils de fer tendaient la peau de son visage derrière ses oreilles. Son chemisier blanc échancré était suffisamment déboutonné pour laisser paraître son sternum, qui n'aurait pas semblé si osseux et calleux si la peau qui le recouvrait autrefois ne s'était pas déportée sur les côtés pour couvrir des implants deux fois trop gros. Les médecins s'étaient donné un mal de chien pour contrer les effets de la gravité sur son corps, et ils avaient lamentablement échoué.

« Il n'en aura que pour une minute, jeune homme », a déclaré la secrétaire en regagnant son bureau.

Ses cheveux blonds étaient remontés et effilés sur le dessus, comme ceux des secrétaires dans les films pornos. Les mèches qui dépassaient sur sa tête voletaient dans le souffle des ventilateurs. Elle a repris place à son bureau et m'a souri, ses dents excessivement blanches rayonnant sur l'éclat orange de son autobronzant en spray.

« Venez vous asseoir ici, jeune homme. Vous pouvez me tenir compagnie. »

Je trouvais son sourire repoussant, et je ne savais pas trop quoi dire. J'étais plus intéressé par le fait de déchiffrer l'énigme des opérations qui la constituaient que par sa conversation.

« Au moins, il fait beau aujourd'hui. »

C'était faux. J'ai su que c'était une ânerie dès que je l'ai dite. L'orage de la nuit précédente s'était prolongé jusqu'à ce qu'il ne reste plus une once de soleil, juste des nuages gris et de la bruine. La secrétaire a regardé à travers la vitre pleine de bulles derrière moi pour voir si elle avait manqué quelque chose, mais elle n'avait rien manqué. Elle a plissé les yeux, comme pour demander : « Vous êtes débile ou quoi ? », mais avant que l'un de nous ait le temps d'ajouter quoi que ce soit, la porte a claqué à l'autre bout de la pièce et Queen s'est approché en traînant des pieds.

Si Humpty Dumpty[1] n'était pas tombé du mur, et si tous les chevaux et les sujets du roi n'avaient pas essayé si dur de recoller en vain les morceaux, j'aurais juré que le bon vieux Humpty avait enfilé un Jos. A. Bank, déménagé à Sylva, et changé son nom en Irving. Ce petit diable chauve et bedonnant était un œuf dur ambulant et parlant.

« Jacob, mon garçon, comment ça va ? » Il a ondulé tel un serpent jusqu'à l'endroit où j'étais assis, m'a souri avec ses dents irrégulières et jaunies.

Son haleine sentait le whiskey bon marché et les cigares de station-service. Il a posé les mains sur mes épaules et serré autant qu'il a pu.

« Pas terrible, Irv, mais je suppose que vous le savez déjà. »

Queen a tiré sur une manche de mon tee-shirt et je me suis levé. Il m'a poussé dans le creux des reins et m'a fait signe d'aller dans son bureau.

« Bien, bien. C'est normal », a-t-il dit en souriant et en adressant un signe de tête à sa secrétaire tout en m'entraînant à travers la pièce.

Ce n'est que quand nous avons été dans son bureau et que la porte a été fermée que son sourire a disparu et que ses yeux se sont plissés.

Le mur derrière lui était orné de documents encadrés avec des écritures cursives, des blasons complexes à la feuille d'or, et des signatures tout en arrondi. L'une des fenêtres pleines de bulles du mur latéral donnait sur un chêne des marais dans la cour. Queen s'est assis

1. Personnage de comptine anglaise, le plus souvent représenté sous la forme d'un œuf.

Humpty Dumpty sur un muret perché.
Humpty Dumpty s'est écrasé.
Ni les sujets du roi ni ses chevaux
Ne purent recoller les morceaux. (N.d.T.)

derrière son bureau de ministre, a tiré d'un tiroir une flasque de whiskey, a bu une longue rasade. Il s'est penché en arrière sur sa chaise jusqu'à ce que je sois certain qu'elle allait basculer, a posé les pieds sur le bureau en bois sombre, et il a placé la flasque sur son ventre qui repoussait sur les côtés les pans de sa veste. Je me suis assis face à lui, avec simplement entre nous le bureau tapissé de cuir.

« Allons droit au but. Je suis un homme occupé et je n'ai pas de temps à perdre avec des affaires aussi insignifiantes. Mais vu que ton père s'est arrangé pour garder mes poches pleines de billets de cent dollars pendant toutes ces années, je suis obligé de faire ce qu'il demande. Sache simplement que je suis obligé envers lui et lui seul, et c'est la seule raison pour laquelle j'ai accepté de prendre part à tout ça. Ce genre de chose relève d'ordinaire de la responsabilité de la famille, pas de celle d'un avocat établi tel que moi. Alors vas-y, dis-moi ce que tu veux, mais n'oublie pas que j'ai d'autres chats à fouetter. »

Queen a baissé la tête et m'a lorgné avec de grands yeux impatients. Sa tête inclinée aplatissait le peu de cou qu'il avait, juste un visage bouffi étalé sur un gros amas de chair à l'endroit où son cou débordait sur son col.

« Je ne sais pas vraiment ce que vous attendez.

— Les détails, Jacob, j'ai besoin de connaître les détails : ce que tu veux, où tu le veux. Est-ce que tu veux un pasteur ou non ? Est-ce que tu veux que ça se déroule dans une église ou dans un funérarium ? Fleurs, chansons, quoi ? Les détails, Jacob, et dépêche-toi.

— Eh bien, je n'y ai pas vraiment réfléchi.

— Alors qu'est-ce que tu fous ici, garçon ? Tu me fais perdre mon temps ? C'est ça ? »

Queen a brusquement redressé sa chaise et s'est penché vers moi. Il a posé sèchement la bouteille de whiskey sur le bureau et m'a regardé en plissant les yeux.

« Dans une église, je suppose.

— Bien, bien. On avance. Quelle église ?

— L'église baptiste de Hamburg. C'est là qu'elle allait dans son enfance, et je suppose que ce serait aussi mon église.

— Et je suppose que tu voudras un pasteur, vu que ce sera dans une église ?

— Oui, tout à fait.

— Et tu as un pasteur en tête ?

— Eh bien, Hiram Bumgarner, je suppose.

— Qui c'est ?

— Son nom est Hiram et il a été révérend à Hamburg toute ma vie. Je suppose qu'il l'est encore.

— Je vais voir s'il l'est et si ça l'ennuie pas de diriger le service. »

Son agitation et le fait que je ne savais pas vraiment quoi dire me troublaient. J'ai gratté le bord du revêtement en bois de son bureau avec l'ongle de mon pouce et fixé le sol. Quand une idée claire m'est finalement venue, j'ai relevé les yeux vers lui et parlé.

« Pour ce qui est de l'enterrement, je suppose que je voudrais que le cercueil soit…

— Oh, oh, du calme. L'enterrement ? Qui a parlé d'enterrement ?

— Eh bien, j'ai juste cru…

— Y a plus rien à enterrer, mon gars. Enfin, tu pourrais enterrer les cendres si tu voulais, mais ça me semble pas justifier une dépense supplémentaire.

— Cendres ? Vous avez dit cendres ?

— Oui, fiston. Des cendres. Qu'est-ce que tu croyais qu'il avait été fait du corps ? » Queen a bu une nouvelle rasade et rebouché sa flasque de whiskey. « Elle a été incinérée. Je croyais que tu le savais.

— Incinérée ? Qui leur a dit de faire ça ?

— Ces choses vont vite, mon gars. Ton père a passé un coup de fil et ça a été réglé. »

J'ai senti la colère me monter au visage et mes joues devenir brûlantes en entendant ce qu'il disait et la façon dont il le disait. Queen s'est enfoncé dans son siège et il a croisé les doigts. Ses deux index étaient joints et pointés vers le haut, comme s'il imitait une église et un clocher avec ses mains. Il a haussé les sourcils d'un air interrogateur, alors je lui ai dit :

« Mettez un de ces trucs dans le journal, pour dire aux gens à quelle heure le service aura lieu.

— Une annonce ? Bon, qu'est-ce que tu veux qu'elle dise.

— Je sais pas, Irv, ce que disent les annonces. Quelque chose comme quoi elle est dans un monde meilleur ou ce genre de connerie, j'en sais rien. Faites juste savoir aux gens qu'elle est partie.

— Y a un problème, fiston. Les journaux sont déjà imprimés, et ce sont deux hebdomadaires, tu sais. Le petit torchon de Cashiers a paru mercredi, et le *Sylva Herald* est sorti y a deux jours. Alors si tu veux vraiment que ce soit dans le journal, on va devoir tout repousser d'une semaine, ce qui devrait pas être trop problématique vu qu'il y aura pas d'enterrement. Alors, c'est ce que tu veux que je fasse ?

— Non, je veux qu'on en finisse.

— Donc pas d'annonce ?

— Oubliez le putain de journal et réglez ça. Faites-le dès que possible, demain si vous pouvez. Voyez si le révérend est disposé à dire quelques mots et finissez-en avec cette histoire. J'ai pas envie d'attendre.

— Je comprends, mon garçon. C'est bon. Je vais voir ce que je peux faire. » Il a pris quelques notes dans un grand cahier, des pattes de mouches que lui seul pouvait déchiffrer sur du papier jaune. « Bon, y a autre chose ?

— Non, je crois pas. »

J'étais prêt à bondir par-dessus le bureau et à serrer ce qui lui faisait office de cou. J'aurais arraché la tête à ce putain de crotale comme le faisaient les anciens, je l'aurais attrapé par la queue et je l'aurais frappé comme un fouet jusqu'à ce qu'il ait la tête tranchée. C'était à ça que servaient les serpents.

« Bien, mon garçon. »

Il s'est écarté du bureau et a ouvert sa flasque de gnôle. Il a bu une longue gorgée et a fait tourner un moment le whiskey dans sa bouche avant de l'avaler. Un minuscule filet d'alcool a coulé au coin de sa bouche, et il s'est penché en arrière et a posé la bouteille sur son bide.

« Je suppose que tu sais où est la sortie », a-t-il dit en écartant un bras, ouvrant la main comme s'il me montrait le chemin.

J'avais presque franchi la porte quand il m'a lancé depuis son bureau, d'une voix sonore pour recouvrir le bruit des ventilateurs :

« Une dernière chose, Jacob. On dirait qu'il va en fin de compte y avoir un procès pour l'agression. J'ai pas réussi à convaincre M. Hooper, tu vois ? » Il a esquissé un sourire sournois et léché le filet de whiskey qui coulait au coin de sa bouche. « Je serai pas en mesure de te représenter vu que ton père et toi êtes brouillés. Conflit d'intérêts, tu comprends. »

Je me suis retourné et retenu de lui sauter dessus.

« Oh, je comprends. J'ai compris toute ma vie.

— Bien, bien, mon garçon. »

Il s'est tortillé sur son siège avec des mouvements ondulants de serpent. Il a ouvert un tiroir de son bureau et en a sorti un cigare à trois dollars dont il a tranché l'extrémité avec une lame de rasoir sur son bureau. Il se l'est collé dans le bec, le cigare pointant vers le plafond, et il a plissé les yeux.

« Et si ça t'ennuie pas, merci de fermer la porte. »

26

Je me souviens que le jour où j'ai su que j'étais capable de tuer – et je dis bien tuer, pas juste des lapins et des poulets et ainsi de suite –, c'était quand mon père m'a emmené à la chasse au sanglier à Whiteside Cove. Je ne l'avais jamais accompagné jusque-là, j'avais toujours chassé de loin, rien de bien méchant, juste du petit calibre, des écureuils gris et des petits lapins.

Les chiens avaient acculé un sanglier dans le lit d'un ruisseau asséché où les rochers lisses étaient comme des pavés poussiéreux.

« Plante-le sous la patte, Jacob ! » avait hurlé mon père par-dessus les hurlements et les grondements.

Je n'avais jamais rien entendu de tel, mais quand mon père a sorti de son étui le couteau et que la lame qu'il avait affûtée le matin même sur la pierre à aiguiser a reflété la lumière du soleil, j'ai su ce que j'avais à faire. Il m'a tendu le couteau, et j'ai serré dans mon poing le manche enveloppé de cuir aussi fort que j'ai pu. Puis je me suis frayé un chemin parmi les chiens jusqu'à voir le noir des yeux du sanglier.

La bête affolée agitait ses défenses et hurlait. Elle semblait pleine de peur et de rage, et j'ai senti les larmes me monter aux yeux tandis que je pressais le manche du couteau contre mon ventre. Puis je l'ai enfoncé violemment jusqu'à ce que la bague du couteau soit tout contre les poils drus et la peau tendue. Les dix-huit centimètres de lame étaient désormais dans l'animal, et ses hurlements ont redoublé. J'ai tiré le couteau et je l'ai frappé encore, et encore, jusqu'à ce qu'il ne produise plus qu'un gargouillis humide, puis devienne silencieux. Le sang formait une flaque sur les feuilles de chêne mortes. J'ai séché mes larmes avec mon tee-shirt en faisant mine d'essuyer de la morve pour que mon père ne les voie pas. Les chiens tenaient toujours fermement le sanglier quand j'ai vu la lumière s'éteindre dans ses yeux. Ses muscles se sont crispés une dernière fois, puis il est retombé, inerte et sans vie.

« Tu t'en es bien sorti », a déclaré mon père en serrant mon épaule.

Ça a été une de ces fois où il a été fier de moi, mais je l'entendais à peine et je ne sentais plus guère le contact de sa main. Mes oreilles sifflaient. Mon corps était engourdi.

Le bourdonnement strident qui hurlait dans mes oreilles s'est tu à la tombée de la nuit, mais l'engourdissement est resté. Et c'est le fait que ce fourmillement ne m'a jamais quitté qui m'a immédiatement fait comprendre que, le moment venu, je pourrais recommencer.

Curieusement, c'est ce souvenir qui n'arrêtait pas de me revenir tandis que je fixais l'arrière de la tête de mon père dans le sanctuaire de l'église baptiste de Hamburg le jour des obsèques de ma mère. Mon père était assis de l'autre côté de l'allée, environ cinq bancs devant moi. Queen, qui était à côté de lui, sa tête chauve luisant à la lueur des cierges, avait apporté les cendres et l'urne de Sylva. À aucun moment il ne s'était retourné pour me regarder. Mais mon père, si. Il avait fixé les yeux sur moi et m'avait longuement observé. J'avais essayé de soutenir son regard, de lui faire détourner les yeux, mais, comme toujours, il avait refusé de montrer la moindre faiblesse.

Une poignée de fidèles s'étaient attardés ce dimanche en signe de soutien. Je suppose que c'était le révérend qui leur avait demandé de rester, ce qui signifiait qu'il ne voulait pas que l'église soit vide. Quand j'étais gosse, mon grand-père m'amenait ici, à ce banc, chaque dimanche. Juste à côté se trouvait l'endroit où j'avais dû mémoriser tant de versets. Une vieille femme mauvaise nommée Mme Jones nous les faisait entrer dans le crâne de force et nous collait une fessée si nous résistions. Elle avait si bien réussi à me les faire apprendre que même maintenant, après toutes ces années, je m'en souvenais. J'y allais uniquement parce que ça faisait plaisir à mon grand-père. Et comme j'aimais passer du temps avec lui, je ne faisais jamais d'histoires. Je suppose que c'est quand le cancer a commencé à le ronger que j'ai cessé d'y aller. Et Dieu ne m'a jamais été d'une grande utilité depuis.

Je fixais l'arrière de la tête de mon père, ses cheveux gominés et peignés, pendant que les cinq membres de l'assistance entonnaient le premier cantique, *Sois ma vision*. Je connaissais bien les paroles, mais étrangement, elles ne me revenaient pas ce jour-là.

Des rais tranchants de lumière colorée filtraient à travers les vitraux et étincelaient quand ils touchaient les bancs. Une urne de cuivre sombre renfermant les cendres de ma mère était posée sur un haut piédestal à l'avant de l'église, et derrière il y avait un vase qui contenait des fleurs des champs. Le piédestal était presque aussi haut que l'estrade où se tenait le révérend. C'était déjà lui qui officiait ici durant mon enfance, mais le temps avait commencé à effacer l'image que je conservais de lui. Il était âgé désormais, il avait pris du ventre, mais tout ça semblait disparaître derrière un déluge d'alléluias frénétiques et transpirants. Bien que son nom de naissance ait été Hiram Bumgarner, je l'avais toujours entendu se faire appeler révérend, et il parlait avec passion, une chaleur fiévreuse enflammant chacun de ses mots. Il ne portait pas de soutane, ni d'étole, ni de col blanc. Il n'en avait jamais porté. Il se présentait toujours aux fidèles en pantalon et chemise blanche.

Les funérailles baptistes étaient des renaissances. On n'avait pas le temps de se rappeler les vies perdues quand il y avait des âmes à sauver. Au bout de dix minutes de sermon, des postillons s'envolaient de la bouche du révérend, de la sueur perlait sur son front et dégoulinait sur son visage. La chaleur de l'été était implacable dans ce minuscule sanctuaire, tout le monde respirait lourdement, et le révérend a déboutonné les deux boutons du haut de sa chemise, révélant un maillot de corps jaunâtre visiblement trempé. Les cinq membres de l'assistance, qui avaient déjà assisté à un sermon ce matin-là, étaient également en sueur. Ils s'éventaient avec des bulletins pliés et le fixaient du regard sans jamais le voir, s'abreuvant uniquement de ses paroles.

Je me suis surpris à observer la gigantesque croix au-dessus de l'autel de la même manière que je l'avais fait chaque dimanche de mon enfance, attendant un signe, une lumière tombée du ciel qui me prouverait l'existence de Dieu. J'avais espéré cette lumière toute ma vie, mais elle n'était encore jamais venue. Quand j'étais enfant, je croyais qu'elle apparaîtrait comme par magie, même si cette idée me semblait déjà idiote. Je me demandais ce qui se passait quand on mourait, et j'avais continué de me poser cette question pendant l'essentiel de ma vie. Croire qu'il ne se produisait rien, qu'il n'y avait absolument rien après toute cette douleur me semblait tout aussi idiot. Non, il devait y avoir quelque chose. Et s'il y avait quelque chose, alors Dieu existait. Donc, d'une certaine manière, j'étais croyant.

Le prêche n'était plus qu'un murmure dans la pièce, un bruit blanc en fond sonore pendant que mes réflexions me maintenaient dans une sorte de transe. Je suppose que les seuls moments où je pouvais presque embrasser une idée aussi vaste que Dieu, c'était quand je voyais une lumière danser dans les yeux des vivants, lumière que mon père n'avait jamais eue. Je l'avais vue dans toutes les créatures, depuis les écureuils jusqu'aux vieillards, et je l'avais vue s'éteindre quand la vie les quittait. Je pensais à ce sanglier à Whiteside Cove, et je revoyais clairement ses yeux, la façon dont la lumière s'était éteinte comme si un interrupteur avait été actionné quand il avait poussé son dernier souffle sanglant. Et alors j'ai pensé à ma mère, à la lueur dans ses yeux cet après-midi où nous avions discuté, et au fait que cette lueur s'était depuis longtemps évanouie quand je l'avais découverte, yeux ouverts, bouche béante, la cervelle explosée. Il existe un endroit où se perdent les lumières, et je suppose que c'est le paradis. C'était ce lieu lumineux que l'Indien observait sur le tableau qu'aimait ma mère, et je suppose que c'est pour ça qu'elle voulait tant y aller. L'endroit où toutes les lumières se rejoignaient et brillaient était dans mon esprit ce qui se rapprochait le plus de Dieu.

Sur le banc où j'étais assis, cependant, il n'y avait pas une once de foutue lumière. Elle ne brillait jamais sur les types comme moi, c'était certain. À bien des égards, ça signifiait que les hommes comme mon père étaient des veinards, car celui qui n'a connu que l'obscurité n'a pas besoin de se torturer en quête de lumière. Je l'enviais pour ça.

Tandis que les premières notes du dernier cantique jaillissaient des bouches des cinq fidèles et du révérend, une interprétation a capella discordante de *Je chanterai l'histoire merveilleuse*, je suis sorti de la rêverie dans laquelle j'avais sombré. Quand les dernières paroles ont retenti, mon père et Queen se sont dirigés vers l'arrière de l'église et se sont tenus près de la porte pour serrer la main des fidèles qui étaient restés et échanger quelques politesses avec eux. Je les ai observés. Tout en moi voulait bondir et les tuer sur place. Peu importait qu'on soit dans une église. Si Dieu existait, il comprendrait.

Le révérend a calé sa bible sous son bras et s'est à son tour dirigé vers l'arrière de l'église. Il marchait comme s'il avait été battu, comme si toute l'énergie qu'il avait encore eue en lui avait été déposée à l'autel pour y être sacrifiée. Ils ont attendu tous les trois près de la porte ouverte et ont discuté pendant une minute. Quand ils n'ont plus rien eu à se dire, le révérend a donné une tape sur l'épaule de mon père et ils sont tous les trois sortis dans la chaleur de l'été. J'étais désormais seul dans le sanctuaire, et je suis resté un long moment sans bouger de ma place.

Je ne sais pas pourquoi il avait été si important qu'un pasteur parle au-dessus des cendres de ma mère. Une partie de moi se disait que ses paroles suffiraient peut-être à la mener là où regardait l'Indien. Et je pense que mon père avait toujours eu le même genre de conviction. Même s'il ne l'aurait jamais avoué, il devait y avoir une raison au fait qu'il laissait ces bibles sur les cadavres. Nous semblions tous deux croire que nous pouvions abuser Dieu pour qu'Il laisse les misérables passer au travers des mailles du filet.

L'urne en cuivre sombre qui contenait les cendres de ma mère était toute simple, mais elle valait toujours mieux que la boîte à café Folgers pour laquelle mon père aurait opté s'il avait pu. Je me suis levé du banc, j'ai marché lentement jusqu'à l'avant de l'église et je me suis tenu face au piédestal blanc sur lequel se trouvaient les cendres. L'urne était trop terne pour renvoyer le peu de lumière qu'il y avait dans le sanctuaire, juste une vague lueur dorée qui se reflétait sur le cuivre. Je l'ai saisie, retournée dans ma paume avec ma main bandée jusqu'à ce que le métal semble bourdonner. Elle était plus lourde que je ne m'y attendais, et j'ai soulevé le couvercle pour regarder à l'intérieur. L'urne était presque remplie d'une fine cendre qui formait un monticule semblable à une fourmilière au sommet. Ce monticule était parsemé de fragments d'os broyés gris pâle, et j'ai secoué l'urne pour que la cendre s'aplatisse. Un petit nuage s'est élevé de l'ouverture, les flocons flottant brièvement dans l'air juste au-dessus de l'urne. Ça ne sentait pas la cendre de cigarette, ça n'avait pas non plus la puanteur âcre des feux de camp éteints. Je n'avais jamais rien senti de tel, une sorte d'effluve poussiéreux presque inodore.

Quelque chose scintillait dans le tas de cendres, et j'ai agité l'urne pour faire remonter l'objet à la surface. L'alliance de mon père, un anneau qui était resté posé sur sa commode depuis le jour où il avait foutu ma mère à la porte, est apparue en frémissant. J'ai enfoncé la main dans l'urne et l'ai sortie, une cendre blanchâtre tapissant le bout de mes doigts. J'ai tenu l'alliance dans ma main et l'ai observée pendant une minute, sa présence soulevant plus de questions qu'elle n'apportait de réponses. Il y avait clairement des choses que mon père ne disait pas, des choses que je ne pouvais pas comprendre et ne comprendrais jamais. Il y avait une raison au fait qu'il lui avait donné cette cabane après toutes ces années où elle avait couché à droite à gauche et l'avait volé. Il y avait une raison au fait qu'il avait dépensé de l'argent pour avoir cette cérémonie. Et comme il l'avait dit, il ne l'avait pas fait pour moi. Je refusais néanmoins de penser à tout ça. J'avais déjà assez d'emmerdements pour chercher à comprendre. J'ai laissé tomber la bague dans l'urne, et elle a tinté contre le métal. Puis j'ai agité les cendres deux ou trois fois jusqu'à ce que l'alliance disparaisse en dessous. Il est des choses qu'il vaut mieux enterrer et oublier.

« Jacob », a dit une voix. Je me suis retourné et j'ai trouvé le révérend qui se tenait juste derrière moi. Il était toujours en sueur, ses cheveux gras clairsemés étaient peignés en travers de son crâne, et il était à bout de souffle. Il s'est essuyé le front avec un mouchoir, puis l'a renfoncé dans sa poche. « Tu te souviens de moi, n'est-ce pas ?

— Oui, monsieur.

— J'espérais avoir l'opportunité de parler avec toi. » Il a tendu la main et saisi la mienne avant que j'aie le temps de faire un geste. « Comment vas-tu ?

— Ça peut aller.

— Bon, j'ai appris ce qui s'est passé, et je m'en faisais pour toi et ton père. J'ai failli passer vous voir hier, mais je ne savais pas comment vous le prendriez.

— Je l'aurais bien pris, révérend, mais je ne vis plus là-bas. En plus, vous avez des soucis plus importants.

— Mon métier veut que je sois un berger, mon fils, et tu fais toujours autant partie de mon troupeau. C'est horrible, ce qui s'est passé. Vraiment horrible de voir ça pour un garçon de ton âge. » Le révérend s'est interrompu une seconde et m'a fixé avec un visage dénué d'expression tandis qu'il réfléchissait. « Tu sais que la Bible nous dit : "Oui, tu fais briller ma lumière ; L'Éternel, mon Dieu, éclaire mes ténèbres." Tu dois juste Le laisser faire.

— Psaume XVIII.

— Tu connais ce verset ?

— Je ne suis pas venu ici depuis longtemps, révérend. Je n'ai plus grand-chose à faire de l'Église. Mais vous savez pertinemment que Mme Jones nous a forcés à apprendre ces versets.

— Bon, as-tu accepté Jésus, Jacob ? C'est ça, la question. On peut connaître tous les versets du Livre, mais ça ne sert à rien si on ne connaît pas Jésus. »

J'ai senti mon front se plisser, et je n'ai pas su quoi répondre. Je suis resté planté là quelques secondes, déconcerté.

« Je ne sais pas, ai-je bafouillé.

— Allons, la réponse est oui ou non. C'est aussi simple que ça.

— Rien n'est simple, révérend. Surtout pas ce genre de chose. »

Il s'est apprêté à parler, mais je l'ai interrompu. J'ai tiré les fleurs du vase sur le piédestal : lis orange vif, rudbeckie hérissée, gypsophile pour combler les vides. Les longues tiges ont goutté sur le sol.

« Faut que j'y aille. J'ai du travail à faire. »

Je n'ai même pas pris la peine de le regarder tandis que je parlais. Il voulait une chose que je ne pouvais pas donner, et ce n'étaient pas une virée jusqu'au lac, une petite immersion et quelques mots sur le fait de laver les péchés qui pourraient y changer quoi que ce soit. Je me suis éloigné de lui et dirigé vers la porte, les tiges créant une traînée d'eau derrière moi, sans me retourner ni ajouter un mot.

« *Notre heure la plus sombre. À notre heure la plus sombre, Jacob* », a lancé le révérend alors que j'avais presque retrouvé la lumière du jour, mais je n'écoutais plus.

Une pelle était posée dans le coin d'une remise branlante qui sentait l'herbe tondue et l'essence. C'était dans cette remise nichée derrière l'église, à l'orée des bois, qu'étaient rangés la tondeuse à gazon, le désherbant, et les autres outils destinés à l'entretien de la propriété. Un cadenas rouillé ouvert était tout ce qui maintenait la porte de la remise fermée, je n'ai donc pas eu à le casser pour entrer. Je n'avais demandé à personne si je pouvais emprunter la pelle, mais les fidèles auraient respecté mon mobile.

Ce dimanche où j'ai porté les cendres de ma mère pour les enterrer était le 28 juin. La foule commençait déjà à abonder en ville, et la route était pleine de voitures immatriculées en Floride tandis que les employés à temps partiel venaient à la montagne pour les célébrations du 4 Juillet le samedi suivant. Le soleil était toujours haut à quatre heures de l'après-midi, et la chaleur lourde de l'été s'abattait sur nous et faisait s'élever une brume opaque sur l'asphalte. De longs nuages effilochés filaient dans le ciel et bloquaient la lumière du soleil en passant, mais la chaleur ne baissait pas.

Le révérend était déjà rentré chez lui, et le parking de l'église était désert. J'avais attendu dans le pick-up qu'il s'en aille, et même si j'étais certain qu'il m'avait vu, il savait qu'il était inutile d'essayer de me parler. J'étais depuis longtemps au-delà de ça, je l'étais depuis aussi loin que remontaient mes souvenirs.

L'église baptiste de Hamburg était située au bord de la Route 107, pile à l'endroit où la forêt se faisait moins dense et où le lac Glenville commençait à être visible. De l'autre côté de la route, le cimetière de Hamburg se trouvait sur le flanc d'une colline où, dans les années 1940, des ouvriers avaient passé des semaines à reconstruire les tombes déplacées depuis la vallée quand le barrage avait été construit sur la rivière et que la ville avait été inondée. Le lac avait été créé pour alimenter une centrale électrique dans la montagne afin de fabriquer de l'aluminium pour les avions durant la dernière guerre mondiale, mais tout ce à quoi il servait désormais, c'était à tirer des boudins chargés de gamins pendant la journée, et à y balancer des bagnoles remplies de cadavres une fois la nuit tombée.

Le flanc de la colline était si raide que les fossoyeurs étaient forcés de creuser en oblique dans la pente. La tête de la tombe était toujours environ un mètre plus profond que sa base. Il n'y avait pas un seul endroit plat dans tout le cimetière, si bien que les fleurs laissées sur les tombes étaient soufflées par le vent et s'amassaient dans le fossé qui bordait la route en contrebas.

J'ai traversé la route et gravi la colline, serrant l'urne et les fleurs contre mon torse avec ma main blessée, et portant la pelle dans l'autre. La famille de ma mère était enterrée au sommet, une petite série de pierres tombales sur lesquelles était inscrit le nom *Franks*. Elle avait été la dernière survivante de cette branche de la famille, sa mère, son père et son petit frère ayant tous péri dans un incendie quand elle était sur le point de quitter le lycée. Elle n'en parlait jamais, mais quand j'étais plus jeune et que ce genre de chose était important, il m'arrivait d'interroger mon père sur sa famille. Il disait que c'était la foudre qui avait mis le feu à la maison et l'avait réduite en cendres avant que le premier camion de pompiers n'arrive. Aucun membre de la famille n'avait réussi à gagner le rez-de-chaussée avant que la fumée et les flammes aient raison d'eux. Il disait que ma mère était avec lui quand cela s'était produit, et même à l'âge que j'avais alors, je me rappelle avoir pensé que toute cette douleur avait sans doute beaucoup à voir avec ce qu'elle était devenue.

J'ai retrouvé l'endroit où ils étaient tous les trois enterrés, son père, Joseph, à gauche, sa mère, Cecilia, à droite, et une petite tombe surmontée d'un agneau au milieu. Au pied de la petite tombe, j'ai creusé un trou à peu près large comme un container de lait et j'ai placé l'urne dedans. Je l'ai recouverte de terre, l'argile rouge tachant le chiffon qui enveloppait ma main, et j'ai regardé le cuivre disparaître. Quand on creuse un trou et qu'on enterre quelque chose dedans, il reste toujours un surplus de terre, si bien qu'un petit monticule se dressait désormais. Je l'ai tassé autant que possible avec mes pieds, mais il faudrait une bonne averse pour l'aplanir.

J'ai laissé les fleurs au-dessus du trou que j'avais creusé, entre l'ovale d'argile rouge et la pierre tombale avec l'agneau. J'avais le sentiment que j'aurais dû dire quelque chose, mais ce genre de mots ne m'était jamais venu. J'en avais fini, et c'était une sensation agréable. Il n'y avait plus rien pour moi ici.

J'avais presque regagné la route quand j'ai vu Maggie Jennings assise à l'arrière de mon pick-up, ses jambes croisées pendant dans le vide. Elle portait une magnifique robe d'été qui laissait voir le bronzage de ses jambes. Le tissu blanc était strié de contours de myosotis bleu foncé, une ceinture en soie lui entourait la taille, et ses boucles blondes étaient relevées derrière sa tête. Même depuis l'autre côté de la route, je voyais la lumière de l'après-midi scintiller dans ses yeux. Cette lumière a continué de danser quand un large sourire lui a plissé les yeux au point de les fermer presque. Je n'ai pas pu lui retourner son sourire.

J'ai atteint le pick-up et posé la pelle contre le plateau près de la roue arrière. Debout devant elle, j'ai senti une fois de plus ses yeux pénétrer en moi, et j'ai su que je n'avais pas enterré ma douleur avec l'urne.

« Je voulais venir pour la cérémonie.

— C'est pas grave, Maggie.

— Je ne sais vraiment pas quoi dire. » Elle a tendu les deux mains, et je les ai saisies. Elle a baissé les yeux lorsqu'elle a senti mon bandage. « Bon Dieu, Jacob. Qu'est-ce qui s'est passé ?

— J'ai passé la main à travers une vitre et je me suis coupé.

— Tu dois prendre plus soin de toi. »

Nous nous tenions les mains comme si nous étions sur le point de danser, et quand je regardais dans ses yeux, je voyais tout ce que j'avais toujours voulu mais ne pourrais jamais avoir. Et la conscience que je ne pouvais pas l'avoir, la conscience que j'avais perdu tout ce que j'avais jamais eu, m'a donné la nausée. J'étais seul dans ce monde, même avec elle à mes côtés, et j'étais sûr que j'allais pleurer.

« Tu veux bien me dire une chose, Maggie ?

— Quoi, Jacob ?

— Qu'est-ce que tu me trouves ?

— Comment ça ?

— Je veux dire, qu'est-ce que quelqu'un comme toi fabrique ici avec une merde comme moi. »

Maggie m'a repoussé et tenu à bout de bras. Elle m'a regardé avec l'expression la plus sérieuse que j'avais jamais vue.

« Tu n'es pas une merde, Jacob. Tu es fort. Tu m'entends ? » Elle m'a secoué. « Tu es l'homme le plus fort que je connaisse.

— Non, c’est faux.

— Si, Jacob. C’est vrai.

— Tu peux pas me sauver, Maggie. »

Je ne sais même pas d’où venaient ces mots, mais quand je les ai prononcés, j’ai eu l’impression que le monde s’écroulait.

« Je n’essaie pas de te sauver, Jacob, et tu as raison, je ne pourrais pas le faire même si je le voulais. Tout ce que j’ai toujours voulu, c’est que tu essaies de te sauver toi-même. »

Je l’ai attirée contre ma poitrine et j’ai fixé le soleil du regard quand les larmes sont venues, et même si elles étaient épaisses et lourdes, j’ai refusé de les laisser couler. Je ne voulais pas qu’elle voie combien j’avais mal. Je ne voulais pas qu’elle connaisse ce genre de douleur. Elle a collé son visage à ma poitrine et appuyé sa joue à l’endroit où mon cœur battait à se rompre. J’ai baissé la tête et enfoui mon visage dans ses cheveux, quelques larmes tombant de mes yeux sur ses boucles. Je l’ai serrée aussi fort que j’ai pu, et elle m’a serré en retour, et nous sommes restés là avec le soleil de juin qui cognait sur nous. Nous étions tous deux perdus, mais elle seule avait quelque part où aller.

27

Ce n'était pas notre première fois ensemble, et elle n'était pas non plus ma première. Depuis le jour où je m'étais réveillé après mon premier rêve érotique, j'avais été avec un paquet de femmes. Ça faisait partie de l'éducation dans la maison où je vivais. Il y avait toujours eu des traînées dans les parages, disposées à coucher pour un peu d'herbe ou dans l'espoir de se faire bien voir de mon père. Ça ne semblait jamais les déranger que je sois si jeune, elles paraissaient prendre ça comme un défi, comme une occasion de m'apprendre quelque chose. Elles me regardaient comme si j'étais un gentil petit chiot ou un bébé, mais je m'en foutais. Aucune n'avait été trop jolie, surtout comparé à Maggie, mais j'avais mes envies, comme n'importe quel homme, et je ne disais jamais non.

Je m'étais tapé un paquet de femmes, mais la première fois que je peux honnêtement affirmer avoir fait l'amour, ça a été cette nuit-là dans la camionnette avec Maggie. Le tas de vêtements rendait la banquette inconfortable, mais ça ne semblait pas la déranger d'avoir toutes ces fringues qui lui rentraient dans le dos. Au bout du compte, elles ont fini par s'aplatir. L'espace était confiné dans la cabine, et nous butions contre le tableau de bord, nos pieds heurtaient les vitres, et elle s'était cogné la tête contre le volant quand nous avions glissé l'un sur l'autre. Je tenais sa tête entre mes mains comme j'aurais tenu un œuf, mes avant-bras lui comprimant les épaules tandis que je la pénétrais. Elle me serrait entre ses jambes, et ses cuisses m'ont broyé les côtes quand elle a joui, tout son corps frémissant entre mes bras. Et je n'ai pas tardé à la rejoindre.

Les vitres étaient embuées, et Maggie a essuyé de la main celle du côté passager pour regarder dehors. Jusqu'au moment où les montagnes sont réapparues, les lumières des maisons à flanc de colline nous cernant comme une meute de loups, j'avais été certain que nous avions été transportés ailleurs. J'avais été certain que ce que nous avions fait dans la cabine du pick-up appartenait à un autre monde, un endroit fait pour la vie où j'aurais pu vouloir rester un peu. Mais voir ces montagnes au loin et savoir que nous n'étions jamais allés nulle part a fait remonter mon malaise. Je voulais juste que les vitres s'embuent de nouveau, continuer de croire pendant une ou deux minutes de plus. Je n'avais pas besoin que ce soit pour toujours.

28

Une pluie nocturne était tombée et avait laissé derrière elle un épais brouillard qui enveloppait les montagnes dans un nuage. Les panneaux d'avertissement, installés au bord de la route plus tôt dans la journée pour ralentir la circulation pendant que des ouvriers aplanissaient un creux dans la chaussée, continuaient de clignoter. Chaque fois que les lumières s'allumaient, leur éclat flottait dans le brouillard et baignait de jaune tout ce qui m'entourait. J'ai garé le pick-up à l'arrière du garage, juste à côté de l'endroit où mon père gardait la Nova dissimulée sous une bâche grise.

Il avait toujours environ cent mille dollars en espèces dans le coffre-fort. C'était, disait-il, la somme qui lui permettrait de repartir de zéro si le besoin s'en faisait sentir. « Tout l'argent du monde te servira à rien à la banque quand les flics viendront. Ils peuvent tout geler, affirmait-il. Du cash, Jacob, c'est du cash qu'il te faut si tu dois t'enfuir. » Quand j'étais gosse, il avait dû me l'expliquer en prévision du jour où ça se produirait. Mais comme il ne savait pas quand ce jour arriverait, il avait un coffre-fort au garage et un autre à la maison, tous deux renfermant des liasses similaires de billets entourés d'un élastique. Il avait dû renforcer le sol de la maison avec d'épaisses solives pour qu'il supporte le poids du coffre, mais le garage était construit sur une chape de béton.

Je ne savais toujours pas où j'irais, mais j'envisageais de suivre Maggie. L'argent dans le coffre suffirait à subvenir à ses besoins pendant ses premières années à l'université, et à me permettre de foutre le camp de cette ville. Partir vers l'est avec elle, vers une destination ensoleillée comme Wilmington, semblait de plus en plus être ma meilleure option. Peut-être que quand l'argent viendrait à manquer, je pourrais même faire ce qu'elle avait suggéré et trouver un boulot dans un garage. Alors que rester ici serait un lent suicide, et si je devais me tuer, je m'arrangerais pour que ce soit rapide et indolore, comme l'avait fait ma mère. Une balle. La cervelle étalée sur le mur.

Une fois à l'intérieur, j'ai actionné l'interrupteur, et les néons au plafond ont clignoté et bourdonné avant de diffuser une vive lumière blanche. Deux des emplacements étaient vides, mais sur l'élévateur le plus éloigné, une Cadillac longue et basse flottait dans l'air, ses pneus suspendus à des ressorts détendus. Je ne me rappelais pas être venu ici quand tout était aussi silencieux. Chaque bruit semblait produire un écho : mes pas, les semelles de mes bottes effleurant le tapis absorbant, les jambes de mon jean frottant l'une contre l'autre, ma respiration, les battements de mon cœur. Tous ces sons étaient comme amplifiés, et j'avais la trouille.

Je transpirais tellement que j'avais à peine le temps de m'essuyer, mes paumes surtout. J'avais trouvé un tube de Super Glue dans ma camionnette, ôté le bandage miteux qui enveloppait la main que mon père avait fait passer à travers la fenêtre, et utilisé la colle pour refermer ma blessure. Mais si mes mains continuaient de transpirer, il était impossible de savoir combien de temps ces points de suture de cow-boy tiendraient. Je n'arrêtais pas de les essuyer sur mon pantalon pour qu'elles restent sèches, mais en vain. Mes yeux écarquillés me démangeaient, et j'ai examiné ma main. Elle ne tremblait pas tout à fait, mais elle n'était assurément pas ferme. Si mon père m'attrapait, il me tuerait. Que ce soit pendant que je le volais ou pendant que je roulais vers la frontière de l'État, s'il me chopait, j'étais un homme mort. J'en avais la certitude absolue. Je devais agir vite.

La porte du bureau était très mince, une de ces portes bon marché du genre de celles qu'on aurait pu utiliser pour une penderie ou des toilettes. Il suffisait d'un tour de poignée pour la verrouiller. J'ai tiré de ma poche le vieux couteau suisse que je trimballais depuis que j'étais gosse et sorti la lame la plus pointue, dont l'acier au carbone bleuté avait désormais une patine sombre. La porte avait du jeu, et la lame a pénétré dans la fente et débloqué le loquet sans problème.

La lumière était éteinte dans le bureau, mais l'interrupteur de la cafetière diffusait une lueur orange vif. L'odeur âcre du café brûlé se mêlait au relent de fumée de cigarette froide. J'ai allumé la lumière. Le fauteuil en cuir de mon père était au milieu de la pièce. Des piles de paperasses avaient été minutieusement disposées sur le bureau. Le coffre se trouvait dans le coin le plus éloigné. Il possédait une finition d'un vert brillant, ainsi que des inscriptions et des volutes à la feuille d'or.

Je me rappelais le jour où les livreurs l'avaient descendu du camion et roulé jusqu'au bureau de mon père. Ça ne faisait pas longtemps qu'il avait une entreprise légale, et à l'époque il faisait presque tout le boulot tout seul. C'était l'été qui avait suivi la mort de mon grand-père, et j'étais encore trop jeune pour rester seul à la maison. Comme c'étaient les vacances scolaires, je passais la plupart de mes journées à jouer dans le garage et à regarder mon père jurer comme un charretier quand quelque chose ne tournait pas rond. Il m'avait appelé dans son bureau cet après-midi-là, quand le coffre avait été apporté. Il m'avait montré l'intérieur tapissé de velours, les lourdes barres d'acier, et le gros cadran chromé. « Je vais prendre le jour de la mort de ton grand-père comme combinaison, qu'il avait dit. Comme ça, je risque pas de l'oublier. »

Près de dix ans plus tard, je me rappelais encore ce jour froid où mon grand-père s'était étouffé avec son propre sang, juste deux semaines avant Noël, le 11 décembre 1999. 12/11/1999. Les deux premiers chiffres étaient si proches que tourner le cadran juste ce qu'il fallait était extrêmement délicat. 12, 11, 19, 99. Recommence. 12, 11, 19, 99. Recommence. Chaque fois que je terminais et essayais de tourner la poignée à cinq branches, rien ne bougeait. Quatre fois à gauche, trois fois à droite, deux fois à gauche, une à droite. Recommence. 12, 11, 19, 99. Recommence.

Je commençais à être nerveux. J'avais les mains moites et le cadran était de plus en plus glissant. J'ai fait une pause, je me suis affalé dans le grand fauteuil roulant de mon père, et j'ai essayé de me calmer les nerfs. Un fin cendrier en métal sur le bureau était rempli de mégots écrasés, mais dans l'une des encoches sur le côté se trouvait une clope qui avait été tout juste allumée avant d'être placée là et de s'éteindre toute seule. Mon tabac était dans la camionnette, mais je voulais une vraie cigarette. Ça faisait des jours que je n'en avais pas fumé une. J'ai saisi la clope, l'ai portée à mes lèvres, puis j'ai arraché une allumette d'une pochette qui se trouvait à côté du cendrier et je l'ai allumée. J'ai tiré sur la Winston pour me calmer, et quand mes mains ont cessé de trembler, je me suis de nouveau concentré sur le cadran.

Quatre fois à gauche, trois fois à droite, deux fois à gauche, une à droite. 12, 11, 19, 99. Recommence. Il m'a fallu deux essais ce coup-ci, mais les disques se sont alignés, et quand j'ai tourné la poignée, les quatre barres se sont bruyamment débloquées et la lourde porte s'est ouverte. Je m'attendais à voir des fusils, peut-être un pistolet ou deux sur l'étagère du haut, et des billets entourés d'un élastique empilés comme des briques sur la deuxième étagère. Mais tout ce que j'ai vu, c'était le lustre du velours noir. Il n'y avait rien à l'intérieur hormis une feuille de papier jaune en bas.

Je me suis agenouillé par terre et l'ai attrapée. C'était une facture imprimée sur du papier à en-tête du cabinet d'avocat d'Irving L. Queen III. J'ai parcouru du regard la liste des frais : conseil juridique, paiement au crématorium, 52,35 $ au fleuriste In Bloom, 300 $ à l'église baptiste de Hamburg. La facture s'élevait en tout à 2 064,75 $, la plus grosse partie allant au conseil. Au centre de la page, un gros tampon rouge dont l'encre avait à peine marqué dans le coin inférieur droit disait PAYÉ. Ma main tremblait et le fin papier carbone bruissait comme une feuille morte.

Alors que le papier continuait de frémir dans ma main, je me suis relevé, et dès que j'ai été debout, j'ai senti un avant-bras m'écraser la gorge tandis qu'une main me forçait à baisser la tête. Inutile d'essayer de respirer. Il n'y avait absolument rien. Pas d'air. Pas un souffle. J'ai essayé de tourner la tête, mais celui qui me tenait était fort, bien plus fort que moi, et toutes mes gesticulations ne menaient à rien. Le type m'a soulevé, de sorte que seul le bout de mes bottes était encore en contact avec le sol. Le temps avait beau sembler s'étirer, ça n'a pas duré longtemps. Un voile a commencé à s'abaisser devant mes yeux, et il a continué jusqu'à ce qu'il ne reste qu'un mince rai de lumière, puis plus rien.

Mes poignets et mes coudes étaient attachés aux accoudoirs du fauteuil en cuir de mon père par du ruban adhésif. Je ne voyais pas mes jambes, et comme elles étaient repoussées sous le siège, j'ai dû me pencher en avant pour constater qu'elles aussi étaient fermement ligotées. Une cigarette pendouillait de ma bouche, depuis si longtemps qu'elle avait asséché mes lèvres. Quand j'ai essayé d'ouvrir la bouche, la peau a collé au filtre et j'ai dû le lécher pour que la clope tombe enfin.

Je faisais face au bureau. La facture jaune de Queen était minutieusement posée sur une pile de papiers. Je me suis tourné vers le coin où le coffre-fort était ouvert, puis de l'autre côté, où les étagères supportaient des boîtes à outils DeWalt jaune et noir. Je ne pouvais pas tordre suffisamment le cou pour voir la porte. À force de tirer et de gigoter, je suis parvenu à faire tourner le fauteuil centimètre après centimètre, les roulettes heurtant le stratifié à chacun de mes mouvements. Quand j'ai enfin pu la voir, la porte qui donnait sur le garage était ouverte. Il n'y avait personne d'autre dans la pièce.

J'ai hurlé comme un sauvage et je me suis agité dans le fauteuil, et tandis que mon cri s'estompait, j'ai entendu un bruit de métal heurtant le sol en béton dans le garage. Je connaissais bien les sons de cet endroit, et ça ressemblait à une clé à molette tombant par terre. Après quoi il y a eu des bruits de pas lourds approchant dans ma direction. Puis il est apparu dans l'embrasure de la porte.

« T’es vraiment la fiotte de ta mère, hein ? T’as toujours été une lavette. »

Mon père s’est essuyé les mains sur un chiffon rouge miteux. Son tee-shirt blanc était maculé de graisse, les traces noires débordant même sur son jean. Il s’est frotté les avant-bras avec le chiffon, puis s’est gratté un endroit où il aurait été difficile de dire si c’était de l’huile ou de l’encre qui tatouait sa peau. Une journée sans se raser avait laissé une légère barbe sur ses vieilles cicatrices d’acné. Une mèche de cheveux était tombée de sa raie et dessinait une faucille sur son front. Il a marché jusqu’à la radio et mis de la musique pour pouvoir parler.

« Qu’est-ce que tu veux ?

— Qu’est-ce que je veux ? » Mon père a souri, puis ri dans sa barbe. « Tu viens dans mon garage, tu ouvres mon coffre-fort pour me piquer mon fric, et t’as le culot de me demander ce que je veux ?

— Si tu veux me tuer, alors fais-le ! Mais gâche pas le temps qui me reste à raconter tout un tas de conneries !

— Des conneries ?

— Oui, des conneries. Tu sais pertinemment que tu me dois de l’argent. Tu sais pertinemment tout le boulot que j’ai fait ! »

Mon père m’a regardé un moment comme s’il savait que j’avais raison, mais il ne l’a pas admis. Il n’a pas dit un mot.

« Comment tu savais que je serais ici ?

— Y a des gens qui surveillent cet endroit en permanence, Jacob.

— Alors vas-y, tue-moi, bordel ! Arrête de perdre ton putain de temps ! »

Mon père s’est approché et a ramassé la cigarette qui était tombée sur mes cuisses. Il l’a portée à ses lèvres et l'a allumée avec un briquet qu'il a sorti de sa poche. Puis il a tiré quelques taffes rapides et me l'a coincée dans la bouche. La fumée m'est lentement montée aux yeux. Il a tiré de sa poche de jean un paquet souple de Winston, et s'est enfoncé une clope entre les lèvres. Il l'a allumée, est allé se poster derrière moi, et m'a fait pivoter pour que je sois face à lui tandis qu'il s'appuyait contre le bureau.

« Je vais te parler, et tu vas écouter. » Il n'y avait pas la moindre hostilité dans sa voix, il n'y en avait pas eu depuis qu'il était entré dans la pièce. « Je suis fatigué, Jacob. Tu comprends ? Je suis crevé. » Il s'est penché en arrière et a soufflé un long nuage de fumée au-dessus de ma tête, puis il a repris sa position et m'a fixé en plissant les yeux. « Quand tu fais le genre de trucs que j'ai fait, tu finis par avoir peur qu'un jour ou l'autre quelqu'un de ton passé débarque et te colle une putain de balle dans le crâne. Tu comprends ? J'en ai marre de regarder par-dessus mon épaule. J'en ai marre de pas savoir qui pourrait m'observer. J'en ai vraiment ras le bol, Jacob. »

Mon père a tiré une dernière taffe et écrasé sa cigarette dans le cendrier. Il a également pris celle que j'avais à la bouche, une longue cendre incurvée s'en détachant et tombant sur mes cuisses. Il s'est écarté du bureau et a marché jusqu'au coffre-fort, a refermé la porte, tourné la poignée, et les verrous se sont bruyamment enclenchés. Il a tourné le cadran et m'a regardé.

« Bon, ça fait longtemps que j'ai compris que t'étais pas fait pour tout ça. C'est juste pas toi. T'es un faible, Jacob. Même si ça me tue de le dire, t'es un faible. »

Il a regagné le bureau et ajusté les piles de papiers déjà parfaitement alignées afin qu'elles soient exactement équidistantes les unes des autres. Puis il s'est de nouveau appuyé contre le bureau et m'a regardé droit dans les yeux.

« Je serai parti d'ici cet hiver, Jacob. Je finis de réparer cette vieille Nova, et je roulerai jusqu'à trouver un endroit qui me convienne. C'est mon plan. Mais y a une chose à faire pour rendre ça possible. Et ça te permettra d'avoir ce que tu veux.

— Qu'est-ce que tu crois que je veux ?

— La question se pose pas vraiment. L'argent, Jacob. C'est pour ça que t'es ici, non ? Alors tu fais ça pour moi, et je te le donnerai. » Il a levé les yeux vers le plafond. « Le moindre cent que t'as gagné, et t'as ma putain de parole. C'est tout ce qu'a un homme, sa parole. Je ne vaux peut-être pas grand-chose, mais je suis un homme de parole. »

Mes bras étaient irrités par le ruban adhésif. De la sueur perlait à la naissance de mes cheveux et dégoulinait sur mon front. Même si je répugnais à lui poser la question, c'était ma seule chance de m'en sortir.

« Qu'est-ce que tu veux ?

— Robbie Douglas. » Il a tapé de la main sur le bureau, le claquement sonore résonnant à travers tout le garage. Puis il a tiré une fois de plus le paquet de Winston de son jean, allumé une cigarette, et m'en a proposé une. « Ce putain de Robbie Douglas est la dernière personne sur cette terre qui pourrait entraîner ma perte.

— Et tu t'attends à ce que je m'y prenne comment, exactement ? C'est pas comme si je pouvais débouler dans cet hôpital et lui coller une balle. Il paraît que les flics font le pied de grue devant sa porte depuis qu'il est là-bas, attendant qu'il se réveille pour qu'il leur dise qui lui a fait ça.

— C'est pas mon problème, Jacob. »

Mon père s'est écarté du bureau, la cigarette fumante à ses lèvres, et il m'a transpercé du regard. Il a tiré un canif de sa poche et l'a ouvert avec son pouce, la vieille lame anglaise brillant sous les néons. Il s'est agenouillé, m'a détaché les pieds, après quoi il a coupé le ruban adhésif à un bras, puis à l'autre. L'épais ruban a émis un bruit sec quand la lame l'a tranché, et j'ai été libéré, mais je n'ai pas bougé. Mon père est passé devant moi, ses pas résonnant tandis qu'il se dirigeait vers la porte, et il m'a laissé dans ce fauteuil à fixer les piles de paperasses sur son bureau avec la facture de Queen sur le dessus. Je l'ai écouté traverser le garage d'un pas lourd. La porte a grincé, puis claqué, le loquet s'enclenchant tandis qu'elle se refermait. Je me suis retrouvé seul. L'unique bruit provenait de la radio. Mais il n'y avait plus de mots à recouvrir.

29

Une lueur jaune orangé filtrait à travers les rideaux fermés tandis que j'observais depuis le parking les fenêtres qui formaient un motif à damier sur les quatre étages. Le vieil hôpital avait été construit pour durer, et ses briques conservaient encore leur teinte rouge des décennies après que le mortier eut séché. Des briques plus claires couleur sable dessinaient de fines lignes sur la façade entre chaque étage et soulignaient le contour des fenêtres pour ajouter une touche de style. Mais malgré toutes ces tentatives pour égayer le bâtiment, un fait demeurait indéniable. Ce lieu était celui où les gens venaient mourir.

Les portes électriques se sont ouvertes, et un souffle d'air produit par les gros ventilateurs au plafond a soulevé mes cheveux à mon entrée. Des médecins et des infirmières portant des blouses à motif ridicules qui ressemblaient à des papiers d'emballage allaient et venaient dans les couloirs, tenant des bloc-notes et des stéthoscopes. Une jeune infirmière avec un sac à perfusion à la main s'est engouffrée dans un ascenseur et a attendu que la porte se referme. Les admissions se trouvaient sur la droite, à un long guichet où trois femmes à lunettes et à la mine aigrie plissaient les yeux devant des ordinateurs. Quand quelqu'un approchait, elles lui tendaient un carnet et un stylo ou répondaient à une question sans même lever les yeux de leur écran.

Un grand aquarium tout illuminé avec des poissons colorés et des plantes qui semblaient palpiter et respirer séparait la pièce entre la zone où les médecins s'affairaient et celle où les familles attendaient. Le côté gauche était bordé de chaises, certaines occupées par des personnes aux mines de zombies qui regardaient bouche pendante une télévision diffusant la litanie des infos du soir.

J'ai vite compris comment l'endroit fonctionnait. Aux personnes qui se tenaient là avec des expressions confuses ou qui déambulaient avec l'air de chercher quelque chose, on demandait ce qu'elles voulaient, qui elles cherchaient, ou comment on pouvait les aider. Et celles qui tournaient frénétiquement en rond sans jamais poser les yeux plus d'une seconde sur quoi que ce soit, on les laissait faire sans leur poser de questions. Il y avait des pancartes noires avec des lettres blanches au-dessus de la plupart des portes, et des pancartes similaires avec des flèches désignant des couloirs, des escaliers, ou des ascenseurs. En suivant ces dernières, on pouvait facilement trouver son chemin sans avoir à parler à personne. Je suis passé devant l'aquarium et me suis dirigé vers un couloir comme si j'étais chez moi. J'ai vu du coin l'œil l'une des femmes au guichet regarder dans ma direction, mais je n'ai pas ralenti l'allure et ne me suis pas laissé distraire. Une pancarte « Soins intensifs » désignait un ascenseur. Une autre indiquait un escalier. J'ai pris ce dernier.

La cage d'escalier faiblement éclairée sentait le chlore, et le sol en béton était collant. Les semelles de mes bottes adhéraient aux marches comme si je marchais sur du scotch. D'après ce que j'entendais, il n'y avait personne d'autre dans l'escalier, mais en dehors les ascenseurs tintaient, des téléphones sonnaient, et des pas rapides résonnaient dans les couloirs. Au bout de six volées de marches, une pancarte au-dessus d'une porte divisait le quatrième étage entre la réanimation post-opératoire et les soins intensifs. Robbie se trouvait dans ce dernier service.

J'ai ouvert la porte et débouché dans un couloir désert. Le mur devant moi était orné de tableaux encadrés pleins de formes aux couleurs audacieuses qui semblaient ne rien représenter. Le couloir étroit débouchait de chaque côté sur des pièces plus claires d'où émanait une lumière blanche et stérile. Il y avait de grandes pancartes suspendues au plafond à l'entrée de chacune : à gauche, « Post-op » ; à droite, « Soins intensifs ».

À mesure que je longeais le couloir désert, il était de plus en plus difficile de faire comme si j'étais censé être là. Mes bottes résonnaient dans l'immobilité et le silence qui semblaient être la marque de ce lieu. Une infirmière était assise derrière un guichet à l'entrée de la pièce. C'était une jeune femme de type cherokee. Sa peau était sombre, ses cheveux noirs étaient tirés en chignon, et elle n'arrêtait pas de pincer les lèvres tandis qu'elle lisait les derniers ragots de Hollywood dans un de ces tabloïdes qu'on trouvait aux caisses des supermarchés. Elle a marqué sa page et posé le magazine sur le guichet quand je suis passé devant elle.

« Je peux vous aider, monsieur ? »

Je me suis retourné et j'ai croisé son regard. Ses yeux étaient larges, ses sourcils relevés formaient un angle, et son expression m'a très rapidement fait comprendre qu'elle n'était pas du genre à se laisser amadouer.

« Je viens voir ma grand-mère. »

Elle a plissé les yeux comme si elle essayait de déceler un mensonge.

« Les visites sont de trois heures à six heures.

— Je sais, madame. » Je me suis approché du guichet, faisant tout mon possible pour avoir l'air vulnérable. « Le problème, c'est que je ne quitte pas le travail avant cinq heures, et je dois franchir la montagne pour venir ici. » J'ai posé les coudes sur le guichet et baissé les yeux vers elle, tentant de deviner si oui ou non elle me croyait. « Je voulais juste la voir une minute. Je n'en ai pas pour longtemps, je le promets.

— Comme j'ai dit, les visites sont de trois heures à six heures. »

J'ai enfoncé la tête entre mes mains comme si la déception allait me tuer.

« Je vous en prie, madame. Je promets que je n'en aurai pas pour longtemps. »

Quand j'ai relevé la tête, j'ai vu que j'avais touché le point sensible. Son regard s'était adouci et elle semblait disposée à ignorer le règlement.

« Juste une minute ou deux, a-t-elle dit. Mais ne me forcez pas à vous mettre à la porte. J'ai besoin de ce travail, d'accord ?

— Promis. »

La jeune infirmière a acquiescé, et je me suis engagé dans un long couloir bordé de portes de chaque côté. Il n'y avait pas un flic en vue, mais le couloir formait un angle, alors j'ai continué de marcher. Certaines machines dans les chambres bipaient toutes les une ou deux secondes, et d'autres produisaient un souffle rauque quand le soufflet des respirateurs se comprimait et produisait de l'air. Un vieil homme dans une chambre sur la gauche en bavait comme un chien, gémissant aussi fort qu'il pouvait, mais trop faible pour hurler.

Un médecin affublé d'une blouse bleu canard et d'un de ces chapeaux en papier a déboulé au petit trot et disparu dans la chambre où gisait l'homme. J'ai continué de marcher jusqu'à atteindre l'angle, et jeté un coup d'œil dans le couloir perpendiculaire.

Un jeune flic costaud était assis sur une chaise pliante en métal trois portes plus loin. C'était la dernière avant que le couloir tourne de nouveau à l'autre extrémité. Il ne s'est pas immédiatement rendu compte de ma présence, mais je ne voulais pas qu'il me voie fouiner, alors j'ai continué de marcher et je me suis planté devant une porte ouverte qui donnait sur la chambre d'une vieille femme. Elle était étendue là avec des tubes un peu partout. Elle était blafarde, et un filet de salive coulait au coin de sa bouche ouverte. Elle avait les yeux rivés sur moi, et j'aurais juré qu'elle était morte si elle n'avait pas battu des paupières de temps à autre. Je me suis tourné vers l'endroit où était assis le flic. Il me regardait désormais tout en se passant une chique de tabac sur les gencives avec sa langue, les bras sur ses genoux. J'ai de nouveau posé les yeux sur la vieille femme, mais j'ai aussitôt entendu les chaussures du flic claquer sur le sol en granito.

Quand le bruit de ses pas s'est tu, j'ai senti sa présence à côté de moi. La vieille femme continuait de me fixer avec sa bouche pendante, et je lui ai souri.

« Ils pensent qu'elle n'en a plus pour très longtemps », ai-je dit.

Le flic a posé la main sur le montant de la porte et s'est penché tout près de moi pour jeter un coup d'œil dans la chambre.

« C'est votre grand-mère ? »

Il s'est tourné vers moi avec sa tête juste à côté de mon épaule.

« Oui. Ils pensent qu'elle n'en a plus que pour une semaine ou deux. » Je l'ai regardé à mon tour, j'ai pris une profonde inspiration. « J'aurais préféré qu'elle meure chez elle, qu'elle décède dans son sommeil ou quelque chose comme ça, vous savez ?

— Je comprends. J'ai perdu la mienne y a deux mois. Le même genre de truc. » L'agent m'a donné une grande tape sur l'épaule et m'a regardé avec ses yeux marron foncé. « C'est dur. »

J'ai observé la vieille femme, qui n'avait toujours pas détaché les yeux de moi. J'étais sûr que c'était la grand-mère de quelqu'un, et j'étais sûr que ses petits-enfants auraient été d'accord avec ce que je venais de dire. Ce n'était tout simplement pas ma grand-mère.

L'agent m'a donné une nouvelle tape sur l'épaule. « Courage, mon vieux. Ça va aller. » Il a souri, laissant voir une boulette de tabac sur ses gencives. « Je vais voir si je peux persuader cette infirmière à l'entrée de sortir avec moi un de ces quatre. »

Je lui ai fait un grand sourire et j'ai acquiescé. L'agent s'est éloigné dans le couloir en bombant le torse et en lissant ses cheveux avec sa main. Je l'ai regardé s'approcher du guichet et poser les coudes dessus. Il avait les pieds loin derrière lui de sorte qu'il était penché en avant, et il a posé sa tête à l'endroit où ses avant-bras se croisaient, l'inclinant sur le côté pour séduire la Cherokee. J'avais une minute ou deux pour faire ce que j'avais à faire, et je n'ai pas perdu une seconde. J'ai marché à grandes enjambées en tentant de ne faire aucun bruit. Ça résonnait dans ce couloir, et je n'avais pas besoin que le flic revienne.

La dernière porte avant que le couloir ne tourne de nouveau était celle de Robbie. Je ne l'aurais jamais reconnu si je n'avais pas été là pour voir ce que Jeremy Cabe avait fait. Il n'avait plus les brûlures blanchâtres que j'avais vues quand l'acide l'avait aspergé et lui avait foutu le feu, mais les parties cicatrisées étaient couvertes d'une peau douce et gondolée qui ondoyait comme de l'huile sur de l'eau. Seule une portion de son visage, le long de son œil gauche, était intacte. Le reste était plus sombre, et on aurait dit que des gamins lui avaient étalé de l'argile rose sur le visage.

Une sonde gastrique lui sortait de la gorge. Des tubes dans lesquels s'écoulaient des fluides de couleurs différentes étaient enroulés autour de ses bras et de son torse et s'enfonçaient sous les draps vers un endroit que je ne voyais pas. Il était relié à un de ces respirateurs qui émettent un bruit rauque, le soufflet se dépliant tel un accordéon avant de se comprimer en produisant un souffle. Il était parfaitement immobile. Sa poitrine ne se soulevait pas quand la machine lui insufflait de l'air.

« Qui êtes-vous ? » a demandé une femme à la voix lasse depuis un coin obscur de la chambre. Je ne l'avais pas vue jusqu'alors. « Qui êtes-vous, mon garçon ? »

Elle s'est levée d'un fauteuil au revêtement bordeaux et a marché jusqu'à moi. Elle ne devait pas être tellement plus âgée que ma mère, mais on ne l'aurait jamais deviné. Sa coiffure et sa façon de s'habiller la faisaient paraître dix bonnes années de plus que son âge. Ses cheveux sombres étaient courts et permanentés, et ses boucles étaient aplaties du côté où elle avait appuyé sa tête sur quelque chose pour se reposer. Elle était vêtue comme une institutrice, avec un pantalon pastel plissé et une chemise en coton ample qui pendouillait comme un tee-shirt, mais en plus élégant.

« Êtes-vous un ami de Robbie ?

— Oui, je suppose qu'on peut dire ça. » Je l'ai regardée une seconde, mais j'ai rapidement tourné la tête pour qu'elle ne puisse pas m'observer trop longuement. « Enfin, je le connais depuis longtemps.

— Quand il était petit, c'était le gamin le plus incontrôlable qui soit. » Elle s'est approchée et s'est plantée à côté de moi, puis elle s'est tournée vers son fils étendu sur son lit. « Il a été impossible à maîtriser dès l'instant où le médecin me l'a mis entre les bras, je vous assure. Jamais vu quelqu'un d'aussi incontrôlable. »

La mère de Robbie a marché jusqu'au lit et lui a pris la main. Pendant une fraction de seconde, j'ai pensé à cette photo pliée que j'avais trouvée dans son mobile home et qui marquait une page dans sa bible, un moment de sa vie où ses parents s'étaient fièrement tenus à ses côtés. Sa mère ne semblait plus fière, mais elle refusait de l'abandonner. Elle tenait doucement sa main et la caressait, juste à côté de l'endroit où était plantée l'aiguille de la perfusion. Elle a reposé sa main sur le drap blanc, a tourné la tête et observé son visage.

« Je savais qu'il avait des ennuis. Son père et moi le savions depuis longtemps, je suppose. Mais ça ? Non, nous n'aurions jamais imaginé que ça en arriverait là. »

Je l'ai regardée tandis que, penchée au-dessus de lui, elle le coiffait avec les doigts et formait une raie sur sa tête. J'étais incapable de dire un mot. La voir là tout en sachant ce qu'on avait fait à son fils me rendait malade. Mon père estimait que ce genre de saloperie endurcissait un homme, mais ça n'avait fait que m'affaiblir encore plus.

Elle a passé la main sur son visage, là où sa peau était toute tirée et gondolée. Puis elle a relevé le drap au-dessus de lui et l'a replié comme si elle bordait un enfant.

« Il faut un homme sacrément mauvais pour faire ça à un enfant de Dieu. Un homme sacrément mauvais. » Elle s'est tournée vers moi avec une mine renfrognée. « J'espère juste qu'il est prêt à ce qui l'attend. Que ce soit dans un tribunal ou devant Dieu, il devra répondre de ce qu'il a fait. »

J'étais resté calme tout le temps où j'avais déambulé dans cet hôpital. J'avais joué le coup à la perfection pour arriver jusqu'à cette chambre. Mais en le voyant étendu là et en écoutant sa mère parler de lui, j'étais absolument terrifié. Elle ne le savait pas, mais je répondais déjà de ce que j'avais fait. J'en répondais chaque jour de ma vie, chaque minute que je dormais. Les choses que j'avais vues ne pouvaient être oubliées. Elles me hantaient.

« Je vous connais, mon garçon. »

La mère de Robbie s'est approchée et postée juste devant moi. Elle a incliné la tête et levé les yeux afin de me scruter autant que le permettaient ses vieux yeux.

« Non, madame. Je ne crois pas que nous nous connaissions.

— Si. » Elle a étiré ce mot comme si c'était le dernier mot d'une chanson. « Vous êtes le fils de Charlie McNeely, n'est-ce pas ?

— Non, madame.

— Inutile de mentir. Vous êtes son portrait craché. »

J'entendais les pas du flic qui approchaient dans le couloir. Bientôt ils seraient deux à me harceler de questions, et je n'avais aucune réponse. Je me suis écarté de la femme et j'ai franchi la porte, regagnant le couloir où les lumières blanches étaient si vives.

« Où allez-vous, mon garçon ? » La mère de Robbie s'est dirigée vers la porte. « N'allez-vous pas au moins me dire votre nom ? »

Le flic était sur le point de tourner à l'angle, et la mère de Robbie était quasiment dans le couloir. Tout mon corps fourmillait, et mes mains transpiraient horriblement. J'avais une fois de plus l'impression d'être un lapin, un lapin qui les avait trop laissés approcher et qui devait détaler. Alors c'est ce que j'ai fait. « Celui qui regarde en arrière se fait attraper », disait mon père, alors je n'ai pas regardé en arrière. Je n'ai pas regardé en arrière tandis que je m'enfuyais, passais en courant devant le guichet et la jolie Cherokee, et atteignais le couloir sombre avec l'escalier sur la gauche. Je n'ai pas regardé en arrière quand j'ai dévalé les deux premières volées de marches, mes genoux sur le point d'exploser comme des pétards Black Cat dès lors que j'ai commencé à manquer d'air. Je n'ai pas regardé en arrière quand j'ai atteint le hall et me suis faufilé au milieu de tous ces médecins et infirmières dans leurs blouses à motif étranges, quand je suis passé devant cet aquarium avec tous ces poissons colorés et sous les gros ventilateurs, ni quand j'ai franchi les portes coulissantes électriques. Et même quand j'ai démarré la camionnette, enfoncé l'accélérateur et allumé les phares, je n'ai pas regardé en arrière, pas une seule putain de seconde. Non, je n'ai regardé dans le rétro qu'après avoir atteint le comté de Jackson, et même alors ça a été dur, car j'étais absolument certain que des lumières bleues clignoteraient et que je serais foutu. Mais les flics ne sont pas venus me chercher ce soir-là. Je n'ai pas regardé en arrière, et je ne me suis pas fait attraper. Mon père avait eu raison à ce sujet.

30

Personne n'était venu nettoyer le sang sur les murs après que le légiste avait chargé le corps de ma mère et l'avait emmené pour être incinéré. Il était toujours aussi épais que le jour où je l'avais vu pour la première fois, alors j'avais fermé les yeux, puis la porte, pour ne plus voir cette pièce. Ce n'était pas agréable d'être là, mais c'était mieux que dormir dans la cabine étouffante de mon pick-up. Le front orageux qui avait frappé les montagnes quatre jours plus tôt m'avait empêché de dormir sur le plateau de ma camionnette, moyennant quoi je dormais désormais chez ma mère, sur le canapé miteux près de la porte d'entrée.

La maison sentait le moisi, l'odeur s'accentuant quand les portes étaient fermées. La moisissure se répandait dans les fentes entre les planches de pin des murs, et sa puanteur m'agressait les narines chaque soir. Les vents horizontaux agitaient les pins gris dans la cour, et les arbres fins projetaient des ombres qui remuaient comme des doigts dans la maison. Les murs avaient tendance à osciller avec ces ombres, et les poutres craquaient bruyamment comme si je vivais sur un bateau branlant. J'avais le mal de mer rien qu'à voir tout ce mouvement, alors je fermais les yeux et j'écoutais la pluie lourde mitrailler le toit en étain, et le plastique s'arracher un peu plus des fenêtres chaque fois que le vent hurlait.

Je n'avais pas revu Maggie depuis le soir où nous avions embué les vitres de mon pick-up, mais nous nous parlions au moins une heure chaque soir, et nous nous envoyions des SMS jusqu'à avoir le bout des doigts calleux. Elle m'envoyait des photos d'elle, des dizaines et des dizaines de photos, et je ne me lassais jamais de regarder les nouvelles. Elle était ma seule lumière, et même si j'avais toujours refusé de prêter attention à la lumière, Maggie devenait lentement la seule chose qui me faisait avancer. Nous étions tous les deux occupés, mais nous avancions tous les deux. J'essayais de m'arranger pour tenir ma promesse, et elle passait la plupart de ses soirées à remplir des cartons d'affaires qu'elle voulait emporter avec elle, et à balancer les autres. Son déménagement était pour dans un mois et demi, et elle quitterait cette montagne pour de bon.

Je ne l'avais pas encore prévenue que je comptais partir avec elle, mais ma décision était prise. Maggie était ma seule raison de faire ce que mon père avait demandé. Quand il me paierait, je prendrais l'argent et je réglerais la facture pour le premier semestre de Maggie, je partirais dans l'Est avec elle, et je construirais une vie avec elle si elle le voulait bien. Ça faciliterait également les choses pour la mère de Robbie. Peut-être qu'elle retrouverait le sommeil une fois que tout serait terminé. Du moins, c'est ce que je me disais.

J'avais déjà parlé à Maggie ce soir-là tandis que je mangeais des saucisses aux haricots blancs tiédasses à même une boîte de conserve cabossée que j'avais trouvée dans un placard de ma mère. Tout était réglé de son côté. Elle avait faxé les documents, s'était inscrite à Wilmington, avait choisi ses cours, et elle attendait l'attribution de son logement. La seule chose qui restait à faire, c'était remplir un chèque, et ça dépendait de moi. Le chèque devait être encaissé au plus tard le 15 juillet pour être sûr que tout se passerait comme prévu. Une fois le boulot exécuté, je lui donnerais du cash et lui dirais de l'échanger contre un chèque de la banque. Et si ses parents lui demandaient d'où provenait le fric, ils pourraient aller se faire foutre. Pour l'instant, ils ne l'avaient apparemment pas encore fait. Mais de toute manière, c'était leur faute si elle n'avait pas d'argent. C'était leur faute si l'avenir de leur fille était entre mes mains.

Je l'ai rappelée en espérant lui parler juste avant qu'elle s'endorme. Tandis que le téléphone sonnait, je me disais que cette fois je lui révélerais mon projet. Je lui dévoilerais exactement mes sentiments pour elle, je l'informerais de mon intention de la suivre dans l'Est pour nous donner une vraie chance d'essayer d'être ensemble, et je lui dirais toutes ces choses que j'espérais qu'elle voulait entendre. Mais le téléphone a sonné dans le vide, et elle n'a jamais décroché. Je lui ai envoyé un SMS : « Je t'aime. » Mais elle était déjà tombée dans les bras de Morphée.

La fine vitre vibrait dans son montant en aluminium. Des coups frappés dehors m'avaient arraché à un cauchemar dans lequel j'étais interrogé sur le meurtre de Robbie Douglas. Le rêve n'avait pas beaucoup de sens. J'étais ligoté à une chaise au centre d'une pièce sombre, et un inspecteur, un de ces flics en costume avec un holster d'épaule en cuir tanné et une cravate clipsée à une chemise élégante, tournait autour de moi. Il hurlait des questions, me postillonnant au visage, et chaque fois qu'une réponse me venait, chaque fois que je trouvais un mensonge qui pourrait m'aider à m'en sortir, il me tapait sur la tête avec une Maglite. *Bam, bam, bam !* Il n'arrêtait pas de tourner en rond et de crier ses questions, et quand les mots me venaient enfin, *bam, bam, bam !* J'étais encore en train d'essayer de parler quand les coups m'ont réveillé.

Mes yeux ont commencé à s'accoutumer au jour. La pluie avait finalement cessé, et une lueur jaune pâle filtrait à travers les bouts de plastique moisi qui tenaient encore à la fenêtre. Une ombre sombre bougeait sur le porche, mais j'ai mis un moment à voir qui se tenait là. J'ai gratté les croûtes au coin de mes yeux et me suis redressé sur le canapé. Le lieutenant Rogers était légèrement penché et regardait par une section de vitre où le plastique s'était arraché.

« T'es vivant là-dedans ? »

J'ai marché jusqu'à la porte, débloqué le verrou, et ouvert en grand la planche de bois pourrie montée sur des gonds grinçants. Rogers a poussé la porte-écran, il est entré, et il a laissé la porte grillagée claquer derrière lui. J'étais toujours en caleçon, mais Rogers était habillé pour une journée au bureau. Il portait un polo kaki et un pantalon de toile ample vert foncé. Son pistolet était dans son holster contre sa hanche.

« Tu devais dormir comme une masse, fiston. Ça fait dix minutes que je cogne à cette vitre. J'étais sur le point de redescendre en ville. »

J'ai jeté un coup d'œil vers l'endroit où l'Expedition de Rogers était garée, pile contre le pare-chocs arrière de mon pick-up. Le brouillard qu'avaient laissé des jours de pluie ne s'était pas encore dissipé.

« Quelle heure il est ?

— Un peu tard pour certains, un peu tôt pour d'autres », a répondu Rogers en passant devant moi et en se laissant tomber sur le canapé où j'avais dormi. Il a levé les yeux vers moi, et je me suis étiré, bâillant jusqu'à ce que mes poumons soient remplis d'air. « Vu ta tête, je dirais que t'appartiens à la seconde catégorie.

— Ça me dit toujours pas quelle heure il est. »

Je me suis dirigé vers la cuisine, et il a répondu juste avant que je franchisse la porte.

« Sept heures et demie. »

Le réfrigérateur et les placards de ma mère étaient quasiment vides, mais elle avait deux grandes boîtes de café, et j'en buvais tout le temps. J'ai ouvert le robinet et attendu que l'air soit évacué des tuyaux pour que l'eau coule. J'ai mis la bouilloire en acier dessous et l'ai remplie à ras bord.

« Je vais faire du café, si vous en voulez.

— Je le bois noir ! » a crié Rogers depuis le salon.

J'ai placé la bouilloire sur la cuisinière, tourné le bouton pour que la résistance vire à un rouge brûlant, puis je suis retourné au canapé sur lequel Rogers était assis. Le sachet de tabac Bugler était posé contre une lampe en cuivre terni sur la table près du divan. J'ai versé un enchevêtrement de brins sur une feuille de papier plié et je me suis roulé ma clope du matin.

« Tu te les roules, hein ?

— J'ai pas les moyens d'acheter des paquets.

— Tiens. » Il a enfoncé la main dans la poche latérale de son pantalon et a balancé un paquet de Lucky Strike pas encore ouvert sur le canapé. « Garde-les. »

Il a tiré une cigarette d'un paquet ouvert et se l'est coincée entre les dents.

Nous avons fumé ces premières cigarettes ensemble pendant que le soleil se levait derrière les arbres et faisait s'évaporer le brouillard. Rogers n'avait pas dit pourquoi il était là, mais j'imaginais qu'il avait vu ma camionnette dans l'allée et voulu voir comment j'allais. Il était loyal envers mon père, mais il ne semblait pas avoir la même méchanceté dans le cœur. C'était ce mélange de dureté et de compassion que j'admirais. J'aimais me considérer de la même manière, croire que ma faiblesse n'était pas vraiment de la faiblesse mais plutôt une sorte de compassion naturelle, le genre d'humanité que mon père n'avait jamais possédée. Il y avait beaucoup d'autres choses à admirer chez un homme qui pouvait encaisser sans sourciller ce que lui envoyait le monde, et être toujours là pour aider les autres. À bien des égards, il était plus comme un père que ne l'avait jamais été mon père. Aucun de nous ne parlait. Nous étions juste assis là à regarder le soleil du matin se lever.

La bouilloire s'est mise à siffler et je suis allé dans la cuisine achever de préparer le café. Ma mère n'avait pas de vraie cafetière, alors j'ai simplement versé l'eau dans un grand bocal et ajouté quelques cuillérées de café moulu. J'ai essayé de le faire infuser en remuant avec une grande cuiller en bois, mais les tasses que j'ai rapportées avaient encore du café moulu qui tourbillonnait à la surface comme des bouts de poivre. Une partie du café s'était collée au bord du bocal quand je l'avais remué, mais l'essentiel formait des îles qui allaient et venaient dans les tasses quand je les ai posées sur la table.

« Merci, Jacob. »

Rogers a soulevé sa tasse et soufflé dessus pour faire partir la vapeur qui s'élevait à la surface. Le café était toujours très chaud quand il l'a porté à sa bouche et en a bu une gorgée, puis il a poussé un long soupir.

J'ai tapé le paquet de Lucky Strike contre ma paume pour tasser le tabac, déchiré la cellophane, et allumé ma deuxième clope de la journée. Le café était fort et amer, et il avait un goût de vieux. Impossible de dire depuis combien de temps il moisissait dans le placard.

« Je suppose que tu te demandes probablement pourquoi je suis ici, Jacob.

— Un peu, je suppose.

— La chose que t'as dite l'autre soir me turlupine depuis. » Il a changé de position sur le canapé afin de tourner son corps face à moi et de pouvoir me regarder dans les yeux. « T'as dit quelque chose à propos d'une bible que j'ai pas réussi à m'ôter de la tête.

— Je me suis juste emballé. » J'ai fait tomber la cendre de ma cigarette dans un verre vide. « C'est pas mon genre de parler.

— Non, non, je crois que tu m'as mal compris. Je suis pas venu ici pour râler à propos de ce que t'as dit. Je suis venu ici pour que tu clarifies.

— Je suis pas sûr de comprendre ce que vous voulez dire.

— Je veux que tu me parles de cette bible sur laquelle tu faisais une fixation là-bas. »

Il s'est tourné et a fait un geste de la tête en direction du couloir qui menait à la chambre de ma mère.

« J'ai juste dit qu'il y avait une de ces bibles, une de ces petites bibles de poche que mon père a la réputation de laisser, et que c'est en partie grâce à ça que j'ai su qu'il avait quelque chose à voir avec ce qui s'est passé.

— Oui, c'est de ça que je voulais que tu me parles. » Il a allumé une cigarette alors que j'écrasais la mienne. « J'ai trouvé cette bible dans la chambre comme tu l'as dit, mais qu'est-ce que tu entends exactement quand tu dis qu'il a la réputation de les laisser ? »

Il parlait avec la cigarette dans sa bouche tout en fouillant dans ses poches à la recherche de son Zippo.

« Allez. Vous connaissez mon père depuis toujours. Vous allez vraiment me dire que vous avez jamais entendu ça ?

— Entendu quoi ?

— Vous vous foutez de moi, Rogers. Il est absolument impossible que vous ayez pas entendu ces histoires.

— Bon, je veux que tu réfléchisses à une chose, Jacob. Ton père me paie pour faire quoi ?

— Pour garder un œil ouvert, je suppose.

— Exactement. On est pas copains, on l'a jamais été. Je sais rien de plus que ce qu'il me dit. J'écoute ce qui se dit au poste, je lui répète les infos au niveau fédéral qui peuvent nous parvenir, et je fais tout mon possible pour fermer les yeux sur ce qu'il fait. Voilà. C'est tout ce que je fais pour lui. Alors, et ces bibles ?

— J'ai toujours entendu dire qu'il les laissait sur les cadavres.

— Non, j'étais pas au courant, mais je vois pas en quoi ça te surprend. Enfin quoi, réfléchis. Est-ce que ton père se salit encore souvent les mains ?

— Non, rarement.

— Et est-ce qu'on trouve souvent des cadavres dans le coin ?

— Non, pas souvent.

— Exactement. Bon, j'ai entendu des rumeurs sur les saloperies qu'il est censé avoir faites quand il était jeune, mais j'ai jamais entendu parler de bibles. Non, j'ai jamais rien entendu de tel. »

Rogers s'est redressé sur le canapé et il a posé ses bras sur ses cuisses. Il a tiré sur sa Lucky Strike et regardé en direction de la cour comme s'il cherchait vraiment à voir quelque chose. Il n'a rien ajouté.

Avant Robbie Douglas, ça faisait longtemps qu'on n'avait pas retrouvé de cadavre. Si un boulot devait être fait, mon père avait des gens pour le faire. À part ça, les rumeurs sur ce dont il était capable faisaient que la plupart des gens se tenaient à carreau.

J'ai terminé mon café et je suis retourné dans la cuisine pour me resservir. Il y avait encore l'équivalent d'une ou deux tasses dans le bocal. Le café était désormais juste tiède, et la vapeur avait formé de la condensation sur le verre.

« Vous voulez une autre tasse ?

— Je crois que ça ira. »

Quand j'ai regagné le salon, Rogers se tenait dans l'embrasure de la porte et regardait à travers la porte-écran le champ couvert de pins gris. Il a semblé surpris quand je suis entré dans la pièce, et il s'est retourné. Il m'a regardé de la tête aux pieds comme s'il ne s'attendait pas à me voir là, comme si j'étais un fantôme ou je ne sais quoi, et il a attendu que je me rassoie sur le canapé avant de refermer la porte et de me rejoindre.

« Tu sais que j'avais un frère, Jacob ?

— Non, je l'ignorais.

— Eh bien, c'est le cas. J'avais un petit frère nommé Joe, et c'était un sale petit merdeux. » Il a émis un bref éclat de rire par le nez et plissé les yeux tandis qu'il se remémorait. « Même quand on était gosses, il se comportait comme s'il était plus dur que je le serais jamais. J'ai toujours été bien plus grand que lui, mais ça y changeait rien. C'était un bagarreur-né, tu sais ? »

J'ai acquiescé et bu une longue gorgée de café tiède, allumé une cigarette, et écouté Rogers raconter son histoire.

« Bon, quand on a été plus grands, il s'est retrouvé embarqué dans de sales emmerdes, et aucun de nous pouvait lui dire quoi que ce soit. Ma mère recevait des coups de fil pour l'informer qu'il était en prison, j'allais le faire libérer, et on l'aidait pendant une semaine ou deux, on lui trouvait un endroit où loger. Je bossais à l'usine de béton à l'époque, et j'avais pas beaucoup de temps pour le tenir à l'œil. Et puis un matin, on se réveillait, et il était parti. Sans même dire au revoir. » Rogers a froncé les yeux jusqu'à ce qu'ils soient presque fermés, mais le peu de blanc qui était encore visible était aussi vitreux que du quartz. « Un matin on a reçu un coup de téléphone parce qu'il avait été retrouvé devant Burrell's, le petit rade qui se trouvait de l'autre côté de la frontière. Il avait été poignardé. Il avait des coupures sur les mains parce qu'il s'était défendu, mais l'essentiel des coups avaient été portés pour tuer. Les flics là-bas ont jamais découvert qui avait fait ça. On aurait même dit qu'ils avaient pas cherché. »

Rogers s'est interrompu et a tiré sur sa cigarette jusqu'à ce qu'il ne reste plus que le filtre. Il a alors regardé dehors sans rien dire. Cependant, son corps se raidissait, la colère semblait monter en lui, une colère qui n'avait pas besoin de mots pour indiquer sa présence. Puis il s'est retourné et m'a transpercé du regard.

« Ça m'a rongé pendant des années de pas savoir qui avait fait ça à mon frère. C'est pour ça que je suis devenu flic, Jacob. Je pensais pouvoir lui rendre justice. Et puis un jour ça s'est apaisé, j'ai réussi à vivre avec. À bien des égards, je crois que j'en étais venu à accepter ce qui était arrivé, tu sais ? Bon sang, ça va bientôt faire vingt-cinq ans. Toute la douleur et la colère finissent par se dissiper, et tout ce qui nous reste, c'est la vieillesse et l'oubli. » Rogers regardait toujours dans ma direction, mais ses yeux n'étaient pas posés sur moi. Il regardait ailleurs, dans le vide, et il y a eu un moment de silence avant qu'il reprenne la parole. « J'y avais pas vraiment pensé depuis longtemps, jusqu'à ce que j'entre dans cette chambre là-bas et que je voie cette bible sur la table.

— De quoi vous parlez ?

— Je parle de la foutue bible ! Je parle du fait que le même genre de bible, même couleur noire, même taille, même dorure sur les bords, parfaitement identique à celle qui se trouvait dans la chambre de ta mère, avait été placée dans la poche de pantalon de mon frère. Voilà de quoi je parle, Jacob. Voilà ce que je suis en train de t'expliquer. »

Il était tellement enflammé qu'il me foutait une trouille bleue. J'étais certain que d'une minute à l'autre il allait passer sa rage sur la première personne qui lui tomberait sous la main. Mais il n'en a rien fait.

« Alors, qu'est-ce que ça veut dire ?

— Ce que ça veut dire, c'est que mon heure est finalement arrivée. Je vais enfin avoir une chance d'être quitte avec l'enfoiré qu'a fait ça à mon frère. Voilà ce que ça veut dire, Jacob. »

Cette idée a semblé le calmer, il a cessé de regarder dans le vide et ses yeux se sont posés sur le paquet de Lucky Strike qu'il m'avait donné.

J'ai sorti deux cigarettes et lui en ai tendu une. Il l'a saisie, et quand la mienne a été allumée, je lui ai offert du feu.

« Pourquoi vous me dites ça ?

— Je te le dis parce que ça te rongerait. Tu crois peut-être que non, mais moi, je le sais. » Rogers a levé les yeux vers le plafond et soufflé un long trait de fumée qui a atteint le plafond et s'est étalé comme du lait. « Que t'aimes ton père ou non, si quelqu'un devait le tuer et que tu savais pas qui, ça te rongerait. Ça te rongerait comme un ver jusqu'à ce qu'il reste plus rien de toi. Ça te rongerait jusqu'à ce que tu te reconnaisses même plus dans le miroir. C'est pas le fait de savoir qui fait ça, Jacob, c'est le fait de pas savoir. »

Rogers et moi sommes restés assis là jusqu'à ce que les derniers vestiges de brume matinale aient disparu dans le bleu du ciel, ne laissant derrière eux qu'une vague de chaleur de début d'été. Même si, comme tous les hommes que j'avais rencontrés dans ma vie, il avait une face sombre, je le respectais. Sa gentillesse excédait toute cette haine, il était encore capable d'aimer, et je faisais plus confiance à Rogers qu'à n'importe qui d'autre hormis Maggie. Il avait partagé avec moi sa face sombre, alors j'ai partagé une partie de la mienne. Je ne lui ai pas parlé de Robbie Douglas ni des frères Cabe, mais je lui ai raconté que je m'étais tenu au-dessus de mon père une nuit et avais fait tout ce qui était en mon pouvoir pour tenter de remettre de l'ordre dans le monde. Je lui ai dit exactement combien mon père me devait, et que j'avais besoin de cet argent pour partir et recommencer ma vie, pour laisser cet endroit et ce monde derrière moi. Je lui ai expliqué où mon père le gardait.

Puis Rogers a repris la parole. Il m'a dit qu'il passerait à l'acte vendredi, quand mon père aurait forcé sur la bouteille et que l'alcool lui aurait mis la tête à l'envers. Il m'a expliqué que les flics mettraient ensuite la maison sens dessus dessous et saisiraient tout, absolument tout, y compris l'argent dans le coffre dans la chambre de mon père. Je n'aurais donc qu'un bref laps de temps pour aller récupérer ce qui m'appartenait avant qu'ils n'arrivent. Et la dernière chose qu'il m'a dite, la toute dernière chose qu'il m'a dite avant de sortir de la maison et de me laisser assis là sur le canapé de ma mère, a été un simple mot. Ce mot m'a frappé, non pas à cause de sa signification, mais à cause de la façon dont il l'a prononcé et de ce qu'il impliquait. Il savait qu'il ne me reverrait jamais, alors il m'a dit adieu.

31

L'Indien était assis, droit et puissant, sur le cheval tacheté, son dos cambré et son torse bombé dénotant une fierté intrépide. Rien dans ce monde ne l'effrayait. Il était là au bord du ravin et regardait au loin, où brillait le soleil. Il ne semblait pas avoir le moindre doute. Quoi qu'il advienne, cet Indien atteindrait les plaines.

Je suppose que c'étaient cette certitude et cette absence de peur qui me poussaient la plupart du temps à l'observer. Assis sur le canapé, je fixais le tableau pendant des heures et des heures, essayant de comprendre comment il ferait pour franchir cet obstacle. Ce n'étaient pas ici ni là-bas qui étaient effrayants. C'était la zone du milieu, ce vaste entre-deux désolé, qui me foutait la trouille. Pour effectuer ce genre de saut depuis l'endroit où il se trouvait, il fallait de la foi, et c'était une chose que je n'avais jamais eue. La foi rendait vulnérable et faible. Elle menait à la déception, à la douleur, au regret, à tous ces trucs qui vous brisaient irrémédiablement. Ne pas croire apportait un sentiment de sécurité, et je n'étais pas encore sûr d'être prêt à abandonner ça.

Maggie, cependant, était différente. Il y avait toujours eu en elle quelque chose qui semblait dire que la vie et elle avaient conclu un accord, une sorte de pacte qui garantissait que tout se passerait comme prévu. Même quand nous étions enfants, à l'époque où l'eau froide de la montagne engourdissait nos jambes cotonneuses et où notre plus grand souci au monde était de savoir si oui ou non les salamandres nous échapperaient des doigts avant que l'autre ait eu l'occasion de les voir, elle avait les yeux fixés sur cet endroit lointain. Et maintenant, elle y était presque.

Le soir atténuait à peine la chaleur de l'été, et je roulais plus vite que d'habitude pour que le vent s'engouffre dans la cabine de mon pick-up. Je ne l'avais pas prévenue de mon arrivée, mais j'avais besoin de la voir. Un coup de fil ou un SMS n'auraient pas été suffisants pour ce que j'avais à lui demander. Ce soir Rogers ferait ce qu'il avait à faire, et dans la lueur du petit matin, ce serait à mon tour de faire le grand saut. Alors je roulais.

Breedlove Road filait à travers les collines, et les sapins de Fraser mouchetaient les pâturages jaunes de cônes vert foncé. Les dindes adoraient déambuler autour de ces arbres, et un groupe de trente ou quarante volatiles se baladait parmi les rangées quand je suis passé, trois ou quatre mâles arborant des barbes qui traînaient par terre tandis qu'ils se dandinaient. Les Dillard possédaient l'essentiel de ces champs, et ils les entretenaient soigneusement, même en été. L'hiver précédent, le manque d'argent avait empêché les gens d'acheter des sapins de plus de deux mètres cinquante. Du coup les Dillard avaient rasé les vieux arbres, et rassemblé les souches en un tas aussi gros qu'une petite maison avant d'y mettre le feu. La cicatrice noire était toujours visible dans le champ au bord de la route, un simple cercle noir où rien n'avait repoussé.

Le bitume laissait place à du gravier juste avant une série de virages serrés, et la maison de Maggie était posée au pied d'une pente raide qui s'élevait sur la gauche. Je me foutais que ses parents soient là, mais quand je me suis garé dans son allée, j'ai été soulagé de voir qu'ils n'y étaient pas, et plus soulagé encore de voir que la lumière était allumée dans sa chambre. Je suis resté assis dans le pick-up à observer les ombres que son corps projetait sur les rideaux. Je ne pouvais pas lui expliquer ce qui était sur le point d'arriver. Elle ne comprendrait jamais. Personne ne serait surpris que mon père se fasse assassiner, et si tout se passait bien, je sortirais indemne de l'enquête et je laisserais tout ça derrière moi. Mais si ça tournait au vinaigre, Je prendrais la fuite avec l'argent du coffre, et je ne regarderais jamais en arrière. Dans un cas comme dans l'autre, c'est Maggie qui déterminerait où j'irais. Je devais donc savoir si elle voulait de moi.

Elle a ouvert la porte vêtue d'un short blanc et d'un léger sweat-shirt gris dont l'encolure était si large qu'elle laissait paraître une épaule. Elle ne s'attendait pas à ma visite, mais quand elle m'a vu planté là, un sourire est apparu sur son visage.

« C'est ce qu'on appelle prendre une fille au dépourvu. Bon sang, Jacob, je suis affreuse.

— C'est faux. » Il ne semblait plus y avoir de filtre pour retenir les choses que je n'aurais d'ordinaire pas dites. « Tu es la plus belle chose que j'aie jamais vue.

— C'est gentil, mais je ne suis pas maquillée. »

Elle a franchi le seuil et pris ma main, puis elle m'a entraîné dans le salon de ses parents sans me demander pourquoi j'étais venu.

« Je voulais pas débarquer à l'improviste, mais je dois te demander quelque chose.

— Quoi ?

— Est-ce qu'on peut d'abord aller dans ta chambre ?
— Oui, bien sûr, mais de quoi s'agit-il, Jacob ? »
Maggie m'a guidé dans un couloir bordé de photos, éclairé par la lueur de la fin de journée qui pénétrait par une grande fenêtre en saillie dans le bureau de sa mère. La chambre de Maggie était la dernière porte sur la droite. C'était la seule pièce de la maison où la lumière était allumée, et presque éblouissante dans une maison pleine d'ombres. Il y avait de la musique, une merde pop récente qui passe pour de la country de nos jours, une chanson à la con dont j'aurais été incapable de donner le titre. Elle a baissé le volume pour que la chaîne soit silencieuse, et nous nous sommes assis côte à côte au bord du lit.

« Dis-moi ce qui se passe. »

Les murs qui avaient toujours été couverts de posters et de tableaux aux couleurs vives, de photos de famille et d'amis aux visages souriants étaient désormais presque nus. Elle avait presque tout emballé, à l'exception de ses vêtements, et des cartons fermés étaient empilés dans le coin près de la fenêtre. Ce vide – les murs dépouillés, le plateau de la commode inoccupé – semblait dire que ce n'était plus chez elle.

« Quand je t'ai emmenée sur la Blue Ridge Parkway, t'as dit quelque chose, et ça m'a salement travaillé.
— C'était quoi ?
— T'as dit que je pouvais partir avec toi. Que si je voulais, je pouvais te suivre à Wilmington et commencer une nouvelle vie avec toi, que je pourrais peut-être être mécanicien ou quelque chose d'autre.
— Oui, je m'en souviens.
— Et si c'était ce que je voulais ? C'est-à-dire, si j'étais disposé à faire mes valises et à partir ? J'ai besoin de savoir si tu étais vraiment sérieuse. J'ai besoin de savoir si tu pensais ce que tu disais. »

Maggie s'est rapprochée sur le lit jusqu'à ce qu'il n'y ait plus d'espace entre nous. Elle a posé ses mains sur les miennes et m'a regardé dans les yeux.

« Je ne l'aurais pas dit si je ne le pensais pas. »

— Alors c'est ce que je veux, Maggie.

— Tu es sûr ?

— J'ai jamais été sûr de rien de toute ma vie, mais ça, j'en suis sûr.

— C'est une grosse décision, Jacob. C'est vraiment une décision sérieuse.

— Je le sais, et je veux te suivre. »

Le visage de Maggie s'est froissé, comme si elle allait pleurer.

« Qu'est-ce qu'il y a ? »

Elle a secoué la tête.

« Non, qu'est-ce qu'il y a ? Tu veux pas que je… »

Elle m'a donné une claque sur la main, m'interrompant en milieu de phrase. Maggie n'arrêtait pas d'opiner du chef, et un sourire a traversé son visage tandis que des larmes coulaient au coin de ses yeux. Ce n'était plus de la tristesse. Son visage était rougi. Elle était heureuse.

J'ai passé les bras autour d'elle et je l'ai serrée fort, sa tête trouvant une fois de plus ce refuge solide contre ma poitrine.

« J'avais peur de partir, Jacob. J'avais peur d'aller là-bas seule.

— Et t'as plus peur ?

— Non. »

Nous nous sommes laissés tomber en arrière sur le lit, nous sommes restés étendus côte à côte, et nous nous sommes dit : « Je t'aime. » L'un de mes bras était replié sous sa tête, sa joue contre mon biceps. L'autre bras était passé autour d'elle, mon avant-bras en travers de sa poitrine, mes doigts caressant la zone douce à la base de son cou. Nos corps allaient parfaitement l'un avec l'autre. Tout était parfait, et la perfection était une chose que je n'avais jamais connue de toute ma vie. C'était ça, cette sensation, qui attendait de l'autre côté des plaines. Au loin, là où regardait l'Indien, le soleil se couchait sur l'éternité. Et c'était cette promesse d'éternité qui pouvait pousser un homme à faire le grand saut.

32

Les clebs essayaient de me mordre et grondaient tandis que j'avançais sur la pointe des pieds, juste hors de leur portée. Kayla, la chienne préférée de mon père, était la plus mauvaise de tous, et elle a tiré sur son collier à s'en étrangler quand je me suis approché. C'est elle qui avait toujours été attachée le plus près de la maison, et ce matin-là, j'ai effectué les trente-quatre pas et les quatorze changements d'appui sans accrocs, mais cette salope m'a chopé au pas chassé. Elle a bondi et est parvenue à mordre le bas de mon jean. J'ai fait un petit bond en arrière, me suis emmêlé les pinceaux, et je me suis étalé dans la poussière au pied des marches. Le collier s'enfonçait dans sa gorge et elle s'étouffait, mais elle n'abandonnait pas. Je me suis relevé péniblement, lui ai envoyé de la terre dans les yeux, et cette saloperie de chienne s'est mise à hurler comme une furie. J'espérais qu'elle crèverait de faim maintenant que mon père était mort.

Sa Jeep et la Cavalier branlante que Josephine conduisait étaient garées devant la maison. La porte était entrouverte, mais il n'y avait pas un bruit à l'intérieur. J'ai ouvert la porte-écran, me suis glissé dans le salon, et je me suis arrêté à côté du canapé. Rien ne bougeait. Les chiens aboyaient dans la cour, mais le silence régnait à l'intérieur, un silence assourdissant. En dix-huit années passées sous ce toit, la maison ne m'avait jamais semblée si immobile.

Tout paraissait à sa place. La télécommande de la télé, un album de Merle Haggard et un paquet ouvert de Winston étaient posés sur la table basse, chacun parfaitement aligné et équidistant par rapport aux autres, comme l'aimait mon père. Il avait toujours été maniaque. Quand j'étais défoncé, je déplaçais légèrement les choses lorsqu'il ne regardait pas, juste pour pouvoir rigoler dès qu'il revenait et remettait tout parfaitement en place. Il ne supportait pas que son monde soit ne serait-ce qu'un poil de travers, alors il surveillait tout.

Des assiettes et des verres étaient empilés d'un côté de l'évier, et l'autre côté était recouvert d'une eau trouble. Les quelques bulles de liquide vaisselle qui restaient étaient accrochées à la bordure. Un morceau de steak gisait dans une sauce brune figée dans la poêle sur la cuisinière, et une casserole pleine de purée toute jaunie et desséchée reposait sur le brûleur de derrière. J'ai ouvert le congélateur et pris une cartouche de Winston sur l'étagère à l'intérieur de la porte. Seuls deux paquets manquaient, et j'ai piqué le suivant. Je l'ai tapé dans ma main pour faire sortir une cigarette, et j'ai allumé ma première de la journée. Ces Winston étaient bien meilleures que les Lucky Strike, et encore plus que le tabac Bugler. Ça avait toujours été notre marque favorite.

Je me dirigeais vers ma chambre pour y jeter un dernier coup d'œil et m'assurer que je n'avais rien oublié quand j'ai failli trébucher sur Josephine. Elle était étalée face contre terre dans le couloir, avec une vilaine blessure à l'arrière de la tête. Ses cheveux blonds étaient rougis et collés par le sang, et il y avait une flaque épaisse et humide à l'endroit où reposait son visage. Sa tête était inclinée sur le côté, et s'il n'y avait pas eu tout ce sang, de loin, on aurait pu croire qu'elle s'était évanouie. Mais la lacération en travers de sa gorge racontait une tout autre histoire. Seuls les endroits où la lame avait pénétré et était ressortie étaient visibles depuis l'endroit où je me tenais, mais c'était ce coup de couteau qui l'avait achevée. Elle avait un bras coincé sous elle, et l'autre tendu de toute sa longueur. Elle ne portait qu'une culotte, un morceau de tissu dentelé couleur citron vert qui lui rentrait dans la raie des fesses. Ses pieds étaient tournés vers l'intérieur.

En voyant son corps, j'ai eu l'impression d'évoluer dans un rêve. La maison baignait dans une brume floue imaginaire. Mes mouvements étaient lents, et je nageais dans cette matière épaisse, tous mes gestes ralentis et mous, comme une fourmi dans du sirop. Mais même dans ce brouillard lourd, je comprenais que ce n'était pas une illusion. C'était réel. Elle était morte. Son sang répandu sur le sol. Il était inutile de patauger dedans. Je devais faire vite. Peu importait ce que j'avais oublié dans ma chambre. Rogers avait dit qu'il appellerait les flics à midi, et je voulais être parti bien avant. Quatre heures, ce n'était rien. Le coffre-fort. L'argent. Il était dans la chambre de mon père. C'est là que je me suis rendu.

Et c'est là que j'ai vu la scène la plus épouvantable de ma vie. Il y avait du sang du sol au plafond, sur les quatre murs. À certains endroits, c'était une fine brume qui s'était déposée sur les murs, mais à d'autres, c'étaient de longues lignes ondoyantes qui s'écoulaient comme des rivières avant de dégouliner sur le sol pour y sécher. Il y avait de longs coups de pinceau. De longs coups de pinceau qui formaient d'épaisses traînées. Et d'autres, plus courts, qui étaient effilés comme des plumes. Il y avait par endroits des empreintes de mains, comme si un élève de maternelle avait badigeonné de la peinture rouge pour un projet de cours de dessin, seulement ce n'étaient pas des empreintes de gamin, c'étaient des empreintes d'adulte, celles de mon père, appliquées un peu partout. Les draps blancs étaient tachés de rouge, mais aucun enfant n'était né. C'était un sang différent qui avait coulé ici. Ce n'était pas le sang d'une naissance, mais celui d'un vieil homme mourant. Et alors je l'ai vu. Au début, seulement partiellement. Juste un pied qui ressortait derrière le coin du lit. J'ai senti mon cœur cogner dans tout mon corps, et pendant un instant je n'ai pas trouvé le courage de bouger. La vision de ce pied était comme un enchantement qui m'avait transformé en statue. J'étais en pierre, tout en pierre, avec des yeux de pierre qui ne clignaient plus.

J'ai avancé péniblement vers lui, mes bottes raclant le plancher. Seul son pantalon de survêtement gris le rendait identifiable. Il gisait à plat sur le dos, ses poings serrés reposant contre ses flancs. Depuis sa taille jusqu'à sa gorge, en passant par son ventre et sa poitrine, il avait reçu suffisamment de coups de couteau pour tuer toute une meute de chiens. De larges entailles irrégulières dans tous les sens. Des blessures épaisses et profondes qui étaient désormais presque noires. Des lambeaux de peau retroussés comme des pétales. Les endroits encore intacts étaient rouge vif. Ses tatouages sombres brillaient à travers le sang comme des graffitis sur un mur qui aurait eu besoin d'une ou deux couches de peinture supplémentaires pour les recouvrir. L'un des coups de couteau l'avait atteint juste sous la mâchoire et avait glissé le long de son cou jusqu'à ce que la lame heurte l'os. Mais c'est son visage qui m'a rendu malade.

Il était réduit en bouillie. L'un de ses yeux pendait de son orbite. Sa bouche avait un coin déchiré. Sa lèvre inférieure pendouillait comme un boudin d'argile. J'ai mentalement reconstitué ce puzzle de viande broyée, et j'ai vu mon père étendu là, ce père qui n'avait jamais vraiment été un père, mais qui avait été le seul que j'avais jamais eu. Il y avait eu dans ma jeunesse des moments où il avait été parfait, comme quand nous pêchions la truite tachetée dans les ruisseaux de montagne glacials avec des vers rouge vif et des larves, ces moments où son sourire était sincère. Plus tard, j'avais à quelques occasions perçu un soupçon d'humanité en lui, comme lorsqu'il avait payé le révérend pour qu'il prie au-dessus des cendres de ma mère. C'était un homme horrible, personne ne le savait mieux que moi, mais c'était tout de même mon père. Ce puzzle reconstitué m'a tordu les entrailles comme une serpillère, et j'ai vomi sur son pantalon de survêtement gris. Mais tout ce qui est sorti, c'est cette épaisse soupe jaune que j'avais au fond de la gorge et qui avait un goût de bile. Plié en deux, j'ai été secoué par des haut-le-cœur jusqu'à évacuer tout cet acide, tentant de reprendre mon souffle chaque fois que mon ventre se dénouait. Puis je me suis laissé tomber sur le lit et je me suis penché au-dessus de lui. Des larmes ont coulé de mes yeux et sont tombées sur sa poitrine, humidifiant des endroits où le sang avait séché depuis des heures.

Les paroles de Rogers ont résonné dans ma tête. « C'est pas le fait de savoir qui fait ça, Jacob, c'est le fait de pas savoir. » J'ignorais ce que j'aurais éprouvé si je n'avais pas su, car j'avais su qui tuerait mon père, et ce avant même qu'il vienne. J'avais laissé faire, et à bien des égards, j'étais responsable. Je me suis dit que ce genre de truc pouvait également ronger un homme, et c'est ce qui s'est immédiatement produit. Ça s'est enfoncé au fond de moi, refermant les dents sur toutes les parties dures de mes entrailles. Il n'y avait pas d'endroit suffisamment profond pour l'enterrer, aucun endroit où ça cesserait de me ronger.

Sur le sol près de mon père, il y avait une bible, une petite bible de poche en cuir noir, avec des dorures au bord des pages. Elle était posée sur le sang, mais il n'y avait pas une seule goutte sur la couverture. Rogers l'avait placée là après coup.

Je me suis baissé et je l'ai ramassée. Son dos était poisseux et humide. J'ai feuilleté ce livre qui ne m'avait jamais été d'une grande utilité, et tenté de trouver les paroles que le révérend avait lancées après moi quand j'avais emporté les cendres de ma mère. Je connaissais le verset, je savais qu'il était tiré des Psaumes, mais ça faisait longtemps que je n'avais pas parcouru ces chapitres. « Oui, tu fais briller ma lumière ; L'Éternel, mon Dieu, éclaire mes ténèbres. » Je l'ai lu comme une incantation au-dessus du corps de mon père, et j'ai attendu une fois de plus que Dieu se manifeste. Je l'ai lu encore et encore, de plus en plus fort, jusqu'à ce que les mots rebondissent à travers la pièce, et j'ai attendu que Dieu se manifeste. J'ai hurlé et attendu, je L'ai supplié de venir me sauver, nous sauver, mais rien n'est venu. Rien. C'était comme toujours. Rien que nous. Aucun verset ne pouvait rien y changer. Je me suis agenouillé à côté de mon père et j'ai placé la bible sur sa poitrine, bien droite, puis j'ai posé ses poings serrés dessus.

Les larmes coulaient par vagues. Quand je croyais que c'était fini, ça recommençait. Je m'étouffais. Je suffoquais. Je poussais un long gémissement chaque fois que je respirais, un gémissement incontrôlable qui accompagnait chaque souffle, et j'ai alors su que le seul moyen de m'en débarrasser était de m'enfuir. Mes genoux étaient à terre et mon corps voûté était inerte, mais je savais que je devais partir.

Le placard était ouvert et, dans le coin, se trouvait le coffre d'un vert brillant, identique à celui du garage. Sa lourde porte était grande ouverte. Les fusils étaient empilés à l'intérieur, et les pistolets étaient posés sur les étagères. Je savais que si le coffre avait été ouvert alors que mon père était encore vivant, il y aurait eu un autre macchabée sur le sol. Mais Rogers n'était pas là. Il avait réussi à s'enfuir.

Mon père avait toujours conservé son argent en liasses de cent billets. Dix-mille dollars bien serrés sous chaque élastique. Mais là où auraient dû se trouver vingt liasses, il n'en restait qu'une solitaire, un tas de billets pliés entourés d'un élastique lâche, car une partie de l'argent avait été prise.

À l'extérieur de la maison, les chiens étaient déchaînés. Je suis sorti de la chambre, j'ai enjambé le cadavre de Josephine, et j'ai marché d'un pas chancelant jusqu'à la fenêtre de la cuisine pour regarder dehors. À l'extrémité de la cour, une procession de voitures de police était garée derrière mon pick-up, leurs lumières clignotant furieusement dans la lueur du petit matin. L'Expedition de Rogers était en tête de file, et il se tenait à l'arrière de sa bagnole, flanqué de deux flics armés de fusils. Ils faisaient tous trois face à la maison pendant que deux autres agents fouillaient mon pick-up. J'ai alors compris que je m'étais fait piéger. Non seulement Rogers avait pris ce qui me revenait, mais il s'était arrangé pour qu'on me retrouve ici avec du sang sur les mains. Moyens, mobile, opportunité – j'avais tout ça. L'homme que j'avais respecté, l'homme en qui j'étais venu à avoir plus confiance qu'en mon propre père m'avait donné sa parole. « C'est tout ce qu'a un homme, sa parole », disait mon père. Mais celle de Rogers ne valait rien.

Je l'ai longuement observé pendant que les flics s'affairaient autour des bagnoles. Il y en avait de nouveaux qui arrivaient dans l'allée et bondissaient de leur véhicule avant d'aller chercher leur fusil dans le coffre. Ils agissaient avec rapidité, mais Rogers ne bougeait pas. Il se tenait simplement là, observant la maison, ses yeux fixés directement sur l'endroit où je me tenais. Je me demandais s'il me voyait tandis que je le regardais par la fenêtre. Son visage était vide, juste un regard dénué d'expression. Il s'est penché sur le côté et a tiré un paquet de Lucky Strike de sa poche de pantalon, puis il a allumé une cigarette et l'a fait sauter entre ses dents. Bras croisés, il s'est appuyé contre l'Expedition pendant que les autres flics se mettaient en place, attendant le moment où il donnerait l'ordre d'intervenir.

Je n'avais jamais tué un homme, mais je savais depuis longtemps que j'en étais capable. Si mon père m'avait légué une chose, c'était bien ça. Tuer Rogers rétablirait l'équilibre, et si je ne m'en sortais pas, alors ce serait ce que je pourrais espérer de mieux. Quitter ce monde comme l'aurait aimé mon père. Je me suis précipité dans la chambre et j'ai parcouru des yeux la rangée de fusils dans le coffre. J'ai opté pour celui qu'il aurait choisi en une telle occasion, un vieux Marlin .30-30 à levier sous garde que mon grand-père lui avait donné quand il avait été assez grand pour chasser seul. Le receveur bleuté était piqué et mat, avec des volutes d'un gris terne qui ondoyaient sur le métal. Mon père avait tracé une marque sur la crosse en noyer pour chaque animal qu'il avait tué avec ce fusil. Presque toute la partie en bois était couverte de croix et de traits, et elle avait été revernie pour que les sillons qu'il avait tracés restent sombres. J'ai pointé l'arme vers le plafond et actionné le levier jusqu'à ce que la balle en cuivre disparaisse dans la chambre. Puis j'ai jeté un dernier coup d'œil à mon père étendu par terre avec la bible coincée sous ses poings, j'ai attrapé le paquet de billets dans le coffre, et je suis ressorti de la pièce. J'avais encore une chance de tenir parole. Encore une chance de le rendre fier.

J'ai enjambé Josephine dans le couloir et me suis précipité dans ma chambre. Les draps du lit étaient tels que je les avais laissés, tirebouchonnés sur le matelas contre le mur. J'ai posé le fusil dessus. De l'autre côté du lit, il y avait l'endroit dans le plancher où je cachais des choses enfant, une planque dont j'étais sûr que Maggie se souviendrait. Je l'ai ouverte une dernière fois, y ai placé les billets de cent dollars, et j'ai tiré mon téléphone de ma poche pour lui envoyer un SMS. Je n'avais pas le temps d'appeler, et sa voix m'aurait brisé. Le simple fait d'y penser entraînait une lourdeur que je n'étais plus capable de porter. Alors je lui ai juste envoyé un SMS, puis j'ai éteint mon téléphone, l'ai rangé dans la cachette avec l'argent, j'ai remis la latte en place, et j'ai tout laissé là.

Quand j'ai regagné la cuisine et que j'ai de nouveau pu regarder par la fenêtre, Rogers n'avait pas bougé d'un iota, et les flics continuaient de s'agiter autour de lui. Il a tiré sur sa cigarette et l'a balancée dans la cour, soufflant un trait de fumée qui était de plus en plus fin à mesure qu'il s'élevait dans les airs. Il semblait fixer la fenêtre derrière laquelle je me trouvais, mais son expression vide ne changeait pas. Il ne devait pas me voir, sinon il aurait su à quoi s'attendre. Je n'ouvrirais pas la fenêtre. Je tirerais à travers la vitre. Aucun d'eux ne verrait rien venir jusqu'à ce qu'il soit trop tard.

Appuyé sur le rebord, j'ai serré fermement le canon et visé. Ma main gauche était en sueur, et j'ai tiré l'arme vers moi pour que l'extrémité de la crosse repose contre mon épaule. Le chien était baissé, j'avais ma cible en mire, et j'ai glissé le bout de mon doigt sur la détente. Il n'y a pas eu de compte à rebours. Pas de respiration. Juste de la poudre qui s'est enflammée. Du plomb qui a fendu l'air. Du verre qui a volé en éclats quand le coup de feu est parti, et des cris dans la cour qui ont recouvert les hurlements des chiens. Mais ce n'était pas Rogers qui criait. Il a juste porté les mains à la base de son sternum à l'endroit où la balle l'avait atteint, le rouge maculant l'avant de sa chemise kaki. Ses yeux étaient écarquillés, et même à cette distance, j'ai vu la peur et la douleur s'emparer de lui. Il a baissé les yeux vers sa blessure, puis les a de nouveau posés sur la fenêtre, et il est tombé en glissant contre l'arrière de l'Expedition. Tandis que je le regardais, j'éprouvais un calme que je n'avais jamais vraiment ressenti, un calme que mon père avait toujours eu en lui mais qui m'avait été étranger jusqu'à cet instant.

Les flics ont plongé à terre et ont filé se planquer derrière les voitures. Leurs fusils étaient posés sur les capots et sur les toits, et sur tout ce qui pouvait leur faire office de support. Ils se lançaient des mots que je n'entendais pas à cause du sifflement dans mes oreilles. L'un d'eux s'est alors précipité pour passer les bras sous Rogers et le tirer derrière les bagnoles. Il avait dû demander à ce qu'on le couvre, car à peu près au même moment une balle venue de leur direction a pulvérisé les tessons de verre qui pendouillaient au-dessus de ma tête. Malgré le bourdonnement dans mes oreilles, j'ai entendu la balle siffler comme un frelon furieux, et je me suis baissé derrière les placards. Je suis resté un long moment agenouillé à les écouter hurler et à écouter les clebs aboyer.

Quelques balles supplémentaires sont entrées par la vitre brisée et ont percé des trous dans le mur derrière moi. Je voyais Josephine dans le couloir depuis l'endroit où je me trouvais, et elle semblait dormir d'un sommeil si paisible que pendant une seconde ou deux j'ai songé à la rejoindre. Ce genre de paix et de sérénité était tout ce qui comptait désormais.

J'ai rampé devant le réfrigérateur et ouvert le placard où mon père rangeait son alcool. Il y avait une bouteille à moitié pleine d'Evan Williams qui ferait parfaitement l'affaire, alors je l'ai débouchée et portée à mes lèvres. J'avais la bouche sèche, et ce bourbon à goût boisé était pile ce dont j'avais besoin, du coup j'en ai bu une autre rasade jusqu'à ce que ma soif soit étanchée et qu'une clarté vaporeuse s'empare de mon esprit. J'ai traversé la pièce à quatre pattes, faisant glisser mes genoux, mes mains et le fusil sur le plancher jusqu'à atteindre la table basse dans le salon. Le paquet de Winston ouvert était tentant, alors j'ai tiré une cigarette et je l'ai allumée. Ce n'est qu'au moment où j'ai tenu la clope entre mes doigts que j'ai remarqué que je tremblais. J'ai reposé le paquet là où l'avait laissé mon père, bien aligné entre le disque et la télécommande.

La porte d'entrée était toujours entrouverte, et dehors les flics attendaient. Je me suis relevé en tenant le fusil entre mes mains et l'ai ouverte un peu plus, jusqu'à ce qu'il n'y ait plus que la porte-écran, le porche, les marches et les chiens entre nous. J'étais désormais au bord de ce précipice. J'ai jeté un coup d'œil en direction de l'endroit où le soleil illuminait les voitures, projetant une féroce lumière blanche qui aveuglait tous les flics en attente. Ils auraient beau essayer, ils ne comprendraient jamais cette lumière, et je les plaignais. C'était tellement triste de voir à quel point ils ne se rendaient pas compte de ce qui brillait autour d'eux. L'espace entre ici et là-bas ne semblait plus si aride, et il ne semblait plus si hors de portée. L'espace entre ici et là-bas n'était en fait rien du tout, et je me suis préparé à aller là où cet Indien n'avait jamais eu le courage d'aller, dans cet endroit que ma mère avait observé avec une sorte de tristesse mélancolique dans les yeux. Il n'y avait plus ni peur, ni chagrin, ni repentir, et je me suis engagé dans cet entre-deux avec une fierté intrépide, dos cambré et torse bombé. Le moment de paix était désormais proche, et j'ai finalement compris qu'il n'y avait aucune différence entre ici et là-bas. Seuls comptaient la zone du milieu de ce monde pourri, le vaste espace qui s'étirait entre les deux, et ceux qui étaient nés avec assez de cran pour l'affronter.

REMERCIEMENTS

J'aimerais remercier mon agent, Julia Kenny, et mon éditrice, Sara Minnich, pour leurs encouragements indéfectibles et leur vision éditoriale, ainsi que toute l'équipe de G. P. Putnam's Sons. J'aimerais également remercier deux merveilleux amis, Greg Hlavaty et Bessie Dietrich Goggins, pour leur soutien depuis les premiers balbutiements de ce livre.

Pour plus d'information :

#lisez! engagé
www.lisez.com

Imprimé sur du papier issu de forêts gérées durablement.

10/18 – 92 avenue de France, 75013 PARIS

Imprimé en France par
CPI Bussière

N° d'impression : 2083650
Dépôt légal : septembre 2017
Suite du premier tirage : mars 2025
X06645/12